40일 간의 사랑

40일 간의 사랑

최호택 소설집

bookin

작가의 말

사랑하는 에이미,

지금 내 카페에는 당신의 아파트에서 함께 들었던 멜라니 사프카의 노래가 흐르고 있습니다. 이 노래가 끝나면 생상의 피아노 협주곡 1번을 들을 것입니다.

에이미, 당신을 사랑합니다.

당신이 일을 마치고 돌아올 것이라는 것을 조금도 의심하지 않았습니다. 그리고 당신이 돌아오기만 하면 나는 나의 부족함을 돌아보며 겸손하게, 넘치지 않게, 그리고 속죄하는 마음으로 살 것이라 스스로에게 약속하고 다짐했습니다.

늘 자신의 부족함을 모르고 으스대기 일쑤였고, 남보다 뛰어나다고 우쭐댔으며, 겸손하지 못해 손가락질을 받기도 했습니다. 얼마나 오만한 삶을 살아왔는지 깨달았습니다. 당신을 만나고부터 하찮고 보잘것없는 사람인 것을 깨닫고 새로운 삶을 시작하려고 하던 참이었습니다.

그 다짐이 허무하게 깨지고 말았습니다. 어떻게 그런 일이 일어날 수 있는지 짐작조차 못했습니다.

당신이 넘어졌을 때, 넘어지는 것이 부끄럽다면 세상 어떻게 사느냐던 말이 지금도 나를 부끄럽게 합니다. 나이 먹은 사람이 젊은 사람의 소견에 미치지 못했으니 헛산 것이나 다름이 없지요. 살면서 넘어지는 일은 늘 있는 일이라는 걸 미처 깨닫지 못했습니다. 넘어지면 툭툭 털고 일어서면 그만인데, 일어날 생각은 하지 않고 창피한 일이라고만 생각했습니다.

에이미, 세상이 아무리 변해도 변하지 않는 것, 지금껏 살아오면서 변하는 것 천지였지만 단, 한 가지 변하지 않는 것이 있다는 걸 당신을 만나고 나서 알았습니다. 사랑입니다. 사랑하지 않으려고 해도 사랑하는 것을 사랑하지 않는다는 것은 불가능합니다. 멀어지면 멀어질수록 설사 그것이 죽음이라하더라도 사랑할 수밖에 없다는 것이 놀랍습니다.

우리가 이 세상에 태어나 만났던 것처럼 이 세상을 떠난 후 다시 만나게 될 것을 의심하지 않겠습니다. 그날이 언제가 되었든 당신을 다시 만나게 될 것을 염원합니다. 당신이 떠난 지 일 년이 지나고 두 달이 되옵니다. 어제는 천변에 나가 당신 자전거의 프레임 색깔과 같은 노란 금개국 한 다발을 꺾어 당신이 넘어졌던 곳에 놓고 한참을 앉았다 왔습니다.

오늘, 카페 밖에는 바람이 불어 때 이른 더위를 식혀줍니다. 여전히 사프카의 노래는 애절합니다. 이따금씩 지나가는 차들을 볼 때마다 혹시 당신이 차에서 내려 카페로 들어오지나 않을까 기다려 봅니다만 당신에게 카페를 한 번도 보여준 적이 없었다는 걸 알고 나니 이 또한 잘못된 일이라는 걸 깨닫습니다. 당신이 나를 찾아오지 못할까 걱정이 됩니다. 당신은 똑똑한 사람이었으니까 짐작으로라도 찾아올 것입니다.

당신이 떠나고 걷기운동을 그만두었습니다. 그 후로 당뇨 치료차 먹던 약도 줄이고, 인슐린 주사도 거부했으며, 삶에 대한 생각도 단순화했습니다. 그저 하루 속히 당신을 만날 수 있기를 바랄 뿐입니다. 우리의 시절은 가고 있습니다. 그 속도가 생각보다 빠릅니다.

얼마 전 당신의 사랑하는 딸 하나에게 편지를 썼습니다. 그 말미에 난 아직도 당신을 기다리고 있노라고 덧붙였습니다. 그리고 답장하지 말라고 했습니다. 아, 어떻게 이 편지를 마무리해야 하는지 알 수가 없습니다.

에이미, 당신을 사랑합니다.

2016년 7월 초여름 길목,

카페에서

崔浩澤 올림

Contents

40일 간의 사랑

Prologue

4월 23일

메일이 도착했다는 표시가 스마트폰에 떴다. 처음 보는 메일 주소였다. 컴퓨터를 켜고 메일을 확인하기 위해 받은 편지함을 열었다. 두 통의 첨부파일이 달려 있었다. 순서대로 한 통을 먼저 열었다.

존경하는 선생님께,

이곳에 오는 내내 비행기 안에서 선생님의 책을 읽었습니다. 내가 아는 분이, 내 곁에 가까이 계신 분이 수필가라는 것도 신기했고, 자랑스러웠습니다. 갑자기 비행기를 돌려 선생님 곁으로 되돌아갔으면 좋겠다고 생각했습니다. 이렇게 갑작스럽게 가까워졌다는 것이, 물론 제 일방적인 감정입니다만 믿기지 않습니다.

선생님의 글을 읽다가 돌아가신 부모님과 동생이 생각나 얼마나 울었는지 모릅니다. (남동생은 이민 온 지 스무 해쯤 되었을 때 운전 중 교통사고로 목숨을 잃었습니다. 똑똑한 아이였는데…….) 스튜어디스가 나를 보고 무슨 문제가 있느냐고 물었습니다. 아니라고, 책을 읽다가 갑자기 눈물이 났다고 했습니다. 스튜어디스는 이해가 되지 않는다는 듯이 고개를 갸우뚱하고는 잠시 후 물을 한 컵 들고 와 마시라고 합니다. 그녀는 웃으며 너무 많이 울지 말라고 충고까지 했습니다. 그녀가 보기에는 너무 오랫동안 울고 있다고 느꼈나 봅니다.

하기는 이렇게 오랫동안 울어본 적이 없습니다. 부모님이 돌아가셨을 때도 이렇게 울지는 않았습니다. 울음이 멎을 만하면 다음 글이 또 나를 울립니다. 울음을 참는 것이 이처럼 힘든 줄도 처음 알았습니다. 과거를 떠올리는 것은 때때로 잔인한 일인가 봅니다.

비행기가 시속 900㎞ 이상으로 날고 있지만 하늘에 멈춰 서 있는 것 같이 느껴집니다. 아직도 네 시간이나 더 가야 첫 번째 기착지인 애틀랜타에 도착한답니다. 다시 한국으로 돌아갈 생각을 하니 벌써부터 맥이 빠집니다. 그래도 돌아가야 하겠지요. 선생님이 그곳에 계시기 때문입니다. 어쩌면 지금부터는 돌아갈 날을 기다릴 것이며, 그 시간은 길고도 길어 빨리 오지 않을 것입니다. 영원히 오지 않을지도 모른다는 생각이 듭니다.

원래 기다리는 것은 더디 오나 봅니다. 그래서 의식적으로 잊고 지내려 하지만 그 역시 잘 되지 않습니다. 지금부터 보름이 얼마나 긴 시간인지 알게 될 것입니다. 아마 지금까지 살았던 사십사 년보다 더 긴 시간이 될 것입니다. (사실은 선생님의 글에서 패러디 했습니다. 육십 년은 순식간에 갔는데 하루는 더디 가더라는 글이 어디엔가 있었지요.)

선생님, 저를 사랑하시나요? 저는 선생님을 사랑하는데……. 참 이해 안 되는 만남이죠? 이름도 모르고, 연락처도 모르고, 묻지도 알려주지도 않은 채 그렇게 만나는 사람들이 저희 말고 또 있을까요? 아무리 생각해도 둘이 똑같이 미련한 것 같아 웃음만 나옵니다. 그런데도 저는 선생님으로부터 엄청난 사랑을 느꼈고, 절대 헤어지지 않는다는 확신을 얻기도 했습니다. 그 연유는 모르겠습니다. 운명? 막연하기는 하지만, 그런 게 있다면 운명일 것이라고 느꼈습니다. 그런 거 잘 안 믿지만 지금부터는 믿기로 했습니다.

우리는 적어도 겉으로는 남들처럼 애틋해 하지도 않았고, 안달하지도 않았습니다. 만나면 만나는 것이고, 오늘 못 만나면 내일 만나면 되고, 내가 누군지 선생님이 누군지 알아야 할 이유도, 알 필요도 없었습니다. 단 한 가지 우리는 언제나 만난다는 확신만 있었을 뿐입니다. 그래서 마음이 편안했습니다. 그러면서 저는 서서히 선생님께 다가가고 있었습니다. 지금도 마찬가지입니다. 선생님, 살금살금 선생님께 다가가는 제 발걸음 소리 안 들리나요? 그게 사랑인가? 아, 정말 모르겠습니다.

선생님의 글 중에서 생각나는 구절이 있어서 옮겨 봅니다.

'우리에게 내일이 있는가. 내일은 없다. 다만, 선험적으로 저녁에 잠들고, 아침에 일어났으니 내일도 그러할 것이라고 생각하는 것뿐이다. 우리에게 내일이란 없는 것이다. 누가 내일을 보겠는가? 그러니 오늘을 마지막 날이라 생각하고 최선을 다해 살라.'

맞는 이야기입니다. 오늘도 살았으니 내일도 살아 있을 것이라고 믿는 것뿐입니다. 내일을 기다리지 않는 사람이 세상에 어디 있겠습니까? 그럼에도 불구하고 우리는 모두 내일을 목전에 두고 세상을 떠납니다.

그건 그렇고…….

선생님, 저는 몇 가지 우려를 하고 있습니다. 그 중 하나는 선생님과의 나이 차이입니다. 스무 해 정도 차이가 납니다. 선생님께서 문제 삼을까 걱정입니다. 제 생각으로는 아무런 문제가 되지 않는 것 같은데……. 언젠가, 기억하실지 모르지만, 나이 이야기가 나왔을 때 선생님께서는 늙은 사람이 젊은 사람과 만나는 일은 염치없는 일이라고 하신 것이 생각납니다. 심지어는 죄악이라고 하셨습니다. 농담 삼아 한 말씀인 것은 알고 있습니다만, 그때는 가슴이 저려왔습니다.

선생님이 저에 대해 무심한 것이라고 생각했습니다. 어쩌면 자포자기라도 하고 계신 것이라고 생각했습니다. 너무 슬퍼 잠을 이루지 못했습니다. 전화번호도 묻지 않으셨지요? 우리 정도의 나이 차이면 그것도 알아야 할 이유가 없다고 판단하신 것이라고 생각했습니다. 혼자 상상하고, 혼자 슬퍼했습니다.

선생님이 제 전화번호를 입력하셨을 때 너무 기뻐서 하마터면 소리칠 뻔했습니다. 그날 저는 한 동안 전화기를 가슴에 꼭 안고 있었습니다. 몇 번인가 전화번호가 잘 있는지 확인했습니다. 이제 제 마음을 아셨다면 나이는 잊으시기 바랍니다. 부탁입니다.

선생님, 벌써 선생님이 보고 싶습니다. 여전히 비행기는 서 있는 듯 날아갑니다. 이제 한국으로 돌아가면 이런 장거리 비행은 다시 하지 않을 것입니다. 다시는 한국을 떠나지 않겠습니다. 선생님과 함께라면 어떻게 하겠느냐고요? 그때는 그곳이 어디가 되었건 따라 나설 것입니다. 누구에게든 처음으로 제 속을 털어놓는 편지를 씁니다. 그러나 이 편지를 보낼지 말지는 다시 생각해 보겠습니다.

미국에 도착하면 아이에게 선생님 이야기를 할 것입니다. 사실 좀 운을 떼기는 했습니다. 제가 늘 아이와 다투는 일 중 하나가 새로운 짝을 찾아보라는 아이의 말을 듣지 않기 때문입니다. 아이는 늙은 여인을 단 하루도 책임지지 않을 것이니, 제발 더 늙기 전에 좋은 남자를 만나라는 것입니다.

물론 저는 거부했습니다. 아이가 고맙기도 했지만 그런 아이를 심정적으로나 물리적으로나 조금이라도 제 곁에서 떼놓고 싶지 않았습니다. 이제는 아이의 충고와 협박에 못 이기는 척하고 물러서겠습니다. 그 전에 선생님의 의견을 먼저 듣겠습니다.

선생님, 제가 너무 당돌했나요? 용서하시기 바랍니다. 저는 이 세상의 모든 일이 마음만 먹으면 제 마음대로 된다고 생각했습니다. 저는 영리한 아이였습니다. 소위 세계적인 명문 대학이라는 H대학에 다닐 때도 남들은 부러워했지만 정작 저는 학교를 그만둘까도 생각했었습니다. 학교를 다녀야 하는 이유를 몰랐기 때문입니다. 남들이 연봉 몇만 불에 계약할 때도 저는 그들보다 몇 배나 더 되는 연봉 계약을 하면서도 조금도 신나지 않았습니다.

남편이 죽고 — 지난 번에 이혼했다고 한 것은 제 자신에게 그런 아픔(?)이 있다는 걸 선생님께 알리고 싶지 않았기 때문입니다. 남편은 교통사고로 죽었습니다. 누구에게나 그런 말을 하는 건 자존심이 상했습니다. 때로는 제 곁에는 사고로 죽은 사람이 많아 입에 올리는 것조차 꺼려지기도 합니다. — 혼자가 되었을 때 비로소 내 마음대로 안 되는 일이 있다는 것을 깨달았습니다. 선생님은 저에게 안 되는 일이 그것 말고도 또 있다는 것을 가르쳐 주시지는 않겠지요?

음식 냄새가 솔솔 납니다. 아마도 아침을 먹일 모양입니다. 무슨 말을 썼는지 아침 먹고 다시 한 번 읽어보겠습니다. 원래 밤에 쓴 편지는 읽어보지 않고 보내는 것이라고 하더군요. 이 편지를 보낼 수 있을지 어떨지는 모르겠습니다.

선생님을 안 것이 기쁘고 자랑스럽습니다. 사람들이 이 책의 저자와 제목을 보라고 일부러 엎어놓고 있습니다. 일을 마치는 대로 돌아가겠습니다. 보고 싶습니다.

건강 조심하시기 바랍니다.

4월 10일

미국으로 가는 비행기 안에서

선생님을 사모하는 손현주 올림

PS : 선생님, 저는 우리가 만난 이래로 선생님과의 포옹만 생각하면 너무 좋아요. 특히 어젯밤 일을 생각하면 아직도 가슴이 두근거리고 온몸에 맥이 풀려요. 너무 좋았답니다. 좀 부끄럽네요.

일기 전문

3월 5일

몇 해 전부터 발목과 종아리 사이에 심한 통증을 느낀다. 밤이 되면 통증 때문에 잠을 이루지 못하고 뒤척인다. 진찰을 받아 보았지만 의사의 말로는 괜찮으니 걱정 안 해도 된단다. 문제는 걱정이 아니라 아프다는 것인데, 어떤 병증도 발견해내지 못했으니 달리 처방도 없다. 앉았다가 단번에 일어설 수도 없어서 손으로 바닥을 짚고 일어선다. 다리는 후들거리며 떨린다. 이 나이에 그래야만 하는 것인지 한심하다.

부모님이 안 볼 때 재빨리 바닥을 짚고 일어서고는 한다. 노부모를 모시고 사니 별 것이 다 신경쓰인다. 조카들만 보면 주물러 달라고 한다. 한참을 주무르고 나면 얼마간은 통증이 사라져 편안하다. 당뇨합병증이 아닌가 걱정했지만, 그도 아니라니 달리 치료하는 방법이 없다는 것이 문제다.

겨울 추위가 풀리는 기색이 돌자 걷기 운동을 시작했다. 이왕에 망가진 몸이니 혹시 운동이라도 하면 어떨까 하는 생각에서였다. 걷겠다고 나서기는 했지만 온전히 얼마간이라도 걸을 수 있는지는 의문이었다. 힘이 들었지만 참아가며 걷기를 계속했다. 처음에는 신천 변 운동길을 따라서 1㎞ 정도 되는 L마트까지 걸었고, 얼마 후에는 좀 더 멀리 걸었으며, 한 달 후에는 동두천 신시가에 있는 소방서 부근까지 빠른 걸음으로 걸었다. 왕복 한 시간쯤 소요되는 것으로 보아 4㎞는 족히 되는 거리다.

열흘쯤 지나자 다리의 통증이 사라지고 수월하게 잠을 이룰 수가 있었다. 진즉에 시작했어야 했는데, 그 알량한 글 쓴답시고 운동을 멀리한 채 컴퓨터 앞에만 앉아 있었던 것이 탈이었다. 다리는 가늘어지고 근력도 떨어진 것이 통증의 원인이 틀림없다. 오늘이 걷기 시작한 지 꼭 두 달째 되는 날이다. 문제는 게으름이었다.

마침 친정에 다니러 온 논산 사는 누이가 돌아가겠다고 해 의정부 시외버스 터미널까지 배웅하고 돌아와 느지막이 걷기 운동에 나섰다. 바람은 제법 찼으나 며칠 전보다는 훈훈하다. 봄은 빠른 속도로 오고 있지만 여전히 손이 시리다. 하지만 손을 주머니에 넣지는 않았다. 명색이 운동인데 손을 주머니에 넣는다는 것은 보기에도 그렇고 자존심도 상한다. 내일은 장갑을 껴야겠다. 바람이 정면으로 불어와 얼굴이 얼얼했으나 견디지 못할 정도는 아니다. 날이 풀리는 기색이 돌자 운동길에는 자전거를 타는 사람, 걷는 사람, 조깅을 하는 사람들로 붐빈다. 봄이 오는 것을 육감적으로 느끼고 사람들이 쏟아져 나오기 시작했다.

L마트로 올라가는 길에 다다랐을 때, 내리막을 지나온 자전거 한 대가 비틀거리며 오르막을 힘겹게 올라오다가 옆으로 쓰러졌다. 바닥에 있던 작은 돌을 넘지 못하고 균형을 잃은 듯했다. 나와는 불과 십여 미터 거리에 불과했다. 절묘한 거리였다. 급히 경망스럽게 뛰지 않아도 되었고, 점잔을 빼면서 느리게 가고 있다는 인상을 주지 않아도 될 알맞은 거리였다. 아침 햇살에 반짝 빛나는 노란색 프레임이 아름다운 자전거는 얼핏 보아도 비싸 보였다. 재빨리 다가가 넘어진 사람을 일으키려 했으나 여자인 것을 알아채고는 우선 자전거를 일으켜 세워 길 옆으

로 옮겨놓았다.

여자는 사이클링 복장이었고, 헬멧을 쓴 머리 밑으로 검은색 스포츠 고글을 쓰고 장갑을 끼었다. 마스크까지 하고 있어 얼굴을 볼 수는 없었다. 맥이 풀렸던지 일어날 생각을 하지 않은 채 몸을 추슬러 주저앉아 있었다. 그녀는 무릎을 세우고 손깍지를 껴 무릎을 감싸 안았다. 자전거를 일으켜 세우는 나를 남의 일 보듯 바라보았다.

"다친 곳은 없으세요?"

"네. 그런데 일어나기가 싫어요. 좀 쉬어야겠어요."

"그러세요. 보통 여유가 아니네요? 처음 보는 남자 앞인데 부끄럽지 않으세요?"

"뭐가 부끄러워요? 살다가 넘어지는 일이 어디 오늘 한 번뿐인가요, 뭐. 그때마다 부끄러워하면 평생 얼굴 한 번 못 들고 살아야할 걸요."

"그건 그런데……, 재미있는 분이시군요. 어쨌건 보통 분은 아니시네요. 괜찮으시겠어요?"

"네, 넘어진 김에 쉬어 간다고 숨 좀 고르고 나면 갈 수 있을 거예요. 고맙습니다."

"고맙기는요. 그럼 저는 먼저 가겠습니다."

"그러세요. 친절, 감사해요. 안녕히 가세요."

대화하는 동안에도 마스크를 벗지 않아 어떤 말은 귀를 기울여 들어야 했다. 그녀와 반대 방향으로 다시 걷기를 계속한다. 집으로 오면서도 그녀의 모습이 뇌리에서 지워지지 않았다. 맹랑한 여자다. 처음 보는 남자가 넘어진 자전거를 세우는 동안에도 한껏 여유를 보였다.

세상 살면서 넘어지는 일이 어디 이번뿐인가. 그때마다 부끄러워하고 어쩔 줄 몰라 한다면 어찌 세상을 살 수 있을까? 부끄러워해야 할 때 태연히 앉아서 남의 일 구경하듯 하면서 그런 말을 한다는 것이 쉽지 않았을 터인데, 그리 말할 수 있다는 것이 신기하기도 하고 놀라웠다. 사실 맞는 말이었다. 넘어졌다고 실망하고 부끄러워한다면 어찌 세상을 살아갈 수 있겠는가. 게다가 그냥 고맙다고 하지 어째서 친절, 감사해요, 라고 했을까. 왠지 그녀의 말이 자꾸만 영어로 번역이 되어 뇌리를 떠나지 않았다.

그녀의 처신은 매우 적절했다. 누군가가 도와주고 있는데 벌떡 일어나서 이를 마다하고 자신이 넘어진 자전거를 일으켜 세우겠다고 하는 것도 어찌 보면 채신머리없는 행동 아닌가. 그런 판단이 나를 오히려 편하게 했다. 묘하게도 그녀의 말에서 에너지가 느껴졌다. 왠지 모르게 내 속이 다 시원해지고 힘이 솟는 것을 느낄 수 있었다. 목소리가 건강한 새벽 산새 울음소리처럼 들렸다.

사족이지만 언젠가 목욕탕에서 갑자기 큰소리가 났다. 젊은 아버지가 자신의 어린 아들을 잡아끌면서 어떤 노인에게 왜 애 손을 잡고 있느냐고 큰소리를 쳤다. 아이 아버지의 말로는 그 늙은 사람이 아이의 기(氣)를 빼어가려고 한다는 것이다. 이해되지 않는 말이었다. 노인은 아무 말도 못하고 잠자코 있었다.

나중에 그런 사실을 친구들과의 모임에서 이야기한 적이 있는데 그 말이 사실이라는 의견이 대다수였다. 문득 그런 일이 떠오르며 저 여인에게서 느껴지는 에너지가 그런 류의 것인지도 모른다는 생각이 들었다. 만나서 이야기를 할 수 있다면 그런 에너지를 얻을 수 있을 것 같았다. 아니, 벌써 얻고 있었다. 이상하게도 그녀의 주변에 알 수 없는 에너지가 떠다녔다.

마스크를 하고 고글을 쓴 채여서 얼굴을 보여도 누군지 모를 것이라는 배짱이 작용했을까. 그렇지만도 않을 것이다. 자전거만 보아도 금방 알아볼 터였다. 말하고 행동하는 것으로 보아 자신의 노출을 의도적으로 꺼리고 있다는 생각은 들지 않았다. 말도 그렇고 행동도 그렇고 매사에서 자신감이 느껴졌다. 참으로 침착한 사람이라는 생각이 들었다. 폭풍우에 잔뜩 휘어지는 그러나 결코 쉽게 부러지지 않는 나무와 같다는 느낌이었다.

3월 7일

날씨는 쾌청하고 맑은데 바람이 수상치가 않다. 쓰고 있는 모자가 날아갈 정도다. 봄바람은 짓궂다. 신천변으로 서 있는 갈대가 꺾일 듯 누웠다가 일어나곤 한다. 갈대숲을 따라 속보로 부지런히 걸었다. (적어도 내 생각으로는 '갈대'라는 말이 '억새'보다 아름답다. 그런데 왜 그런 아름다움을 지닌 갈대와 억새가 이름을 바꿔 쓰는지 모르겠다. 억새라는 머슴 같은 이름 대신 아름다움을 준 것일까? 포천시 명성산에서 매년 개최되는 '억새풀축제'보다 '갈대 축제'였더라면 더 멋있는 이름일 것이라는 생각이다. 파스칼도 '사람은 생각하는 갈대'라고 했다지만 억새와 혼동한 것은 아닐까? 억새가 주는 어감이 강해 호락호락하거나 약하다는 느낌이 들지 않는다.) 혼자 생각이지만 이 길 전체를 억새 숲으로 가꾸면 가을이 아름다울 것이라고 생각했다.

어제보다는 운동하는 사람들이 눈에 띄게 줄었다. 알기도 잘 안다. 하기는 나 역시 바람이 심상치 않아 오늘 운동은 포기할까 하다가 기왕에 나섰으니 조금이라도 걷자고 마음먹지 않았던가. 날이 가물어 간신히 바닥만 적시고 흐르는 신천이 바람이 불 때마다 물결을 일으키고 있다. 듬성듬성 물 위에 모여 앉아 있는 청둥오리며, 황새며, 두루미 등 몇몇 철새들이 바람의 결을 이기느라 애쓰고 있었다.

요 몇 해 사이에 물이 맑아져 철새들이 날아들기 시작했다. 처음 천변 산책로를 만들 때만 하더라도 물에서 썩는 냄새가 나기도 했지만, 지금은 물이 깨끗해져 냄새가 없어졌는가 하면 이를 증명이라도 하듯 낚시꾼도 많이 늘었다. 다행스럽게도 신천이 다시 회복되었지만, 망가지는 데는 한두 해밖에 걸리지 않은 반면에 이렇게라도 회복하는 데는 무려 사십여 년이 걸렸다. 그러고도 완전히 복구되었다고 할 수 없으니 자연을 소중히 다뤄야 한다는 교훈을 얻는데 비싼 대가를 치르고 있다. 아직도 염치없고, 생각 없는 몇몇 사람들은 장마통이면 폐수를 몰래 흘려보내고 있다.

가끔 자전거를 탄 사람들이 지나간다. 걷기 운동을 하는 사람도 어제보다 숫자가 줄었다. 모두 마스크를 쓰고 검은 안경을 써 얼핏 보아서는 여자인지 남자인지 구분이 안 간다. 단지 자전거를 탄 사람들이 예외 없이 음악을 크게 튼 채로 지나갔는데, 그들은 대부분 트로트를 듣고 있어서 나이든 사람이라는 걸 짐작케 한다. 하기는 젊은이들이야 젊음 그 자체로 건강하니 무슨 운동이 더 필요하겠는가. 한결같이 검거나 회색 톤의 유니폼을 입고 있어서 멀리서 보는 것만으로는 나이를 짐작하기는 어렵다.

3월 10일

동두천시 KT 지사에 근무하는 L선생이 점심 식사를 하자고 해 일찍 집을 나섰다. 집에서 그곳까지는 도보로 약 오십여 분이 걸렸으므로 다른 날보다 삼십 분 정도 미리 출발했다. 시계를 보니 10시 30분을 가리키고 있었다. 소방서를 지나서도 이십여 분을 더 걸어야 한다. 아침 바람이 쌀쌀하다.

소방서 근처에 도착했을 때 마주 오던 자전거에서 안녕하세요? 하고 인사를 건네왔다. 내가 못 알아보자 천천히 자전거를 세우며 다시 한 번 안녕하시냐고 인사를 건넨다. 얼떨결에 안녕하세요? 하고 되받았으나 그가 누군지를 알아채지 못한 채 잠시 어리둥절했다. 이내 노란 프레임이 눈에 들어왔다.

"저 모르시겠어요?"

"아, 예, 알겠습니다. 죄송합니다. 빨리 알아보지 못해서……. 다친 데는 없으셨어요?"

"예. 덕분에요."

"다행입니다."

"매일 운동 나오세요?"

"예. 매일 나오는 편이죠. 너무 추우면 더러 떼먹기도 해요."

"그러시군요. 저도 그래요. 춥거나 몸 컨디션이 안 좋으면 안 나와요.

솔직히 좀 게으른 편이죠."

"지금 막 나오셨나 봐요?"

"네. 집이 이 근처예요. 이제 막 집에서 나오는 길예요. 그런데 오늘은 일찍 나오셨나 봐요?"

마치 내 운동 시간을 알고 있기라도 하다는 듯이 물어왔다. 무엇이 우리를 스스럼없이 친하게 했는지 신기했다. 그녀를 만난 지 꽤 오래되었다는 생각마저 든다. 말하는 것이 여유가 있어 보였다.

"한 사십 분 일찍 나왔어요. 지난 번에는 어디 좀 다녀오느라 늦었고요. 보통 열한 시께면 걷기 시작해요."

"그러셨구나. 사실 그 전에도 운동하는 중에 몇 번 뵈었어요. 선생님, 멋있으세요."

그녀는 느닷없이 그 말을 해놓고는 멋쩍게 웃었다. 싫지 않은 말이었다.

"감사합니다만, 나이 먹은 사람이 멋있어 봤자죠, 뭐. 오늘은 마침 친구와 동두천에서 점심 약속이 있어서 일찍 나왔어요. 옛날 소방서 사거리 근처에 칼국수집이 있어요. 좀 늦으면 자리가 없어 열한 시 반에 그곳에서 약속을 했거든요."

"점심 맛있게 드세요. 아, 참 그리고 언제 저도 그곳에 데려가 주실래요?"

"그러세요. 그럼 조심해서 다녀오세요. 넘어지지 말구요."

그녀는 알았다며 소리내 웃었다. 어쩌다 넘어진 걸 가지고 뭘 그리 걱정하느냐는 투의 웃음이었다. 여전히 말투는 씩씩하고 힘이 넘쳤다.

전화번호라도 받아둘 걸 하다가 다 부질없는 짓이라는 생각에 혼자 웃고 말았다. 여전히 얼굴이 어떻게 생겼는지는 확인할 수가 없었다. 훈풍이 불어야 마스크를 벗겨낼 것이다.

그녀는 자전거를 몰아 달려 나갔다. 잠시 후 뒤를 돌아다보니 벌써 모퉁이를 돌아 시야에서 사라지고 없었다. 그녀가 사라진 모퉁이에는 겨울을 지나온 억새가 바람에 건들거리고 있었다.

우리나라 사람은 묘한 구석이 있다. 점심을 사주겠다는 사람에게 그러마라고 초청에 응했는데, 정작 약속은 하지 않는다. 하기야 언제 점심 한 번 하자는 말은 누구나 쉽게 인사치레로 하는 말 아닌가. 죽기 전에 용케 만나기라도 하면 약속을 지키겠다는 말 정도로 알아들으면 그만이다.

그 약속 지키지 못하고 죽은 사람들이 천지일 것이다. 천당에서든 지옥에서든 만나면 얼마나 계면쩍을까. 그러니 그런 따위의 약속에 무슨 의미를 둔다는 말인가. 참 묘한 매력이 있는 여자다. 말하는 것이 거침이 없다. 어떤 말이든 시원스럽다. 화술이 뛰어난 것 같지는 않았지만 무슨 대답이든 준비해 두었다는 듯 쉽게 대답하고 묻기도 한다.

약속 장소에 도착하니 마침 한 군데 자리가 비어 있었다. 아직 L선생은 도착하지 않았다. 문자를 보내 도착을 알렸다. 얼마 안 되어 그가 들어왔다. 싼 값에 비해 맛이 꽤 괜찮았다. 칼국수로 점심을 때운 후 옆에 있는 커피집으로 옮겨 차를 한 잔 드는 것이 우리의 일정으로 정해져 있다.

늘 그렇듯이 수필에 대해 이야기를 나누었다. 올해는 꼭 책을 내라고 L선생에게 당부했다. 함께 의기투합해 '양주골문학회'를 시작한 지도 팔 년이나 되었고, 그는 그 사이에 등단해 수필가로 활동하고 있다. 단지 월급쟁이 생활에 시달리다 보니 책을 낼 엄두를 못 내고 있었다.

이런저런 이야기를 끝내고 그가 사무실로 돌아가자 다시 걷기를 시작했다. 이번에는 온 길을 버리고 시내를 관통해 신시가지를 거쳐 고가 전철 밑으로 난 운동길을 따라 걸을 요량이다. 신시가지는 사람들로 붐비고 있었으나 가게는 한산하다.

그늘진 곳은 여전히 쌀쌀했다. 일부러 그늘진 곳을 피해 반대편 길로 걷는다. 지행(紙杏)역 가까이에 이르자 마침 전철에서 내린 승객들이 무리지어 나오고 있었다. 대부분이 스마트폰을 들고 누군가와 통화하고 있거나 문자를 확인하고 있다. 오늘은 서넛이 모여 담배를 피우는 젊은이들이 보이지 않는다.

나도 뒷주머니에서 전화기를 꺼내 연락이 온 곳을 살핀다. 다행히 아무에게서도 연락이 없었다. 연락이 와도 문제, 안 와도 문제다. 이놈의 전화기가 애물단지일 밖에 없다. 귀찮아도 꼭 들고 다녀야 한다. (스마트폰이 광고를 해야 하는 사람들에게는 매우 유익한 수단이라고 생각한다. 나에게 오는 문자 메시지 중 거의 반 이상이 광고이거나 스팸 문자다. 그렇다고 스마트폰을 안 쓰는 재주도 없다.) 집에 도착하니 두 시 반이 되어 오고 있었다.

집에 도착해 거울을 보았다. 기분이 썩 좋다.

3월 14일

오늘은 어제보다 춥고 바람이 몹시 불 것이라는 예보에 창문 밖으로 기상 상태를 확인하고 걷기를 그만두었다. 앞산에 있는 기갑부대의 키 큰 나무들이 모두 휘청거리며 바람에 시달리고 있다. 집 앞으로 지나가는 전선들도 바람에 견디느라 웅웅거린다.

혹간 속도를 내 부는 바람에 부대 마당의 흙먼지가 공중으로 솟구쳐 오르다 미루나무 꼭대기쯤에서 사라진다. 공장 굴뚝에서 나는 목화솜 같은 김도 'ㄱ'자로 꺾여 날리며 바람의 방향과 세기를 알려준다. TV에서는 주말이나 되어야 꽃샘추위가 물러갈 것이라며 황사와 감기에 주의하라고 당부하고 있다.

3월 17일

무슨 일이든지 하다가 멈추면 영 못하고 마는 경우가 허다하다. 며칠 만에 마음을 추스르고 다시 걷기에 나섰다.

한때 나는 매주 두 번씩 집 뒤에 있는 칠봉산을 오른 적이 있었다. 등산은 2년 정도 계속됐다. 어느 해인가 한 달 정도 터키 출장을 다녀온 후 슬그머니 잊어버리고 말았다. 생각할수록 아깝다. 지금 다시 오른다는 것은 엄두가 나지 않고 체력도 자신이 없다. 그것이 걷기로 바꾼 이유이기도 하다.

아직 찬 기운이 남아 있었지만 점심 때가 지나면서 온도가 급상승하고 있다. 몇 년 전까지만 해도 헛짚어 곤욕을 치르던 기상예보를 생각하면 지금의 예보는 한결 정확하다.

천변 운동길에는 사람이 부쩍 늘었다. 시에서 나와 청소를 하느라 한 무리의 일꾼들이 땀을 흘리며 함부로 버려진 쓰레기를 치우고 있다. 모처럼 깨끗해진 길을 걸으니 기분도 상쾌하다. 버리지를 말아야 할 텐데, 무심코 휴지조각을 내던지는 사람들의 마음을 이해하기 어렵다. 바람에 날려 도로가로 심어져 있는 개나리 울타리에 걸려 있는 비닐조각과 가로수에서 떨어져 엉켜 있는 낙엽도 모두 걷어낸다.

한 4,5㎞쯤 되는 강변도로에 개나리가 피면 그야말로 장관이다. 개나리 꽃눈이 불거질 날만 기다리고 있다. 자세히 보지 않아도 눈이 커지고 나뭇가지에 물이 오르고 있다. 멀리 보이는 개나리 군락이 노란색을 띠기 시작했다.

한 떼의 새가 재잘거리며 꽃눈을 쪼고 있다. 조만간 눈이 터질 것이다. 자전거 동호회인 듯, 한 무리의 사람들이 씩씩거리며 지나간다. 멀리서 온 사람들인가 보다. 그러고 보니 벚나무와 개나리 울타리 그리고 억새의 조화가 그럴 듯하다. 이곳의 명물이 될 수도 있을 것이다.

작년인가 아이가 제 사촌 둘과 함께 꽃마중을 할 양으로 여의도까지 자전거로 다녀왔다는 말을 한 적이 있다. 너무 일러서 꽃은 구경도 못하고 허탕을 쳤다고 했다. 혹시 저들은 가는 겨울을 배웅하려고 급한 마음에 서울에서 출발했는지도 모를 일이다. 며칠 운동을 건너뛰었더니 종아리에 힘이 들어가고 아파온다. 못 견딜 정도는 아니다. 속보로 걸어 소방서로 향하는 오르막길에 이르러 다시 발걸음을 돌렸다. 시계를 보니 집에서 출발한 지 삼십 분이 좀 더 걸렸다. 돌아가 점심을 먹으면 딱 맞을 시간이다.

냇물에는 철새들이 조용히 발을 담그고 서서 먹잇감을 노리고 있다. 발이 시릴 텐데 하고 생각하다가, 새는 다리가 비어 있어서 전류가 흐르지 않는다는 말을 기억해내고는 그렇다면 온도 역시 전해지지 않을 것이라고 생각해본다. 그러니 저렇게 채 얼음이 녹지 않은 찬물에 서서 먹잇감이 지나가기를 기다리고 있을 것이다. 가끔 머리를 물에 처박듯 하는 놈을 보면서 물고기 한 마리 얻었구나 하고 생각한다. 혹시 흐르는 물을 응시하고 있으면 어지럽지는 않을까 괜한 걱정을 해본다.

무슨 새인지 날개를 펴고 하늘에 정지해 있는 것이 보였다. 날개를 편 채 저렇게 하늘에 머물러 있는 것을 보기는 처음이다. 급히 손전화기를 꺼내 사진 촬영 모드로 놓고 두 번이나 사진을 찍었다. 진기한 광경이다. 그 폼이 꼭 번지점프를 위해 두 팔을 벌리고 서 있는 사람 모습과도 흡사했다. 저러고 날갯짓을 하고 있자면 힘이 몹시 들 것이다. 그렇게 버티고 있는 데는 필시 무슨 까닭이 있겠지만 신기하기도 하고 얼마나 힘이 들까 하는 생각도 든다.

'길나다리'에 도착하기 전까지 약 오백여 미터는 목적지를 보지 않고 걷는다. 땅만 보고 열심히 무슨 생각이던 생각에 잠겨 걷기를 좋아한다. 목적지가 가까워 오면 힘이 풀려 멀다고 느껴지는 것을 막는 데는 그만이기 때문이다. 신천을 건너 소래로 들어가는 다리 밑을 건너면 걷기 운동의 종착지다.

다리 아래에는 얼기설기 지은 바람집과 평상이 놓여 있다. 상주하는 집은 아니고 아침이면 할아버지들이 모여들어 청소도 하고 크게 떠들며 웃기도 한다. 아, 오늘도 무사히 살아 계셨구나 하고 나도 모르게 안도하며 그곳을 지난다. 제법 멀쩡한 고물 난로에는 장작이 타고 할아버지 네댓 분이 모여 장기를 둔다. 팻말을 세워 '커피'와 '칡차'를 판다고 써

붙였다. 언젠가 한 번 들러 칡차를 한 잔 마시기로 한다.

그곳에서부터는 좁은 찻길을 조심스레 걸어 집으로 가야 한다. 길 나다리는 양쪽에 버스 정류장이 있는 사거리로 제법 많은 가게들이 들어섰다. 철물점과 주유소, 건축 자재상, 콘크리트 타설용 자재를 파는 가게들이 대부분이다. 이들 가게는 3번 국도를 따라 길게 늘어서 있다. 이곳에서 집까지는 약 삼백 미터쯤 된다. 횡단 신호가 들어올 때까지 잠시 기다렸다가 재빨리 길을 건넌다. 며칠 만에 멀리 걸었더니 힘이 든다.

3월 21일

아침나절에 빗방울이 듣더니 간신히 기상통보관 체면만 세워준 채 하늘이 맑다. 밖을 내다보며 하늘을 쳐다보는 구순 아버지의 낯빛에 걱정이 가득하다. 오늘은 점심을 먹고 운동에 나서야겠다.

오전에는 부탁받은 원고를 잡지사에 보내야 되는데 퇴고를 열심히 했다고는 하지만 아무리 고르고 골라도 쌀 속에 뉘 같은 것이 보여 한 번 더 퇴고하기로 했다. 일기야 대충 적어 놓아도 혼자 보는 글이니 그만이지만, 내 손을 떠난 수필은 아무래도 불특정 다수가 읽는 글이라 조심스럽다. 수필이든 시든 간에 작가의 손을 떠나면 다시 고칠 수가 없으니 처음부터 문법과 문장쓰기에 맞는 글을 써내야 한다. 그것이 독자에 대한 도리다. 그러자면 시간을 투자해 꼼꼼히 살펴야 한다.

원고를 메일로 송부하고 밖을 보니 여전히 쾌청하고 바람 한 점 없다. 딸아이가 작년 어버이날 선물한 스틱형으로 된 햇볕차단 크림을 발라야겠다. 거울을 보고 골고루 바르면서도 이보다는 튜브에 들어 있는 액상크림이 더 효과적일 것이라고 생각한다. 딸아이의 얼굴을 떠올리며 열심히 문질러 발랐다. 효과는 차치하고 튜브의 크림보다는 미끈거리지 않고 바르기가 수월해 좋기는 하다.

차가 지나가도 먼지가 일지 않는다. 도로에 물이 흥건한 것으로 보아 동네 가운데 있는 콘크리트 가공공장에서 물을 뿌린 것이 틀림없다. 길나다리를 건너 강변도로로 접어들자 드문드문 운동하는 사람들이 눈에 띈다. 오늘은 좀 더 멀리 갈 것이다. 동두천 구시가지까지 갔다가 전철 밑 길을 따라 되돌아올 것을 계획한다.

오는 길에 L마트에 들러 지난 번 부탁해 두었던 컴퓨터 프린터 용 컬러 잉크를 사와야겠다. 벌써 부탁한 지가 두 달은 더 되었다. 까맣게 잊고 있었는데 어제 문자가 와 잉크가 오래 전에 도착해 있다고 알려왔다. 매사 산다는 것이 그런가 보다. 필요할 때는 금방 죽는 시늉을 하다가도 그때가 지나면 다 잊어버린다. 컴퓨터 가게에 미안한 마음이 든다.

며칠째 불던 미세먼지 바람도 오늘은 멈췄는지 멀리 치솟아 있는 감악산이 또렷하고 우람하다. 길 중간중간에 마련된 운동기구에 매달려 운동하는 사람이 많다. 철의 차가움 때문에 아예 나는 그 근처에 얼씬도 하지 않는다. 추운 것보다는 그래도 더운 게 낫다.

수일 내로 골프 연습장에 나가야겠다. 팔에 힘이 없어서 공을 멀리 날리지 못한다는 것을 알면서도 팔운동은 거의 하지 않고 있다. 하기는 멀리 보내는 일도 정확성이 따라야 한다. OB말뚝 밖으로 나가는 공의 숫자를 늘리기 위해 팔운동을 할 까닭이 없다. 다 핑계다. 멀리 그리고 정확하게 골프공을 날리는 연습을 하면 될 일이다. 그러고 보니 얼마 안 있으면 골프 치자는 친구들의 전화가 간간이 올 것이다. 얼마간이라도 연습을 해두어야 한다. 한탄강CC 주변 깊은 계곡의 절경, 봄 철쭉 풍경이 눈에 선하다.

혹시라도 L마트에 들른 사이에 그녀가 지나가는 것은 아닐까 하는 조바심이 문득 인다. 혼자 슬며시 웃었다. 언제부터 그녀를 알았다고 이처럼 기다려지는 것일까. 선생님 멋있어요, 라고 한 말이 맴돌며 떠나지 않는다. 정말일까. 아니면 인사치레로 한 말일까.

나이가 육십이 넘어서도 그런 말을 듣고 좋아할 수 있다는 것이 신기하다. 다소 그 말이 나를 흥분시키기는 했지만 겸연쩍은 말이기도 해 쑥스럽다. 하지만 싫지는 않다. '회색 사랑'- 로맨스그레이, 한 번 해볼까. 되기는 할까. 집으로 접어들 때까지 그녀를 만나지 못했다.

3월 23일

골프 연습장에도 운동하러 온 사람들이 제법 많다. 어떤 사람은 연신 흐르는 땀을 닦느라 여념이 없다. 타석에 들어서기 전에 잠시 스트레칭을 한다. 허리도 뻑뻑하고 무릎도 잘 돌아가지 않는다.

골프 가방을 열자 겨우내 갇혀 있던 찬바람이 냄새와 함께 훅하고 올라온다. 그립에서도 찬 기운이 느껴진다. 이곳저곳에서 경쾌한 음을 내며 포물선을 그리고 공들이 날아간다. 공 배분기에 붙어 있는 계수기가 130이라고 가리킨다. 잠시 숨을 고를 겸 타석을 물러나 의자에 앉았다.

"안녕하세요? 운동하러 오셨네요."

나에게 인사할 사람이 있을 것이라고는 생각하지 않았다. 일부러 동네에 있는 연습장을 버리고 이곳으로 온 이유 역시 아는 사람을 만나는 것이 싫었기 때문이다. 그녀는 음료수를 들고 내 앞으로 와 인사한 사람이 자신임을 알린다. 누구더라. 다만, 그녀에게서 나는 가벼운 향수 냄새가 자전거를 타고 가던 여인임을 짐작하게 했다.

"아, 예, 오랜만이네요. 별 일 없으셨죠? 제가 원래 사람을 잘 못 알아봐 가끔 곤욕을 치르곤 해요. 멍청해서 죄송합니다."

"저도 그래요. 제 얼굴을 보는 것이 처음이시죠? 모자에 마스크에 고글까지 썼으니 제 얼굴을 모르시는 것은 당연하죠. 그런데 용케 알아보시네요."

"예, 실은 향수 냄새가 익숙하네요."

"호호호, 그렇게 알아보기도 한다는 것은 몰랐네요. 내일부터는 향수를 바꿔야겠어요."

"저 때문이라면 바꾸지 마세요. 이제 얼굴 보았는데요, 뭘. 전 트레졸 향수 냄새를 좋아해요."

"어머, 웬 남자분이 향수 이름까지 아세요?"

"실은 제 집 사람에게 한 동안 그 향수만 사다주었거든요. 지금은 누구 말마따나 몸이 기억해요."

미인은 아니었지만 가무잡잡한 얼굴에는 자신감이 있어 보였고, 말에는 여전히 힘이 실려 있었다. 훤칠한 키, 유독 새카맣고 반짝이는 눈동자 — 하마터면 빨려들 뻔했다 — 중년의 균형 잡힌 몸매가 매력적이었다. 그 체격에 가장 알맞은 목소리를 지니고 있다는 생각이 들었다.

"해외에 자주 다니시나 보죠?"

"지금은 덜 하지만 한 동안은 한 해의 반은 해외에서 살다시피 했어요. 주재원 생활을 한 적도 있는 걸요."

"설마 놀러 다니신 건 아닐 테고, 비즈니스 하세요?"

"예. 놀러간 것은 아니고 거의가 비즈니스 여행이었죠."

그녀는 잊었다는 듯 음료수를 내밀었다.

"이거 들고 하세요."

"예. 감사합니다. 마침 목이 마르던 참인데, 잘 됐네요."

그녀는 앉았고 나는 타석을 벗어나 선 채로 말했다. 옆 의자에 앉기는 너무 좁았다. 그녀는 한쪽으로 비껴나면서 앉을 자리를 넓혔지만 앉지는 않았다.

"여기 회원이세요?"

"아네요. 제가 보기보다는 끈기가 없어 회원권을 끊으면 잘 나오지 않게 되네요. 한 달치 끊어봐야 몇 번 치고는 그만예요. 그래서 좀 비싸도 올 때마다 끊어요."

"저는 등록했어요."

"부지런하시네요. 자전거 타랴, 골프 연습하랴."

"선생님도 마찬가지죠 뭐, 걷기 운동하랴, 공 치랴."

"그런가요?"

한 동안 침묵이 계속되었다. 별로 할 말도 없기도 했다. 젊었을 적부터 특히 여성과의 대화에는 젬병이었다. 주위를 살피며 여유 있게 말을 하는 재주도 없었고, 한 가지 주제에 몰두하면 다른 여유는 갖지 못했다. 할 말이 없어서 못하는 것은 아니다. 언제나 가슴속에 잔뜩 쌓아놓기만 하고 헤어지고 나서야 하지 못한 말 때문에 못내 아쉬워했다.

헤어지고 나면 영화에서처럼 쉴 새 없이 위트 있게 말하는 남자 주인공을 떠올리며 대체 이렇게 무능할 수 있는가에 대해 한탄하기도 했다. 그녀가 자리를 뜨고 나면 못다 한 말이 필시 생각날 것이다. 이번에도 마찬가지였다. 좀 더 오랫동안 대화할 수 있는 기회를 어정쩡한 말주변으로 놓쳐버리고 말았다.

"그럼 연습하세요."

웃어 보이는 것으로 그녀의 말에 대답했지만 속으로는 자신을 질책하고 있었다. 거 참, 그리도 안 된다는 말인가. 젊었던 시절 말재주만으로 밤새도록 여자를 붙들어 둘 수 있다는 친구의 말이 떠올랐다. 하긴 그런 그는 잘 살고 있는지, 어떤 여자를 맞았는지 궁금하기도 했다.

그녀는 자신의 타석을 찾아 걸어갔다. 내 연습을 방해하고 있다고 느끼는 듯했다. 그보다는 내가 하는 말로 보아 별로 자신에게 관심이 없다고 느꼈을 수도 있다. 할 말이 없는 건 어쩔 수가 없다. 그러고는 서너 타석 떨어진 내 뒤쪽 타석에 들어가 연습을 시작했다. 민망해 할까봐 일부러 못 본체했다.

한 동안 공을 치다 쉬려고 했을 때 그녀는 마침 드라이버 연습을 하고 있었다. 어지간한 남자만큼 공을 멀리 날려 보냈다. 정상에 오른 아마추어 고수처럼 보였다. 그녀는 나를 못 보았는지 의식하지 않은 채 연습에 열중했다. 여전히 공은 멀리 그리고 똑바로 날아갔다. 몸의 밸런스도 프로처럼 일정하고 부드러웠다. 부럽다는 생각이 들었다. 완벽

하다시피 한 그녀의 폼과 마구잡이로 배운 나의 폼과는 비교가 되지 않았다. 이기기 힘들 거라는 생각이 들었다.

한 시간쯤 운동을 했다. 수필 수업이 있는 것이 생각났다. 시계를 보니 시간이 빠듯했다. 바쁘게 골프채를 챙겨 놓고 그녀에게로 갔다.

“저 먼저 가볼게요. 연습 많이 하세요.”

“왜, 그만하시게요?”

“네, 볼 일이 있는 것을 깜빡 잊었어요.”

“데이트 하세요?”

그녀의 급습에 웃음이 먼저 터져 나왔다. 웃은 이유는 그녀의 순발력이 놀라웠기 때문이었다.

“제가 맞혔나 보죠?”

“틀렸어요. 강의하는 게 있어서요?

“무슨 강의예요? 그럼, 프로페서세요?”

“아녜요. 제가 교수처럼 보이나요?”

“강의하신다니까 그럴 수도 있겠구나 하고 생각이 드네요.”

“나쁘지 않군요. 다음에 다시 뵈어요.”

그녀는 안녕히 가시라고 인사를 하고는 휴게실로 들어갔다. 부리나케 차를 몰아 집으로 왔다. 대충 씻고는 덕정도서관으로 갔다. 늦지는 않았지만 벌써 수필교실 수강생들은 모두 와 있었다.

수업 내내 오늘쯤 그녀에게 관심을 보였어야 하는 것이 아닌가 하는 후회가 들었다. 까짓것 밑져야 본전이라고 한 번 해봤어야 하는데. 그래 봐야 차 한 잔 하자는 말일 테고 분위기를 보고 전화번호라도 달라고 하면 될 일이었다. 그녀가 자신에게 별로 관심이 없나 보다고 판단하는 순간 그녀와의 만남이 끝장날 듯싶었다.

가끔 때를 놓치고 후회하던 옛날 생각이 났다. 대학생 때도 떠나간 여인이 있었다. 훗날 내가 그녀를 싫어하는 것 같아서 더 이상 인사치레로는 만나기가 힘들었다고 소개를 했던 친구를 통해 들었다. 공연히 엉터리 분위기 잡다가 치도곤을 맞은 격이었다. 이번 경우도 그리 되지 말라는 법이 어디 있는가. 몸과 마음이 따로 놀고 있다고 느껴졌다.

3월 24일

오랜만에 운동을 해서 그런지 쓰지 않던 어깨 근육이 편치 않다. 아무래도 걷는 것보다는 어깨 근육 먼저 풀어야 될 것 같다. 옆구리도 결리는 것 같다. 점심 전에 연습장에 들러 연습을 끝내고 오후에 걷기 운동을 했다. 버릇이 된 것일까. 자동적으로 걷기 운동에 나서게 된다.

3월 25일

어떤 약속이든 잊고 지내면 생각보다 빨리 그 시간이 오는 법. 안달하면 시간은 더디 가고, 더디 온다. 잊고 지내려고 해도 어떤 일은 쉽게 잊히지가 않는다. 기다림은 때로는 지루하다 못해 잔인하다.

내 의지가 작용했든, 아니든 생각지도 않았던 것을 기다려야 할 때도 있다. 갑자기 내가 왜 그런 것을 기다리지 하며 놀라기도 한다. 욕심이다. 왜냐하면 대체로 그런 것들은 무모하기도 하고, 터무니없는 꿈과도 같기 때문이다. 그런 행운은 대체로 오지 않을 것임을 안다.

공을 치면서도 자주 뒤를 돌아본다. 집중이 되지 않는다. 웃음이 절로 난다. 난 왜 그녀를 기다리는 것일까. 하기는 그녀의 친절이 기대감을 키우기는 했다. 그마저도 내 생각이기는 하지만 말이다. 다가설지 물러설지 결심이 서지 않는다. 결정적인 순간에 '선생님, 멋있으세요' 하는 그녀의 말이 나를 붙든다.

아무래도 그 말을 믿는 편이 마음이 편하리라. 믿지 않으려 하는 마음보다는 믿고 싶다는 마음이 앞선다. 사람은 때때로 어떤 말이 사실인지 아닌지 확인도 해보지 않고 자신에게 좋은 말이면 무조건 믿게 마련인가 보다. 그래서 정치에서도 간신이 존재하는 것은 아닐까.

뭐가 문제인지 공이 제대로 맞지 않는다. 자꾸만 오른쪽 망을 향해 날아간다. 드라이버를 포기하고 7번 아이언을 잡는다. 곧잘 맞는다. 다시 드라이버를 집어든다. 정성을 들여 쳐보지만 여전히 슬라이스 구질이다. 뭐가 문제일까. 머릿속에든 팔에든 잘못된 자세가 입력이 되어 있는가 보다. 이런 때는 몸이 혹은 머리가 기억하고 있는 것을 지우기 위해 잠시 휴식을 취하는 것도 한 방법이다. 충분히 지워질 때까지.

휴게실의 TV에서는 얼마 전 박인비 선수가 우승한 LPGA 메이저 경기를 녹화로 방송하고 있다. 정작 내 눈은 유리창 밖으로 보이는 산등성이에 머문다. 봄이 완연하지는 않지만 성큼 다가온 것이 느껴진다. 아직은 산이 검지만 봄기운과 함께 옅은 밝음이 느껴진다.

문이 열리며 그녀가 들어섰다. 너무 반가워 아, 하고 소리를 지를 뻔했다. 순간 내가 그녀를 기다리고 있었다는 사실을 깨달았다. 가슴이 뛰기 시작했다. 뭔, 이런 일이 있는가 하는 생각에 혼자 웃었다.

"아! 오셨네요. 그렇지 않아도 보고 싶었어요."

표정과 말 관리를 해야겠다고 한 순간 불쑥 말이 먼저 튀어나갔다.

"네에? 와, 선생님 보기보다 용기가 있으시네요. 전 선생님은 그런 말씀 절대로 안 하실 분이라고 생각했어요. 자전거를 탈까 하다가 하체보다는 상체가 빈약한 것 같아서 팔운동을 하려고 왔어요, 호호호. 그러고 보니 잘 왔네요."

지난 번 넘어진 것을 떠올리며 하체도 빈약하다고 말할 뻔했다. 그녀는 뭐가 그리 기분이 좋은지 말도 상쾌하고 똑 떨어졌다. 게다가 내 말에서 '보고 싶었다'는 말을 콕 집어내다니. 잘 왔다고 하는 말이 심상치 않게 들렸다. 뭐가 잘 왔다는 말인지, 그 말을 무엇 때문에 하는지 얼핏 정리가 되지 않았다. 최근 들어 그녀의 말을 혼자서 해석하기 시작했다. 내가 보고 싶었다고 한 말에 대한 대답으로 들렸다. 그나저나 보고 싶었다는 내 말이 시기적절하게 사용된 것 같아 기뻤다.

"지금 오신 거예요? 제 말이 좀 이상하지는 않았죠. 커피 한 잔 하실래요? 사실 엄청나게 용기를 내서 한 말예요. 어지간해서는 그런 말 아무한테나 잘 안 해요."

"커피는 방금 집에서 마시고 왔어요. 뭐 그런 말을 용기까지 내서 말하세요. 선생님께서 보고 싶었다고 하시니 기분이 좋아요. 저는 내심 선생님이 저를 보기 싫어하면 어떻게 하나 하고 생각했어요. 공연히 선생님을 괴롭히고 있는 것은 아닌지 혼자 걱정하기도 했고요. 이제 마음이 놓이네요. 달콤한 망고주스나 하나 뽑아주세요. 아, 기분이 좋아요. 그것도 너무나……."

"그러세요? 그렇게 하죠."

"초면에 주문이 많죠?"

"초면이라뇨? 그러네요. 하지만 꽤 괜찮은 주문이네요. 뭐든 말씀만 하세요. 다 해 드릴 테니까요."

너무 앞서 나가고 있는 것은 아닌가 하는 생각이 들었다. 우리는 함께 웃었다. 잠시 후 망고주스 한 캔과 커피를 사왔다. 그녀는 고맙다며 캔을 받아든다.

그녀의 정체가 궁금했지만 그런 것을 묻기에는 너무 오래 전에 만났다는 생각이 들었다. 왜 이제 와서 그런 것이 궁금한 것일까? 묻지 않기로 했다. 언젠가 자연스럽게 터져 나올 말이었다. 한 동안 그렇게 앉아 있자니 분위기가 어색했다. 그녀도 밖을 내다보며 천천히 주스를 마시고 있었다. 주스를 마시는 입술이 아름다웠다. 아, 저 입술, 너무 매혹적이야. 갑자기 추위가 가신 것처럼 서먹서먹하던 분위기가 일시에 사라지는 것을 느꼈다.

"핸디가 얼마나 되세요? 보통 실력은 아닌 것 같던데요?"

"글쎄요. 보기 플레이는 해요. 선생님은요? 그리고 선생님 말씀 놓으세요. 그렇게 존댓말 하는 것 싫어요. 선생님에 비하면 전 아직 애잖아요."

"어떻게 말을 놓아요. 그건 아직 아닌 것 같아요. 농담이지만 아무리 애라도 그렇죠."

자신 있게 말하는 것으로 보아 그 정도는 언제든지 칠 수 있다는 말로 들렸다. 폼이 일정했고, 몸동작이 유연한 것으로 보아 만만해 보이지 않았다. 못 쳤을 때가 그렇다는 말로 들린다. 그 말을 액면대로 믿었다가는 망신당하기 십상이다.

"저요? 글쎄 고무줄 핸디라서 말씀드리기가 곤란해요. 금방 탄로가 나거든요. 잘 맞는 날은 팔십 후반, 안 맞는 날은 100개도 쳐요. 약은 좀 오르지만 기왕에 비싼 돈 내고 치는 것이니 남겼다고 생각하죠. 하기는 연습 안 하고 잘 맞기를 기대하는 제가 잘못이죠. 이젠 그나마도 틀렸어요. 두세 해 전만 해도 운동이 끝나면 아쉽다고 생각했었는데……, 지금은 열다섯 홀 정도 가면 힘이 들어 그만 치고 싶어요."

"제가 보기에는 아직 그 정도는 아니신 것 같아요. 한창 재미있게 칠 연세 같은데요. 왜 자꾸만 뒤로 물러서세요? 힘내세요, 선생님,"

용기를 북돋워주려고 그리 말하고 있다고 느껴졌다.

"보기와는 달라요. 연세는 무슨 연세, 저 몇 살이나 먹은 것 같아요?"

"글쎄요. 맞추기가 힘든 것이 나이예요. 육십대 초반?"

그녀의 눈썰미는 대단했다. 하는 말인지는 몰라도 내 나이를 짐작해 보라고 하면 오십 중반으로 보는 것이 보통인데 정확하게 맞췄다.

"대단하시네요. 어떻게 그렇게 정확히 맞추세요?"

"호호호, 돗자리 깔까요?"

"그러셔도 되겠어요. 저는 많이 쉬었으니 연습 공 몇 개 더 칠게요."

"먼저 나가세요. 전 전화 좀 하고 나갈게요."

휴게실 문을 나섰다. 공을 치려고 장갑을 찾았으나 주머니에는 없었다. 휴게실에 두고 온 것이 생각나 다시 그곳으로 향했다.

문을 열고 들어서자 그녀는 누군가와 통화하고 있었다. 국제전화인

듯 영어로 대화를 주고받았다. 거의 원어민 수준의 발음이었고 유창했다. 그때서야 친절, 감사해요, 라고 한 말이 떠올랐다.

그녀는 말을 바꾸더니 그래, 그러니까 당분간 안 가겠다는 거야. 제발 보채지 말고 얼마 동안만 더 기다려. 그리고 네 일이나 잘해. 내 걱정하지 말고, 하고 말했다. 상대방이 무어라고 말하는지 알았어, 하고는 전화를 끊었다. 공연히 대화를 방해한 것 같았다. 얼른 장갑을 들고 휴게실을 나왔다.

대체 무엇을 하는 사람일까. 매사 여유가 있었고, 행동이 절제되어 있었으며, 흩어짐이 없어 보였다. 잠시 후 휴게실을 나선 그녀가 자신의 타석에 들어가 스트레칭을 하고는 공을 치기 시작했다.

갑자기 수필반 학생과 차 약속이 있는 것이 생각났다. 시계를 보니 삼십 분 정도의 여유가 있었다. 피칭 연습이나 더 하고 가야겠다는 생각이 들었다. 오늘 연습은 엉망이었다. 그만하고 갈 요량으로 가방을 챙기는데 그녀가 다가왔다.

"선생님, 오늘 힘드셨죠? 공을 끝까지 보지 않으셔서 그래요. 어깨도 덜 돌고 상체가 들려요. 혹시 저에게 잘 보이려고 욕심 부려 치신 것은 아니죠?"

깜짝 놀랐다. 그녀는 번번이 내 공이 오른쪽으로 날아가는 것을 보고 있었다. 그녀의 지적이 싫지 않았다. 그럴 것이라고 느꼈지만 타석에서는 백 번을 다짐해도 그대로 되지 않았다. 어쨌든 그녀는 정확히 보고 있었고, 단호히 말하는 것으로 보아 확신에 차 있다는 태도였다. 적어도 골프에 있어서 나의 단점을 지적하는 건 쉬웠다. 처음부터 체계적으로 배우지 않고 혼자서 배웠기 때문에 매사 엉터리라는 게 금방 드러났다.

"그랬나요? 혹시 모르죠. 제 마음 저도 모를 때가 있기도 해요. 그래, 제가 잘 보이려고 한 효과는 있었나요? 공이 안 맞으면 힘이 더 들어요. 돈 낸 것이 아까워 시간은 때워야겠고, 공은 엉뚱한 곳으로 날아가니 약도 오르고 힘만 드네요."

"그럼요, 효과가 있었죠. 적어도 오늘 이 연습장에서 슬라이스 볼은 제일 잘 치셨잖아요. 호호호. 걱정 마세요. 내일은 달라질 거예요. 워낙 힘이 있어서 제대로 맞으면 똑바로 그리고 멀리 날아갈 거예요."

"문제는 공이 제대로 안 맞는다는 거죠. 하긴 칠 때마다 제대로 맞으면 얼마나 좋겠어요. 몇 년 전 모임에서 칠십 중반 노인네들과 함께 한 조가 되어 공을 친 적이 있었어요. 내가 타석에 들어서서 어쩌다 드라이버가 제대로 맞으면 젊은이라 다르다는 둥, 프로에 버금간다는 둥 별 칭찬을 다 하더라고요. 끝나고 정작 스코어 카드를 보니 그 분들 셋은 팔십 중반을 쳤고, 나만 구십 대지 뭐예요. 공이 멀리 간다고 점수가 좋은 것은 아니더라고요. 얼마나 민망하고 부끄러웠는지 몰라요. 더 치다 오실 거죠? 참, 저는 약속이 있어서 그만 가보아야겠어요."

"무슨 약속이 그리 많으세요. 그러세요. 내일 다시 뵈어요."

내일 만나자는 말이 나를 약간 흥분시켰다. 내일이 언제 온다는 말인지 셈이 되지 않는다. 생각 같아서는 오늘 저녁이면 더 좋지 않았을까 하는 생각이 들었다. 강변도로를 따라 약속 장소로 향했다.

도착하니 약 오 분 정도 시간이 남아 있었다. 자리를 찾아 앉자 수필반 학생이 커피숍으로 들어섰다. 손을 들어 위치를 확인시켰다. 그는 멀리서 머리를 숙여 인사를 하고는 바로 카운터로 가 차를 주문하면서 선생님, 커피 드실 거죠, 하고 물어왔다. 대답 대신 고개를 끄덕였다. 학생과 한 동안 수필에 대한 이야기를 나누고 집으로 돌아왔다.

3월 26일

아, 이제 그녀에 대해 이야기를 해야겠다. 여전히 그녀의 나이도 모르고, 무엇을 하는 사람인지도 모른다. 단지 170㎝ 정도의 훤칠한 키, 갸름한 얼굴, 서글서글하고 짙은 눈썹과 검고 큰눈을 갖고 있다. 정신을 똑바로 차리지 않으면 그녀의 눈 속으로 빨려 들어갈지도 모른다. 얼굴은 가무잡잡하고 늘 웃는 상이다.

나 자신이 그런 모습을 한 여인을 좋아하는지조차도 몰랐다. 주름이 없는 팽팽한 얼굴로 보아 사십 대 중반으로 보인다. 그녀는 이곳에 살지 않고 외국에 사는 것 같다. 만약 그녀가 영어로 통화하지 않았더라면 이조차도 추측하지 못했을 것이다. 일 때문에 이곳에 온 것 같은데, 서울이 아닌 동두천에 머무는 것으로 보아 혹시 미군부대와 연관이 있는 것이 아닌가 짐작이 된다.

우리말은 다소 느리기는 했지만 격이 있고, 어휘 사용도 정확했다. 감정을 숨기지 않고 드러내 가끔 상대를 당황스럽게 한다. 그럼에도 불쾌하다거나 버르장머리가 없다는 생각은 안 든다. 자전거를 탈 줄 알았고, 골프를 칠 줄 알았다. 그밖에 아는 것은 없다. 어학에 천부적인 소질이 있어 보였다.

내일 보자는 그녀의 말에도 불구하고 오늘 그녀를 만나지는 못했다. 시간 약속을 안 한 까닭이거나 장소 약속이 없었던 것이 만남을 그르치게 했다. '내일 보자'는 말을 '우리는 언제고 볼 수 있다'는 말이다. 봐도 되고 안 봐도 그만인 사람들에게 하는 일상적인 인사 정도가 아닌가. 마치 언제 점심이라도 하자는 말과 마찬가지로.

3월 28일

천변을 걸었다. 신천의 얼음이 녹자, 아직 추위가 가시지 않았는데도, 몇 종의 철새는 돌아가고 개나리는 몽긋몽긋 꽃눈을 부풀리고 있다. 남녘으로부터 꽃 소식이 들려왔다. 불을 질러 벌레집을 태워버린 곳에도 조만간에 새싹이 돋을 것이다. 이미 푸릇푸릇 새싹이 돋는 것이 보인다.

철새가 돌아가고 나니 멥새인지 참새인지 고만고만한 새들이 시끄럽게 재잘댄다. 개나리에게 봄이 왔음이 알리려는가 보다. 개나리가 꽃망울을 터트리려면 좀 더 많은 새들이 와야 할 것이다. 시끄럽기만 하지 지금 그 수로는 개나리 꽃망울을 쪼아대기는 턱없이 부족하다.

봄가뭄이 심하다. 조만간 비가 온다는 예보가 그나마 위안을 준다. 연일 산불이 났다는 소식이 들려온다. 서울에는 개나리가 활짝 피었다고 한다. 1922년 기상관측을 시작한 이래로 3월에 개나리꽃이 만발한 것은 처음이란다.

몇 해 전에는 걷는 사람이 많았는데 요즘은 자전거 타는 사람들이 부쩍 늘었다. 그것도 유행인가 보다. 하기야 유행이든 아니든 살기가 좋아진 것만은 틀림없다. 마트 안에 진열된 자전거의 값이 몇 백만 원씩 되는 것을 보고 놀랐다. 팔리니 전시해 놓았을 것이다. 나 같은 사람만 있다면 저런 가게는 모두 망하고 문을 닫아야 할 판이다. 장사를 하고 있는 것을 보면 나 같은 사람은 몇 안 되는 모양이다.

노란 프레임의 자전거 한 대가 오고 있었다. 그녀였다. 이제는 멀리서 보아도 그녀를 알아볼 수가 있다. 그녀는 자전거에서 내려 인사를 건넨다.

"선생님, 같이 걸어요."

"자전거는 어떻게 하구요?"

"저쪽에 있는 거치대에 붙들어 매놓으면 돼요."

"그러세요."

잠깐만 기다리라고 하고 자전거를 끌고 거치대가 있는 곳으로 간다.

"죄송해요. 기다리시게 해서."

"그 정도가 죄송하면 세상일 모두 죄송해야죠. 비싼 자전거 같은데 누가 집어가면 어쩌죠?"

"누가 집어갈라고요. 비싼 것 아녜요."

그녀는 가세요, 라고 말했고 우리는 나란히 걷기 시작했다. 그녀는 슬며시 팔짱을 껴왔다. 그러고는 괜찮죠, 하고 물어왔다. 좋아요, 라고 대답했다.

"지금부터 심문할 테니 기분 나빠하지 마세요. 묻지 말라면 그만두고요."

"아녜요. 궁금한 것 있으면 뭐든 말씀하세요."

"혹시 미국에 사세요?"

"그렇게 보여요? 맞아요. 미국 시민권자예요."

"그랬구나. 지난 번 연습장에서 전화하는 것을 우연히 들었잖아요. 영어가 꽤 유창하던데 미국에 가신 지는 오래 되셨나 봐요."

"아주 어렸을 때 식구들이 다 갔어요. 다라고 해야 오빠와 부모님 해서 모두 네 식구지만요."

"그런데 여기는 어떻게 오셨어요?"

"저 미 2사단 안에서 근무해요."

"군인이세요? 매일 일은 안 하고 놀기만 하는 것 같아요. 아니면 CIA? 무슨 일을 하시는데 줄창 운동만 하세요?"

"그래도 할 일 다 해요. 군인 아녜요. 제 일은 자유스러운 일예요. CIA가 아니고 CPA예요. 한국말로는 뭐라고 하더라? 갑자기 생각이 안 나네요."

"공인회계사 또는 그냥 회계사라고 불러요."

"맞아요. 저는 미국의 회계법인에서 파견된 사람이라 미군의 지시를 받지 않아요. 제 일만 하면 되고 문제가 있으면 직접 본사에 보고하고 지시를 받으면 그만예요. 하루 종일 안 나가도 누가 뭐라는 사람 없어요."

"대단한 분이시네요. 저도 학교 다닐 때 회계사를 해볼까 하다가 공부하기 싫어서 포기하고 말았어요."

"그럼 전공이 어카운팅이세요?"

"제가 대학 다닐 때는 경영학과 하나밖에 없었어요. 덕분에 회계학이니 뭐니 다 찝쩍거려 봤죠. 한국에 회계학과가 생긴 것은 제가 졸업하고도 한참 후예요. 여자가 가정을 떠나 해외에서 근무한다는 것이 쉽지 않은 일인데……, 가족과 떨어져 사는 것이 힘 안 드세요?"

나는 은근히 그녀의 가정에 대해 물었다. 물론 기혼자인 것은 틀림없다고 느꼈지만 혹시라도 남편이 알면 곤란할까봐 걱정이 되었다.

"그런 건 잘 모르겠어요. 미국에 딸아이가 하나 있어요. 함께 오자고 했더니 싫다고 해서 혼자 왔어요. 가끔 보고 싶어요. 전화나 하면 그만이죠, 뭐."

"그럼 아이는 아빠와 둘이 사나요?"

"아녜요. 몇 년 전에 이혼했어요. 아이는 학교 기숙사에 있어요. 떨어져 사는 게 싫어서 이곳으로 데려와 국제학교에 다니게 하려고 했지만 본인이 싫다고 하니 별 수가 없네요."

이야기를 나누다 보니 공사 중이라고 노란 테이프로 막아놓은 곳까지 와 있었다. 발걸음을 되돌렸다.

"한국에 오신 지는 오래 되셨어요?"

"일 년 조금 더 지났어요."

"혼자 견딜 만하세요?

"호호, 견딜 만하지 않으면 선생님이 도와주시겠어요?"

"그런 의미가 아니었는데. 죄송합니다. 원래 우리나라 사람은 남의 일에 관심이 많잖아요. 불쾌하셨다면 죄송합니다. 이해해 주세요."

"아녜요. 불쾌할 게 뭐 있어요. 저도 바탕은 한국인인데요, 뭘. 선생님의 질문이 어떤, 뭐라 그러지? 그 왜 있잖아요? 사람 정말 불쾌하게 하는 거요. 다른 생각하면서 은근히 떠보는 거 말예요."

본의 아니게 그녀의 말을 잘랐다.

"글쎄요? 음흉하다는 말은 아닐 테고."

"맞아요. 음흉하게 물어보는 것도 아닌데 미안할 게 뭐 있어요. 누구나 우리 한국 사람은 다 비슷해요. 고향 물어보고, 나이 묻고, 가족 관계 묻고 그러잖아요. 처음에는 이상했지만 지금은 버릇이 돼서 괜찮아요."

"어떻게 아세요. 음흉한 마음을 품고 있는지, 아닌지."

"절대 아네요. 저 사람 잘 봐요. 아시잖아요. 조만간에 돗자리 펼 것이라는 거."

우리는 동시에 웃음을 터트렸다. 그녀의 웃음은 언제나 명쾌했고, 웃을 적마다 복숭아 향이 난다고 느껴졌다. (사실 나는 복숭아를 과일 중에서 제일 좋아한다.) 그녀가 미국에서 살고 있다는 말을 듣자 영어로 대화하는 것도 아닌데 갑자기 말이 꼬이기 시작했고, 단어를 고르는 데도 신경이 쓰였다. 그녀가 못 알아듣는 것도 아닌데 이상스러웠다. 쉬운 단어를 고르기 시작했던 것 같다. 갑자기 내 말이 어눌해지기 시작했다. 그녀의 한국말은 정확하고 유창했다. 걷다 보니 자전거가 있는 곳까지 와 있었다.

"선생님, 제 집에 가서 차 한 잔 하실래요?"

"혼자 사시는데 그래도 될까요? 아파트 사람들이 이상한 눈으로 보면 어떻게 해요?"

"괜찮아요. 남 의식 안 해요. 저 사람 잘 본다고 했잖아요."

"겉만 잘 보시는 것 같아요. 시커먼 제 속을 아세요?"

"알 것도 같아요, 호호. 걱정 마세요. 제가 태권도를 하니까요. 시간이 허락하면 함께 가세요. 현대 2단지예요. 한 오 분?"

그녀는 주먹을 쥐고 태권도 하는 시늉을 했다.

"안 가겠다면 팰 건가요? 그럼, 맞기 싫어서 실례를 무릅쓰고 가겠습니다."

그녀가 번호를 눌러 문을 여는 동안 건너편에 있는 신천을 잠시 내려다보았다. 저녁 햇살을 받아 물결이 은빛 비늘처럼 반짝였다. 바람은 찼지만 봄기운이 완연했다. 바람은 똑같은 크기의 윤슬을 끊임없이 만들어내고 있었다.

"한때 이곳 아파트 주민들이 냄새 때문에 데모를 했었는데, 지금은 돼지 기르는 곳에서 냄새가 안 오는가 보죠?"

"말만 들었어요. 지금은 양돈을 모두 걷어 치웠다고 하대요."

"그렇다면 살기 좋아졌네요."

그녀는 내 말에 대답하지 않았다.

"들어오세요. 치우지를 않아 집이 엉망예요."

"아, 네. 깨끗한데요, 뭐."

"다행이네요."

"뭐 드시겠어요? 뭐든지 말씀만 하세요. 다 있어요? 담배 태우시려면 그건 베란다까지 가셔야 해요. 물론 담배는 없어요. 그것 말고는 편히 계셔도 돼요."

"전, 원두커피가 좋아요."

"그건 기본이구요. 술도 있어요."

"전 유감스럽게도 술은 못 해요. 드시겠으면 드세요. 담배도 안 피워요."

"원래요? 아니면, 끊으셨나요?"

"술은 원래 못 하고요, 담배는 안 피운 지 한 십오 년 된 것 같네요."

"그럼 저는 과일 좀 깎을 테니까 방 구경이나 하세요. 그 뒤가 제 침실예요. 구경할 것도 없기는 하지만요."

"혼자 사는 여자 방을 기웃거려도 되나요?"

"괜찮아요. 원래 남자들은 혼자 사는 여자의 방을 궁금해 하지 않나요? 미리 자수하는 거예요. 선생님, 침대 위에 혹시 제 속옷 없죠? 농담예요."

방은 침대 하나와 오디오 그리고 화장대가 전부였다. 여자 특유의 냄새가 배어 있었다. 화장대 위에는 화장품과 함께 딸로 보이는 소녀의 사진이 놓여 있었다. 사진 속의 소녀는 긴 머리를 하고 활짝 웃고 있었다. 생김새가 한국인이라는 것이 왠지 마음을 놓게 했다. 베란다 쪽으로 오디오가 있었고, 그 곁에는 많은 CD가 진열되어 있었다. 백여 장도 더 되어 보였다.

"이게 제 취미예요. 집에 있을 때는 주로 음악 감상을 해요. 미국 집에는 오디오가 좋은 것이 있어요. 여기서 듣자고 비싼 것을 살 수도 없고, 안 살 수도 없어 싸구려로 부대에서 하나 샀어요. 꽤 들을 만해요. 음악 좋아하세요?"

"뭐가 뭔지도 모르고 열심히 들어요. 저도 구닥다리지만 제법 괜찮은 오디오를 갖고 있어요."

"혹시, 이름이 뭐예요?"

"앰프와 CD플레이어는 나임(Naim)이구요. 스피커와 턴테이블은 린(Linn)예요."

"어머, 좋은 오디오 갖고 계시네요. 그거 지금 미국서 사려면 꾸미기 나름이지만 최소 십만 불은 줘야 할 걸요. 구닥다리 아녜요. 명품에 구닥다리가 어디 있어요. 저도 한때는 그걸 갖고 있었는데 어느 날 도둑이 들어 몽땅 걷어갔어요. 속상해서 한참 울었어요. 지금 갖고 있는 것은 매킨토시에요."

"정말 좋은 오디오 갖고 계시네요. 그 도둑양반 음악 좀 아는가보죠? 저도 그것으로 장만하려고 했었죠. 지금 것은 85년에 사우디에서 근무할 때 샀는데, 그곳에는 유대인이 만드는 물건은 수입이 안 되었어요. 거긴 코카콜라도 없잖아요. 그래서 할 수 없이 포기했죠. 나중에 바꿔야지 했지만 워낙 비싸서 포기하고 말았어요. 몇 해 전에 의정부 커피집에서 한 번 본 적은 있어요. 정말 소리가 황홀했어요. 그 집도 얼마 전에 가보니까 장사가 안 되는지 문을 닫았더라고요."

"85년이면 저 중학교 때네요. 옛날 소방서 옆 '바이올린' 말이죠. 그래서 닫은 것이 아녜요. 문 닫은 지 얼마 안 되었어요. 그 위층에 있는 병원 원장이 세컨드에게 내준 가겐데 본처에게 들켜서 어쩔 수 없이 가게 문을 닫았다고 하더라고요."

"그걸 어떻게 아세요?"

"그 물건 용산전자상가에 나온 걸 저도 보았어요. 수다쟁이 가게 주인이 그렇게 말하더라고요. 자기네 단골이래요. 그거 설치도 자기가 했다고 하더라고요. 좋기는 한데 기분이 나빠서 안 샀어요. 그리고 너무 비싸게 부르더군요. 나를 숙맥으로 알았나 봐요."

"세상 참 좁네요. 그런데 미국 어디에 사세요?"

또 그 못된 버릇이 작동하고 있었다. 혹시라도 LA이나 뉴욕쯤에 산다면 이놈 저놈 꿰다가 인연을 만들어 볼 참이었다. 그곳에는 한 사십여 명쯤 되는 동창이 살고 있었으니 알 만한 인연이 있지 않을까 싶었다.

"플로리다예요. 그곳에 와 보셨어요?"

"말로만 들었어요. 제 친구는 아이가 둘이 있는데 알레르기성 피부병이 있었어요. 아무리 치료해도 안 되니까 미국으로 갔는데 플로리다로 갔어요. 거기서는 두 놈 다 멀쩡하다고 하네요. 그래서 저는 그곳이 공기가 좋은 동네로 알아요."

"사시사철 살기 좋아요. 공기도 좋고, 골프장도 많아요. 언제 한 번 기회 되면 오세요. 제 집에 묵으셔도 돼요. 골프도 실컷 치고요."

"감사합니다. 그런 날이 올지 모르겠네요."

"음악 들으시겠어요? 내 정신 좀 봐. 커피 드세요. 어떨지 몰라 연하게 내렸어요. 음악은 뭘 좋아하세요? 선생님 좋아하는 CD나 있는지 모르겠네요."

"피아노곡 있으면 아무 거나 틀어주세요."

잠시 후 생상(Saint-Saens)의 피아노협주곡 1번이 흘러나오고 있었다. 미니 컴포넌트지만 소리는 뛰어났다. 어쩌면 분위기가 좋아 그리 느꼈는지도 모르겠다.

그녀는 테이블에 커피를 내려놓고 과일을 깎기 시작했다. 칼국수는 언제 사줄 것이냐고 물었다. 아무 때나 편한 시간으로 정하면 그리하겠다고 대답했다. 모레 사 달라고 했다.

그 외에 그녀는 나에 대해서는 아무 것도 묻지 않았다. 궁금한 것 있느냐고 했지만 어깨를 들썩했을 뿐 아무 것도 묻지 않았다. 더 이상 아무 것도 알 필요가 없다는 투였다. 한 시간쯤 머문 후 집을 나섰다. 밖은 어두워지고 별이 유난히 아름다웠지만 아쉬움이 남는 밤이었다. 세상에는 온통 그녀의 냄새가 배어 있었다. 밤공기가 상쾌했다.

3월 30일

아침에 일어나니 봄비가 내리고 있었다. 시간이 어중간해 아침을 건너뛰어 배가 고팠지만 그녀와 칼국수를 먹기 위해 참기로 했다. 열한 시 반경에 칼국수집에 도착했는데 이미 앉을 자리가 없었다. 직장인인 듯한 이들에게 양해를 구하고 합석했다. 플로리다에도 칼국수집이 있느냐고 물었고, 그녀는 자신이 칼국수를 별로 좋아하지 않아 잘 모르겠다고 했다. 선생님이 하도 맛있다고 해서 먹어보는 것이란다. 옆에서 국수를 먹던 젊은이가 흘낏 쳐다보았다.

매운 것을 별로 안 좋아해 다진 청양고추를 넣지 않았다. 그녀는 매운 것을 좋아한다며 한 수저 듬뿍 넣었다. 말렸지만 괜찮으니 걱정 말라고 했다. 멕시칸 요리를 즐겨 먹는데 또르띠아나 살사소스는 이보다 더 맵다고 했다. 맵다는 기색 한 번 없이 한 그릇을 다 비웠다. 말대로 맛있다고 했다. 다음에는 자기가 살 것이니 다시 오자고 한다. 수저를 놓기가 무섭게 일어나 나왔다. 밖에는 여남은 명이 줄을 서서 차례를 기다리고 있었다.

비는 그치고 햇살이 비치고 있었다. 그녀는 사무실에 들어가 할 일이 있다며 자신을 부대 앞까지 데려다줄 수 있겠느냐고 물었다. 부대 정문에 내려주고 돌아왔다. 아무 운동도 하지 않았더니 몸이 찌뿌둥하다. 퇴근 시간에 맞춰 데리러 오겠다고 했으나 언제 퇴근하게 될지 예측할 수가 없다고 한다. 부대 안에 택시가 많으니 그걸 타면 된단다.

4월 2일

오늘에서야 남의 집을 방문하면서 빈손으로 간 것이 생각났다. 다음에 다시 갈 기회가 생기면 뭐라도 사들고 가야겠다. 중국에서 날아온 황사가 세상을 뒤덮었다. 앞도 잘 보이지 않고 기분도 영 꿀꿀하다. 오늘 같은 날은 밖으로 나돌지 않는 것이 상책이다.

수필 한 꼭지를 써놓고 제목을 정하지 못한 채 무료한 시간을 보내고 있다. 문득 그녀의 전화번호를 알아두지 않았다는 것을 기억해냈다. 그렇다고 무작정 집으로 찾아가는 것도 실례가 아닌가. 그나저나 아파트 동만 알았지 10층인지 11층인지도 잘 기억이 안 난다. 나이를 먹은 탓인가. 기억력도 없고, 기억해야겠다는 의지도 없으니 한심하다.

왠지 그녀가 보고 싶다는 마음이 앞선다. 혹시 만날지도 모른다는 기대감으로 집을 나섰다. 아무래도 오늘 같은 날은 걷는 운동보다는 공을 치고 있을 것 같아 연습장으로 차를 몰았다. 그녀는 그곳에 없었다. 갑자기 맥이 풀렸다. 카운터에 가 다녀갔느냐고 물어볼까 하다가 그녀의 성도 이름도 모르고 있다는 데 생각이 미치자 그만두기로 했다.

모든 것이 엉망이다. 자신이 한심하다. 무관심했던 것은 아니었던 것 같다. 공이나 치고 가야겠다. 마음이 불안하다. 여자 회원이 많은 문학회 활동을 하면서 나도 모르게 먼저 이름을 묻고 연락처를 묻는 것을 금기시하게 된 것이 원인이다. 자칫하면 구설수에 오를 수도 있고 쓸데없는 오해를 살 수도 있기 때문이다.

한 삼십 분쯤 지났을 무렵 그녀가 나타났다. 가슴이 두근거리기 시작했다. 그녀는 인사를 건넨 후 바로 앞 타석에 골프 가방을 놓았다. 잠시 타석을 벗어나 숨을 고를 겸 화장실로 갔다. 거울을 보며 머리를 매만졌다. 삐쳐 나온 코털을 손톱으로 잡아당겨 뽑았다. 이런 묘한 감정이 이는 것도 처음이지만, 어째서 그런 감정이 생기는지 도무지 갈피를 잡지 못하겠다. 잘 정리가 되지 않는다. 돌아와 태연한 척 의자에 앉았다. 여전히 가슴이 진정되지 않았다.

"쉬시게요? 오래 치셨어요?"

"아뇨. 한 삼십 분 정도."

"오늘 시간 있으세요?"

"오늘 언제요?"

"저녁에요."

"시간은 있지만……, 무슨 일로요?"

"지난번 칼국수 대접받은 것 갚아야죠. 괜찮으시면 부대에 들어가 스테이크 드실래요? 오늘 스테이크데이라 싸기도 하고 맛도 꽤 괜찮아요. 돈 좀 절약하려고요. 혹시 고기 싫어하시는 건 아니죠?"

"전 소만 보면 침을 흘려요. 어떤 때는 딴죽을 걸어 넘어뜨리고 싶어요. 만사 제쳐두고 가야죠. 주민등록증만 있으면 되죠?"

그녀는 내 말에 파안대소하며 말했다.

"잘 아시네요. 근데 무슨 소를 딴죽을 걸어 넘어뜨려요."

"혹시 알아요. 고기 먹을 수 있을지. 몇 해 전에 PTP라는 봉사단체에 가입해 있었는데, 그때 출입증이 있어서 종종 들어가 보았거든요. 지금은 치사해서 그만두었어요. 처음에는 모르겠더니 점점 더 지문을 검사하는 일이 마음에 안 들더군요. 결정적인 이유는 언젠가 깜빡 잊고 회원증을 안 가져와 운전면허증을 주었더니 안 된다는 거예요. 기분이 몹시 상하더라고요. 그래서 탈퇴해버리고 말았어요."

"이따가 들어갈 때도 까다롭게 굴 텐데요. 괜찮으시겠어요?"

"귀찮게 굴면 아주 탈퇴하죠, 뭐. 지문 검사만 안 하면 괜찮아요. 원래 지문이라는 것에 대한 느낌이 별로 안 좋아요. 일제 강점기 때부터 지문이라는 게 범죄자를 가리는 수단으로 인식이 돼온 때문인가 봐요. 맞나 모르겠다."

"……"

그녀는 더 이상 대답하지 않았다. 별 것도 아닌 일로 너무 장황하게 설명했다 싶어 약간은 겸연쩍었다. 그녀가 운동을 끝낼 때까지 기다렸다. 기다리는 나는 안중에도 없다는 듯 열심히 공을 날려 보냈다. 한 시간이 되어서야 그만하겠노라며 주섬주섬 가방을 챙겼다.

기다리는 동안 저 여자는 미국에서 살아서 그러나 왜 남 생각은 안 하지? 하는 생각이 들었다. 나 같으면 좀 일찍 끝내고 상대방을 배려할

법도 했다. 잠시 후 화장실에 들러 손을 씻고 나왔다. 우리는 주차장으로 와 골프백을 싣고 연습장을 빠져나왔다. 그녀는 자신의 아파트에 내 차를 세워두고 자신의 차로 가자고 했다. 그녀의 차에는 출입증이 붙어 있었다.

워리어스클럽의 스테이크는 양도 많고 맛이 있었다. 참나무 숯불에 굽는다고 한다. 몇 번 와본 적이 있지만 이 정도의 수준이라면 서울에서는 몇 배 더 지불해야 할 것이다. 오늘은 반값인 8불에 팔고 있었다. 나는 티본 스테이크를, 그녀는 실로인 스테이크를 주문했다. 만원이었다. 조금만 더 늦게 갔더라면 스테이크를 포기하고 햄버거로 때울 뻔했다.

조도가 낮아 그런지 분위가 그럴 듯했다. 그녀는 몇 명의 미군들과 인사를 나누고 무어라고 대화를 했다. 어깨를 치면서 더러 웃기도 했고 목례를 주고 받기도 했다. 그녀를 보았을 때의 떨림이 가라앉았는지 더 이상 가슴이 두근거리지 않았다. 식당에는 재즈가 낮게 깔려 흐느적거리고 있었다. 커피까지 마신 후 식당을 나왔을 때 문득 골프공을 사가야겠다는 생각이 들었다. 우리는 클럽하우스로 가 골프공을 산 후 부대를 나왔다.

"괜찮았죠? 혹시 기분 나쁘지는 않으셨죠? 하기는 지문 검사도 안 했는데요, 뭘. 아, 참 PX에 가서 공을 살 걸 그랬어요. 거기가 훨씬 싼데. 깜빡했네요."

"아녜요. 비싸봐야 얼마나 더 된다고요."

차가 아파트에 도착하자 집에 들러 차 한 잔 더 하고 가라고 했다. 거절하지 못하고, 아니 거절하지 않았다는 것이 맞는 표현일 것이다, 그녀의 아파트로 올라갔다. 이번에는 호수를 외워두어야겠다고 생각했다. 포도주를 한 잔 한 것이 아직도 얼굴을 화끈거리게 했다.

그녀는 집에 들어가자마자 CD를 틀었다. 많이 듣던 음악이었다. 놀라웠다. 맬라니 사프카 특유의 매력적인 목소리가 흘러나왔다. 마치 내 음악적 취향을 아는 듯했다. 맬라니의 CD를 사기 위해 이곳저곳을 기웃거렸지만 국내에 나와 있는 판은 한 가지밖에 없었다. 더 갖고 싶었지만 취입을 안 한 것인지, 수입을 안 한 것인지 더 이상의 판을 구할 수가 없었다. 아마 그녀도 이제는 칠십 정도는 되었을 것이다. 대학 때 한 동안 그녀에게 빠져 다방에 가면 그녀의 노래를 신청해 듣고는 했다.

"아, 참 성함이 뭐죠?"

"그렇군요. 이렇게 만나면서도 서로 이름도 모르고 만났네요. 저는 '에이미'라고 아니, 손 가예요. 이름은 현주예요. 선생님은요?"

"죄송합니다. 이렇게 오랫동안 상대방 이름도 성도 모르고 지낸 적이 처음이네요. 하기는 그래서 불편한 것도 없기는 했지만 말예요. 저는 최 가예요. 최호택. 앞으로 손 선생님이라고 부를게요."

"그 유명한 최 씨네요. 호호호. 선생님은요, 무슨. 그냥 미스 손이라고 하세요. 미스는 아니지만요."

"네, 제가 최 씨에요. 그런데 참 신기하네요. 제가 멜라니 사프카를 좋아하는 줄 어떻게 아셨어요? 저도 집에 그 CD가 있어요. 잠을 청할 때는 가끔 그 CD를 올려놓고 자요. 자장가인 셈이죠."

"선생님 댁에 가보고 싶어요. 도대체 어떻게 사시기에 저와 비슷한 취향을 가졌는지 궁금해요. 제가 가면 사모님이 싫어하시겠죠?"

"저 사모님 없어요."

"왜요? 디볼스 하셨어요?"

"그렇지는 않고요. 별거 중이예요. 그러고 보니 십오 년이 넘었네요."

"왜요~?"

그녀는 얼굴을 찡그리며 말끝을 올렸다 내리며 안 됐다는 표정으로 말했다.

"어쩌다 보니 그렇게 되었어요."

"자제분은요?"

"둘예요. 큰애가 딸이고 작은애가 아들예요."

"누구하고 살아요?"

"제 엄마하고 지내요. 가끔 시골에 내려와 할머니, 할아버지 뵙고 가요. 아무래도 시골이라 살기가 불편한가 봐요. 친구들도 모두 서울에 있으니 더욱 그럴 거예요."

더 이상 묻지 않았다. 그녀는 언제나 대화를 하면 적당한 선에서 말을 끊고 정리할 줄 알았다. 그래서 무슨 말이든 마음놓고 했는지도 모르겠다. 그러고는 그런 이야기 들은 적 없다는 듯 아는 체하지도 않았다. 관심 밖이라는 표정이었다. 마지막 노래가 흘러나오는 것으로 보아 시간이 많이 지나고 있었다.

그녀는 집까지 시간이 얼마나 걸리느냐고 물어왔다. 한 십 분이면 충분하다고 대답했다. 그러면 좀 더 있으면서 이야기를 나누다 가라고 했다. 하마터면 여기서 자고 가겠노라고 말할 뻔했다. 왠지 그래도 될 것 같았다.

사실 말에는 타이밍이 있다. 지금 그렇게 말을 한다고 해도 농담으로 들릴 수도 있었다. 멀어서 갈 수 없다고 농담 삼아 말을 할 수도 있었다. 문제는 그 말을 어떻게 받아넘길까 하는 것이다. 점점 머릿속이 복잡해져 왔다. 생각을 멈추는 편이 좋을 듯했다. 기회란 언제든지 있는 것이다. 확신이 없으면 물러서는 것이 답이다. 늘 나는 그게 문제였다. 솔직하지 못한 건지, 위선으로 포장하고 있는 건지, 용기가 없는 건지조차도 판단이 되지 않는다. 늘 그래서 일을 그르친다는 생각이 들었지만 고쳐지지는 않는다.

생각이 정리되자 자리에서 일어섰다. 그녀 역시 내가 갈 것이라는 것을 짐작하고 있었다는 듯 너무 늦었죠, 하고 물어왔다. 그녀는 싹싹하게 문을 열고는 내 신발을 바깥쪽으로 가지런히 놓았다. 고맙다는 인사에 살짝 미소를 보내왔다. 누가 보면 세컨드 집에서 머물다 가는 남자로 오인할 수도 있을 것이다.

나의 말에 그녀는 웃으며 뭘 그리 남을 의식하느냐고 말했다. 즐거운 밤이었다. 그러나 아쉬운 밤이었다. 차에 오를 때까지 그녀는 내려다보고 있었다. 우리는 거의 동시에 손을 흔들어 작별인사를 했다. 배웅하기 좋은 날씨다.

4월 3일

어머니는 상을 봐놓고 노인정으로 건너가셨다. 느지막이 일어나 종편을 틀어놓고 뉴스를 보며 아침을 먹었다. 대통령선거를 앞두고 판세를 분석하느라 정치평론가와 여론조사기관 사람들이 출연해 자신들의 견해를 밝히고 있었다. 과연 여성 대통령이 탄생할까도 궁금했지만 야당후보의 단일화보다는 안 모 후보가 끝까지 완주할까 하는 것도 큰 관심사였다. 아직은 선거일이 많이 남았지만 세간의 관심은 한껏 달아오르고 있었다.

대충 설거지를 해놓고 골프 연습장으로 향했다. 그녀와 약속은 하지 않았지만 그곳에 가면 만날 수 있다는 생각만 해도 기분이 좋았다. 가슴이 뛴다. 처음 만나는 것도 아닌데 무슨 까닭인지 모르겠다. 근자에 와서 이런 현상이 두드러진다. 그녀가 보이지 않았다. 친해진 카운터의 미스 김에게 손 여사는 오지 않았느냐고 물었다. 아직이라며, 오시겠죠, 하고 별 관심 없다는 투로 퉁명스럽게 대답했다. 이미 당신들 관계를 다 안다는 눈치였다. 못 생긴 게 질투하고 있다는 생각이 들었다. 하기는 올 때는 제 각각 와도 갈 때는 같이 가는 경우가 많았으니 그럴 수도 있을 것이다. 속으로 말했다. 우리는 그런 사이가 아녜요.

한 시간이 지나도록 그녀는 나타나지 않았다. 역시 전화번호를 알아두지 않은 것이 후회가 되었다. 차 한 잔을 뽑아 마시며 꾸무럭거렸지만 그녀가 나타날 것 같지 않았다. 벌써 못 본 지가 삼 일이나 되었다. 아니, 고작 삼 일밖에 안 되었다. 은근히 초조해 온다. 차를 몰아 일부러 그녀의 아파트로 갔다. 차가 보이지 않는 것으로 보아 외출한 것이 틀림없었다. 집으로 돌아와 다음 주 월요일 수필 수업 때 발표할 글을 퇴고했다.

4월 6일

요 며칠은 사초(莎草)가 있어서 5대조의 산소를 이장하고, 둘째 할아버지와 할아버지 묘를 돌보느라 외출을 하지 못했다. 매일, 아니 한시도 그녀가 머리에서 떠나지 않고 맴돌았다. 그녀도 연습장에서 혹은 강변 운동길에서 나를 떠올렸을까. 연락할 방법이 없다는 것 때문에 그녀도 몹시 전전긍긍했을지도 모른다. 다음에 만나면 전화번호를 알아두어야겠다.

골프 연습장에는 점점 더 손님이 늘어났다. 날씨 탓이기도 했지만 본격적으로 골프 시즌이 다가왔으니 연습해둘 필요를 느꼈기 때문일 것이다. 그녀는 여전히 보이지 않았다. 휴게실에도 없었다. 물어보는 것도 채신머리없어 보여 지정해준 타석을 찾아 이층으로 올라갔다. 별로 이층을 좋아하지는 않지만 어쩔 수 없었다. 카운터 아가씨에게 일층에 비는 타석이 생기면 연락해 달라고 했다. 잠시 후 아가씨가 올라와 일층에 타석이 났으니 내려오라고 말하며 잘못 걸려 있는 인터폰을 바로 걸어놓는다. 채를 챙겨서 일층으로 내려갔다.

역시 그녀는 보이지 않았다. 은근히 조바심이 일었다. 무슨 일이 있는 것일까. 어디 아픈 것은 아닐까 하는 방정맞은 생각이 들었다. 귀가하는 길에 집에 들러 보아야겠다. 서둘러 연습을 마치고 연습장을 떠났다.

근처 가게에서 무엇이라도 사들고 올라갈까 하다가 그만두기로 했다. 엘리베이터에서 내려 심호흡을 하고는 벨을 눌렀다. 아무 대답이 없었다. 다시 한 번 벨을 눌렀을 때 뒤에서 선생님, 하고 부르는 소리가 들렸다. 몸을 돌려 그녀를 보는 순간 나도 모르게 아, 하고 소리를 내뱉고 있었다.

그녀는 고개를 숙이고 선생님 죄송해요, 라고 말했다. 야단이라도 치고 싶었지만 그럴 수는 없는 일이다. 그녀는 머리를 숙여 진심으로 미안하다는 표시를 했다. 따지고 보면 못 만나면 그만이지 마치 할 일을 태만하게 한 사람처럼 사과하고 용서하고 할 일은 아니지 않은가. 게다가 내 일 때문에 못 만났는데 누구를 탓할까. 말하는 폼이 그녀도 한 동안 연습장에 못 나온 것 같았다.

뛰듯이 다가와 아파트 문을 열었다. 내 집에 들어가듯 태연스럽게 들어가 구두를 벗고 소파에 가 앉았다. 그녀는 잠깐만요, 하고는 방으로 들어가 편한 옷으로 갈아입고 나왔다. 그녀가 나타났을 때 그녀에게 전화기를 달라고 말했다. 그녀는 전화기를 건네주었고 나는 내 전화번호를 입력시켰다. 그리고 내 번호를 눌러 전화를 했다.

"무슨 일이 있었어요? 우리 못 본 지 한 일주일은 더 된 것 같아요."

"죄송해요. 부대에 회계 사고가 있었어요. 감사가 시작되어 통 시간을 낼 수가 없었어요. 연락하는 방법도 없고……, 정말 죄송해요."

그녀는 내가 자신을 밤낮으로 기다리고 있었다고 생각하는 듯했다. 그것을 잘 알면서도 연락하지 못한 것은 자신의 불찰이라는 듯 말했다.

"뭐가 죄송해요. 둘이 다 멍청해 전화번호 하나 모른 것이 문제였죠."

"난 선생님이 저녁 늦게라도 집으로 오실 줄 알았어요. 오시지 않기에 좀 많이 섭섭하기도 했고요. 실망했어요. 제가 그 정도밖에 안 되는 여자인가 했어요. 저 한심하죠? 물론 늦은 밤에 여자 혼자 사는 집을 방문하는 것도 쉬운 일은 아니지만 선생님은 그럴 자격이 있다고 생각해

오실 것이라고 믿었거든요."

"죄송해요. 아무래도 찾아오는 것은 아직 익숙하지 않아 그만두었어요. 생각을 안 한 것은 아니었어요. 매일, 많이 생각했죠. 그런데 용기도 없었고, 혹시 실례가 될까 두려웠죠. 그리고 사실 갈 데가 제가 좀 많잖아요? 오늘 왔잖아요."

우리는 소리내어 웃었다. 그녀의 웃음에는 세상의 먼지 하나 끼어 있지 않았다. 나 역시 온전한 웃음을 웃어 보는 것도 오랜만이었다.

"말씀은 안 드렸지만 사실 우리 집에 온 사람은 선생님이 처음예요. 누구도 제 집을 아는 사람은 없어요. 남자든 여자든 누구도 초대한 적이 없어요. 제가 좀 까칠하죠?"

그녀에게서 출입증을 받은 것 같아 몹시 기뻤다. 가슴을 펴고 자세를 고쳐 내 집에서처럼 편하게 앉았다. 언제든지 와도 된다는 말이 아닌가.

"영광이네요. 근데 무슨 일예요. 큰 문제였나 보죠?"

"네, 현금 사고예요. 용역업체에서 몇 년에 거쳐서 난 계획적인 사고인데 아무도 모르고 있다가 감사하는 도중에 들통이 났지 뭐예요. 어수룩해 보이는 사람이 온통 부대를 발칵 뒤집어 놓았어요. 이 일 때문에 제가 다음 주에 본사에 다녀와야 할 것 같아요. 한 보름 걸릴 거예요. 간 김에 며칠 쉬다 오려고요."

"따님도 만나고 좋겠네요."

"좋기는 한데 만나면 늘 다퉈요."

"예약은 했어요? 얼마나 걸려요?"

"애틀랜타에서 트랜짓해야 하니까 한 스무 시간 정도 걸릴 거예요.

한 번 갈아타야 해요. 너무 멀어 지루해요. 예약을 부탁하고 왔어요. 비즈니스 클래스라 그리 힘들지는 않아요."

마주앉아 커피를 마셨다. 그녀에게서 향수 냄새가 났다. 신선하다고 느꼈다.

"이 일 때문인가요?"

"네. 워낙 큰 사건이라 본사에 보고하고……, 어쩌면 청문회에 갈지도 몰라요."

"미스 손이요?"

"저는 아니고요. 아마 본사 사장이나 회장이 가겠죠. 어쨌건 저도 그 뒤 어딘가 앉아서 자문에 응해야겠죠. 내용을 제일 잘 아는 게 저니까요."

시계를 보니 열한 시가 넘고 있었다. 가겠다고 하자 그녀는 너무 늦었죠, 하며 먼저 일어섰다. 현관문을 등지고 서서 그냥은 못 간다는 듯 애절한 눈으로 나를 바라보고 있었다. 자연스럽게 그녀를 살며시 껴안았다. 그러지 않고는 그 문을 통과할 수 없다고 직감적으로 느꼈다. 아니, 설사 그 문을 나선다고 해도 눈치세례를 받을 것만 같았다.

그녀는 한 치의 무게도 느끼지 못할 정도로 살며시 가슴에 와 안겼다. 그리고 얼굴을 내 가슴에 묻었다. 어깨에 내린 벚꽃 눈보다도 가볍게 느껴졌다. 그녀의 가슴이 뛰고 있었다. 머리에서는 금방 감은 듯 향내가 났다. 내 가슴이 뛰고 있는 것을 그녀도 느꼈기를 바랐다.

그녀의 이마에 입을 맞췄다. 그녀를 힘껏 껴안았다. 그녀가 가볍게 떨고 있다고 느껴졌다. 사실 나는 어떻게 해야 할지 모르고 있었다. 당황스러웠다. 그냥 이렇게 오랫동안 있고만 싶었다. 팔을 푸는 기색을 느꼈는지 그녀는 잠깐만요, 조금만 더 이렇게 그냥 있어요, 하고 말했다. 그녀는 나보다 훨씬 용기가 있었다.

그녀는 팔에 힘을 주어 내 허리를 감쌌다. 그녀의 가슴이 팽팽하게 느껴왔다. 꿈결 같았다. 잠시 후 그녀는 가셔야죠, 하고 문을 열었다. 그 말이 마치 안 가셔도 되는데, 하고 들렸다. 설렘과 망설임이 동시에 들이닥쳤다. 어떤 결정을 할 시간을 수초 간격으로 놓쳤다는 생각이 들었다.

편히 쉬라는 말을 남기고 집을 나왔다. 그녀는 내 팔에 매달리듯 엘리베이터까지 배웅하고 들어갔다. 또 타이밍을 놓치고 말았다는 생각에 후회가 되었다. 집에 도착하자 잘 도착했느냐는 문자와 함께 안녕히 주무시라는 인사가 날아들었다. 덕분에 잘 왔다는 말과 함께 잘 자라고 답장을 보냈다. 처음으로 받아보는 문자였다. 한 동안 잠을 이룰 수가 없었다. 에이미, 손현주, 이름이 떠나지 않았다.

4월 8일

밤 10시께, 그녀에게서 전화가 왔다. 이제 막 정리하고 퇴근하려던 참이란다. 10일 출국 일정이 잡혔다고 전해왔다. 다음 주라고 하더니 일정이 당겨졌단다. 내 머릿속에서 계획하고 있던 주말 2박3일짜리 여행 일정이 물거품이 되는 순간이었다. 차라리 잘 되었는지도 몰랐다. 나 혼자 계획한 것이라 은근히 거절 당할까 걱정하던 참이었다.

그녀는 내일 점심을 하자고 했다. 하지만 내일은 글짓기 행사에서 심사평을 해야 하기 때문에 점심은 곤란했다. 저녁은 어떠냐고 물어왔다. 저녁을 먹기로 했다. 아직도 내 몸에서 그녀의 냄새가 나는 듯했다. 오늘은 무슨 일이 있어도 함께 있자고 해야겠다고 마음먹었다. 조금 전 딸과 통화했는데 오지 말라고 한다며 뭐가 그리 마음에 안 드는지 모르겠다고 했다.

"아니, 왜 일정이 왜 변경되었어요? 그리고 보름씩이나 없으면 나는 어떻게 해요?"

"혼자 연습 열심히 하시고, 걷기 운동도 하세요. 다녀와서 필드에 나가요. 제가 얼마나 연습했는지 확인할 거예요. 내기도 할 거예요. 이기는 사람 요구 전부 다 들어주기요. 보름 금방 가요. 그리고 일정 변경은 본사에서 가급적 일찍 들어오라고 해서 할 수 없이 그렇게 됐어요."

"알았어요. 어쨌건 가셔서 수습 잘하고 돌아와요."

"네, 걱정 마세요. 내일 봬요."

전화를 끊고 나니 무언가 무거운 짐을 내려놓은 듯 마음이 가뿐했다. 기분도 상쾌했다. 무슨 이런 감정이 이 나이에 생겼는지 알다가도 모를 일이었다. 다 죽어가던 세포가 살아나 맹렬히 움직이는 느낌이었다. 몸속에는 새로운 피가 돌고 있었다. 그녀는 자석처럼 나를 끌어당겼다. 때로는 강하게, 때로는 약하게. 오늘 밤 함께 있자는 말이 목을 타고 올라왔으나 용기가 없어 침만 꼴깍하고 삼키고 말았다.

4월 9일

글짓기 행사가 끝나고 집에 돌아와 옷을 바꿔 입었다. 늘 캐주얼한 복장을 하고 있다가 넥타이를 맨 것이 거북하다. 얼추 시계가 만날 시간을 알려주고 있다. 좀 이른 듯했지만 일찌감치 집을 나서서 그녀의 아파트로 향했다. 주차장에 차를 대고 잠시 기다리자 베란다에서 내려다보며 손을 흔들었다. 그녀의 얼굴이 환하게 보인다. 해가 무척 길어졌다. 차 문을 열고 조수석 카시트를 꺼내 묻어 있는 흙을 털어냈다. 나는 참 행복한 사람이라는 생각이 문득 들었다. 잠시 후 그녀가 내려왔다.

그녀는 매운 것을 먹고 싶다고 했다. 뭔 불만이 있느냐고 묻자 그냥 매운 걸 먹고 싶단다. 얼마 전 K선배와 갔던 아구찜집이 생각났다. 그녀는 올란드에도 이런 집 하나쯤 있으면 좋겠다고 한다. 우리는 아구를 한 접시 더 추가시켜서 저녁을 먹었다. 매운지 혀를 내밀고 손바람을 일으켜 혀를 식힌다. 그것조차도 예뻐 보인다. 우리는 자리를 옮겨 한적한 찻집으로 갔다.

언제나 해보지 못하고 후회만 하는 것이 나였다. 나중이야 어찌 되든 말을 건네야 무슨 일이든 될 텐데 늘 거기까지는 용기가 없었다. 하기는 사랑을 확인하지 못했으니 함께 밤을 보내자는 말 역시 너무 쉬운 말이었다.

사랑? 사랑이 도대체 뭐기에 확인을 해야 하는 거지 하는 생각이 들었다. 그런 게 무슨 말이나 논리적으로 정리되는 것인가. 아무래도 설명이 되지 않는 것으로 보아 내 생각이 그른 것이 아닌가 하는 의문이 동시에 일었다.

지난 주말에 들렀던 딸아이가 아빠 얼굴이 좋아 보인다며 무슨 좋은 일이라도 있느냐고 물어왔다. 잘못을 들킨 것 같아 잠시 당황했다. 하기야 잘못이라고 할 것까지도 없었다. 아마 매일 운동을 해서 그럴 것이라고 얼버무렸다. 아이는 그러니까 꾀부리지 말고 열심히 운동하라고 잔소리를 해댔다.

거울을 보았지만 얼굴에 어떤 변화가 있는지는 알 수 없었다. 다만, 요새 들어 마음이 가볍고 몸도 홀가분했다. 그런 것도 얼굴에 나타나는 모양이다. 보는 사람마다 좋은 일이 있느냐고 물어왔다.

걱정이 되기도 했다. 과연 내가 젊은 여인을 어찌 대해야 옳은 것인가. 언젠가 왜 재혼하지 않느냐고 물었을 때 그녀는 마음에 드는 남자가 없어서라고 대답했다. 어떻게 해야 마음에 드는 남자가 되는지 물었으나 그녀는 웃으며 자신도 모르겠다고 대답했다. 자신도 모른다면 누가 알아 중매를 하겠느냐고 되물었다.

그녀는 웃으며 나 보고 시집 가라고요? 어디 좋은 남자 있어요? 하며 웃음을 터트렸다. 솔직히 중매라도 할 수 있으면 하고 싶었다. 아까운 여자였다. 어쨌건 나는 아니었다. 자신도 없고 염치없는 일이다. 스무 살 가까이 어린 여인에게 할 수 있는 생각은 아니었다. 사랑은 국경을 초월한다더니 나이도 그럴까 하는 의문이 생기기 시작했다. 그렇다고 해도 나는 아니었다. 나이를 먹은 것이 슬펐다.

만약 내가 그녀를 좋아한다면, 반대로 그녀가 나를 좋아한다면 그야말로 그녀에게는 재앙이라고 생각하며 혼자 웃었다. 그렇지만 솔직히 마음이 끌리는 것은 어쩔 도리가 없었다. 우습게도 그녀가 미국에 가 있는 보름 동안 어떻게 지내야 할지 걱정이 되기도 했다. 혼란스러웠다. 누구와 상담할 수도 없는 일이다. 누가 내 마음을 알아줄 것인가?

찻집에서 나와 차에 올랐을 때 최근에 상재한 수필집『새벽에 우는 것들』을 한 권 꺼내 비행기 안에서 읽어 보라고 건넸다. 그녀는 놀란 듯이 어머, 책까지 내셨어요? 수필가인지는 까맣게 몰랐어요, 하고 말했다. 그녀는 책을 열어보더니 서명을 해달라고 책을 내밀었다. '트리셔 S. 에이미(Tricia S. Amy) 님께' 라고 쓰고 서명해 되돌려주었다. 내가 지금까지 서명한 말 중 가장 기쁜 말이었다. 그녀는 자신이 다시 한국에 돌아오면 함께 제주도 여행을 가자고 제의해왔다. 그러마고 대답하고 우선은 일이나 잘 보고 돌아오라고 했다.

음식점서부터 그녀의 집까지는 채 이십 분이 안 걸렸다. 우리는 당연히 그래야 한다는 듯이 함께 그녀의 집으로 올라갔다. 현관문을 닫는 순간 그녀의 어깨를 잡아 돌려세웠다. 그리고 힘껏 껴안았다. 잠시 놀란 듯 안겨 있던 그녀가 얼굴을 들어 쳐다보았을 때 가만히 얼굴을 두 손으로 감싸고 입을 맞췄다.

달콤한 향기가 퍼져왔다. 갑자기 주저앉고 싶어졌다. 휘청하는 것을 느꼈는지 그녀가 내 팔을 꼭 잡으며 왜 그러느냐고 물어왔다. 다리에 힘이 풀린다고 대답했다. 우리는 방으로 들어가 다시 한 번 포옹을 하고 격렬하게 입을 맞췄다. 한참 후 숨을 몰아쉬며 크게 소리내 웃었다.

여인의 향기가 이처럼 달콤하고 강렬하며 사람을 마비시키는 힘이 있는지 처음 알았다. 잠깐만요, 하고는 내 품에서 빠져나온 그녀는 베란다 문을 닫았다. 그리고는 웃옷을 벗어던지며 한 점 바람조차도 우리 사이에 끼어드는 것이 싫다고 말했다.

이 밤이 이 세상에서 마지막 밤처럼 아름다워야 한다. 세상 모든 것들이 우리를 축복해주어야 한다. 적막을 깨며 앞산에서 소쩍새 울음소리가 들려왔다. 그녀가 무슨 말인가를 하려고 했지만 나는 손가락을 입에 가져다대며 아무 말도 하지 말라고 했다. 더 이상 필요한 것이 없었다. 그냥 이대로가 좋았다. 그리고 두려웠다.

그녀의 뜨거운 숨결이 서서히 가슴에 다가왔다. 참을 수가 없었다. 이번에는 내가 그녀의 가슴에 얼굴을 묻었다. 그녀는 마치 어린아이를 다루듯 내 머리를 쓰다듬었다. 꺼두지 못한 전화기가 울렸지만 전화를 받지 않았다. 소쩍새는 여전히 울고 있었다. 그녀의 가슴에서 엄마냄새가 났다. 하마터면 엄마라고 부를 뻔했다. 포근하고도 따뜻했다. 그녀는 왼손으로 내 머리를 감싸며 오른손으로는 등을 토닥였다.

더 이상 살고 싶지 않았다. 죽을 수만 있다면 이대로 죽어야 한다는 생각이 들었다. 나는 자꾸만 가라앉고 있었다. 아니, 깊고 깊은 곳으로 빠져들고 있었다. 어릴 적 혼자 숨어 있었던 절터골 골짜기, 바람도 들지 않는 움푹지고 아늑한 곳 어딘가에 다시 와 있었다. 엄마의 자궁처럼 편안하고 아늑함이 느껴졌다.

나는 그 속으로 쉬지 않고 꿈틀대며 파고들었다. 내가 가쁘게 숨을 몰아쉬자 그녀는 내 얼굴을 살짝 밀어 손바닥으로 땀을 훔쳤다. 물을 좀 드릴까요, 라고 말했지만 그냥 이렇게 있자고 했다. 그녀는 땀 한 방울까지도 새나갈까 보아 더욱 몸을 밀착시켜왔다. 그녀의 가슴에 땀이 고였다. 너무 좋아, 라고 거의 동시에 말했다.

나는 잠이 들었고, 알람이 울릴 때까지 나에게 세상은 존재하지 않았다. 커피 냄새가 나를 깨웠다. 그녀는 이미 일어나 샤워를 끝내고 화장을 하고 있었다. 기척을 보이자 침대에 다가와 앉으며 잘 잤느냐고 인사를 했다. 나는 몸을 뒤척여 그녀의 무릎을 베고 고쳐 누우며 슬며시 눈을 감았다. 그녀는 내 이마에 입을 맞춘 후 커피를 마시자고 하며 나를 일으켰다. 해동시킨 치즈케이크 한 조각과 커피를 쟁반에 받쳐 들고 돌아왔다. 밖이 어슴푸레 밝아오고 있었다.

부대 정문 앞에서 인천공항 가는 버스가 있다고 했지만 그럴 것 없다고 공항까지 드라이브하는 기분으로 다녀오겠다고 했다. 그녀의 짐은 기내용 캐리어 하나뿐이었다. 새벽길은 한산했다. 규정 속도로 차를 몰아 공항에 도착했을 때는 아직도 두 시간 이상의 시간이 남아 있었고, 우리는 커피집에 나란히 앉아 차를 마셨다. 공항은 일러서 그런지 붐비지 않았다. 그녀의 찻잔이 비자 얼른 일어서서 캐리어를 끌며 가시죠, 라고 말했다.

그녀의 눈빛이 애절해 보였지만 헤어질 시간이 된 걸 우리는 알고 있었다. 그녀는 출국장 입구까지 팔짱을 낀 채로 마지못해 끌려가듯 내게 기댄 채 힘없이 걸었다. 출국장이 가까워지자 여권과 탑승권을 꺼내 들었다. 웃음을 지어보이고는 손을 흔들며 빨간 원피스를 입은 여인의 뒤를 따라 출국장 안으로 사라졌다. 지금부터는 다시 혼자라는 생각에 미치자 세상에 혼자 남은 기분이 들었다. 그녀가 지어 보인 마지막 웃음이 뇌리에서 떠나지 않았다.

4월 11일

잘 도착했다는 카톡이 왔다. 그녀는 문자 말미에 빨간 하트를 다섯 개나 딸려 보냈다. 제일 많이 받아본 하트였다. 내일은 회사에 가서 자초지종을 설명할 것이라고 했다. 아직 아이는 보지 못했으며 이번 주말에나 오기로 했단다.

언제 오는지 알려주면 제주도 여행 일정을 잡아 예약을 해두겠다고 했다. 사무실에 다녀오면 곧 알 수 있을 것이니 그때 알려주겠다고 하며 여행이 기대가 된다고 좋아했다. 그녀는 말끝에 사랑한다고 덧붙였다. 그 말에 대꾸하지 못했다. 사랑하지 않아서 그런 것이 아니라 사랑해도 되는지 자신이 서지 않았기 때문이다.

4월 12일

4월 25,6일께면 돌아갈 수 있을 것이라는 문자가 왔다. 거래하는 여행사에 전화해 5월 둘째 주 화요일부터 일요일까지 제주도 항공편과 호텔 예약을 부탁했다. 다행히 첫째 주 연휴가 끝난 후여서인지 예약은 순조로웠다. 그녀와 함께 여행한다고 생각하니 가슴이 뛰었다.

일정상 금요일 수필 수업은 할 수가 없었다. 혹시 수업을 할 수 없을지도 모르니 그리 알고 있으라고 학생들에게 귀띔해 두었다. 모든 일이 어떤 갈등이나 부딪침 없이 잘 진행되고 있었다. 그것도 신기했다. 매사 자신을 믿기로 했다. 무슨 일이건 뜻대로 잘 안 되는 것은 무리하기 때문이리라.

물 흘러가듯 내버려두면 매사가 원하는 대로 진행된다. 이 일에 대해서는 적어도 겉으로는 조르거나 안달한 적이 없다. 그래 이렇게 살아야 되는 거야. 먼저 여행을 제안하지 않은 것도 얼마나 잘 된 일인가. 그러나 알고 보면 얼마나 내 마음이 조급해하고 안달했던가.

제주도에서는 S호텔에 머물며 차를 한 대 빌리기로 했다. 비용이 꽤 들어 당분간 사는 것이 궁색해질지도 모르지만 그런 것은 문제가 되지 않을 것이다. 골프도 치기로 계획했다. 연전에 터키 안탈리아에 머물 때 독일에 사는 부부가 여행 와 카트를 끌며 한가롭게 골프를 즐기던 광경이 떠올랐다. 마침 혼자였기 때문에 그들과 합류했고, 그들 노부부는 연금을 타 생활하고 있다고 했다. 이번 여행도 한 달 예정으로 왔다고 했다. 도대체 연금이 얼마가 되기에 한 달 간이나 여행을 한다는 말일까. 우리에게는 꿈과 같은 일이다.

마냥 걸으면서 관광을 할 것이다. 바쁠 것도 없고, 다 보지 못하면 다음에 다시 오면 된다. 아니면 사정이 있어 강의를 미뤄야 하겠다고 하면 학생들도 이해할 것이라고 생각하니 걱정거리가 모두 사라지고 그녀의 활짝 웃는 얼굴이 클로즈업 되어 다가왔다. 왕복 항공권은 그 동안 적립해둔 마일리지를 쓰면 되었다. 어쨌든 다소 무리이기는 했지만 파산할 정도는 아니다. 또 다시 시간은 더디 갈 것이다. 기다리지 말아야지. 열심히 운동도 하고 강의 준비도 해야겠다.

4월 14일

그녀로부터 더 이상 답장이 오지 않았다. 사건 보고로 바빠진 것이 틀림없었다. 저녁 9시 뉴스에 플로리다 올란드에서 오늘 새벽 토네이도가 일어나 무려 43명이 죽고 10명이나 더 되는 사람이 실종되었다는 소식이 톱뉴스로 흘러나왔다.

화면에는 쑥밭이 된 시내 풍경과 토네이도와 겹친 홍수로 물에 잠긴 시내 사진을 계속해서 내보내고 있었다. 평소 찻길로 보이는 곳이 강으로 변해 시뻘건 물이 건달처럼 으스대며 흐르고 있었다. 더러 지붕이 보이지 않았다면 애초에 그곳은 강이었다.

무슨 회오리바람의 위력이 그리 세다는 말일까. 이해가 되지 않았지만 어쨌든 마을은 폐허가 되었고, 사람들은 겁에 질려 울지도 못하고 있었다. 롱 베드 트레일러가 뒤틀린 채로 넘어져 엿가락처럼 꼬여 있었다. 풍수의 위력이라는 것이 실감이 되지 않았지만 믿지 않는 수도 없었다.

TV를 보는 중간중간 문자와 카톡을 확인했지만 거의가 스팸 문자이거나 광고성 문자였다. 거꾸로 그녀에게 카톡으로 문자를 보냈다. TV를 보고 있는 중인데 플로리다에서 일어난 사고를 보여주고 있다는 것과 함께 별일 없느냐, 일은 잘 보고 있느냐고 물었다.

기껏해야 휴지조각 정도만 날리는 우리의 회오리바람과는 달리 상상이 되지 않았다. 토네이도는 시속 320㎞의 속도로 움직이고 있다고 했다. 경험하지도, 보지도 못했으니 어느 정도의 빠르기인지, 어떤 피해를 몰고 오는지 알 수가 없었다. 43명이나 사망했고, 10명이나 더 되는 사람이 실종되었다는 것을 보면 그 위력이 대단하기는 했다.

화면에 비친 시내는 폐허 그대로였다. 러시아 불곰만한 사내가 인터뷰 도중 벌벌 떨면서 연방 울음을 토하고 있었다. 그는 공포에 질려 있었다. 식구들이 작별 인사도 할 겨를도 없이 어디론가 모두 사라졌다고 했다. 자신은 그런 고통을 당해야 할 만큼 잘못 살지도 않았다며 하늘을 원망하며 절규하고 있었다.

4월 15일

그녀에게서는 여전히 소식이 없었다. 대체 문자를 보았는지도 확인이 안 되었다. 집에 들른 아이에게 문자를 읽었는지 알아볼 수가 있겠느냐고 했더니 전화기를 달라고 해 확인하고는 읽지 않았단다. 만약 읽었다면 보낸 문자 머리에 노란 막대가 사라지고 없어야 한다고 설명했다.

로밍을 안 해간 것이 아닌지를 물었으나 아이는 한 번도 문자를 주고받은 적이 없느냐고 되물었고, 주고받은 적이 있다고 하자 그러면 로밍이 된 것이라고 제 애비의 무지를 탓한다. 그리고 카톡은 전 세계 어디서나 가능하다고 한다. 하기는 동네가 저 지경이 된 상황에서 한가하게 문자나 읽고 있을 경황이 있을 리 없다.

전화를 해보았지만 전원이 꺼져 있어 연결할 수 없다는 기계음만 반복해서 들려왔다. 현지 통신시설이 마비되었나 보다. 하기는 우리보다도 자신들의 안위를 걱정하고 있을 외부의 친인척에게 소식을 전하지 못하는 현지 주민들이 더 애가 탈 노릇이리라. 소식이 오기를 기다리는 수밖에는 다른 방법이 없다. 저녁 뉴스에는 전기와 수도 그리고 통신망이 거의 90% 이상 복구되었다는 소식을 전하고 있다. 곧 그녀와 통화할 수 있을 것 같다.

4월 20일

더 이상 토네이도에 관한 뉴스는 톱뉴스로 방영되지 않았다. 그럴수록 마음은 불안해졌다. 간간히 어린아이가 여드레 만에 극적으로 구조되었다든가, 아직도 무너진 건물더미에서 수색 작업이 진행되고 있다는 뉴스만 내보내고 있었다. 세계 각국에서 구호물자와 성금이 속속 들어오고 있다고 한다. 우리나라에서도 구호대를 파견하겠다고 했지만 미국 측에서 정중히 거절했다는 뉴스가 화면에 속보로 떴다.

사시사철 좋은 기후에서 살아 좋겠다고 부러워했지만 이럴 때 보면 부러워할 일만도 아니었다. 내 고향보다 좋은 곳은 없었다. 화면 위로 개 한 마리가 흉한 몰골을 하고 배회하고 있었다. 집도 주인도 다 잃고 며칠 굶은 듯 힘이 없어 보였다. 개는 주인을 찾아 헤매고 있는 듯 보였다.

그곳에 사는 친구는 무사한지 갑자기 생각이 났다. 전화통화로 무사하다는 것과 자신들이 사는 곳과는 좀 떨어진 곳에서 일어난 사고라고 했다. 아직 한국인이 잘못되었다는 보도는 없단다. 알레르기성 피부병을 앓던 아들은 둘 다 출가했단다. 큰놈은 뉴욕에서 의사를 하고 있고, 작은놈은 보스톤에서 변호사가 되어 살고 있다고 했다.

여전히 그녀에게서는 아무런 소식이 없었다. 문자 수신 확인을 했지만 읽지 않고 있었다. 마음이 점점 불안해 왔다.

4월 21일

그녀에게서는 아무 소식도 없다. 여남은 개의 발신 문자는 노란 막대가 지워지지 않은 채 남아 있었다. 조바심이 일었다. 화가 나기도 했다. 무슨 일이 그렇게 바빠 문자 확인도 하지 않고 연락도 없는 것일까. 언제나 그랬지만 그녀의 집 전화번호를 알아두지 않은 것이 또 후회가 되었다. 조금만 더 침착했더라면 물어보았을 것이다. 매사 지나고 난 다음에 후회하는 버릇은 여전했다.

Epilogue

남은 첨부파일을 마저 열었다.

아저씨께,

저는 손현주 씨의 딸 하나입니다. 얼마 전 엄마는 한국에 좋은 분이 한 분 계시다고 했습니다. 그렇게 좋으면 빨리 시집이나 가라고 했습니다. (아저씨, 막말처럼 듣지는 말아 주십시오. 적어도 제 진심이었다는 것을 알아주시기 바랍니다. 엄마를 프레스 해야 결혼할 것이라고 판단했습니다. 그리고 그 분이 아저씨라는 것을 오늘 엄마의 메일을 보고 알았습니다.) 엄마 혼자서 저를 키우고 아직도 외국에 나가 일을 하며 혼자 사는 모습이 싫었습니다. 더 늙기 전에 엄마도 엄마의 인생을 찾아야 한다고 생각했습니다. 저는 혼자서도 얼마든지 살 수가 있습니다.

엄마는 여자인 제가 보아도 매력적이고 아름다운 여자입니다. 공원에서 부부가 함께 걷는 모습을 보면 공연히 화가 났습니다. (실제 손을 잡고 걸어오는 사람 사이로 걸어가 손을 놓게 한 적도 있습니다. 참 못되었지요? 그렇지만 그들은 곧 다시 손을 잡았습니다.) 엄마는 매번 너 시집보내고 생각해 보겠다고 했습니다. 다 늙어서 생각해본들 무슨 소용이 있겠습니까? 누가 엄마에게 관심이나 갖겠습니까?

오늘 엄마의 노트북에서 아저씨께 쓴 편지를 보았습니다. 정말이지, 엄마가 아빠가 아닌 다른 남자와 이야기를 하는 것을 본 것은 이번이 처음입니다. 엄마는 아저씨를 많이 사랑하고 있었습니다. 제 가슴도 떨립니다. 편지를 저장해놓은 채 보내지 않았다는 것을 확인하고 어떻게 하는 것이 좋을지 한참을 고민했습니다.

엄마는 더 이상 제 곁에 계시지 않기 때문입니다. (지금부터는 매사를 저 혼자 결정해야 합니다. 그 일이 쉽지 않다는 것을 이제야 알았습니다. 그런 줄도 모르고 엄마 말을 잘 듣지 않은 것이 후회가 됩니다.) 지난 번 토네이도가 왔을 때 귀가 도중 그만 피신하지 못하고 급류에 휩쓸려 실종이 되었습니다. 경찰이 그렇게 확인해 주었습니다. 열심히 엄마를 찾고 있으니 곧 좋은 소식이 있을 거라며 기다려보자고 했습니다. 아저씨, 저는 이 세상에 아는 사람이라고는 아무도 없습니다. 어차피 혼자 사는 세상이지만 너무 슬프고 무섭습니다.

저는 아직도 엄마가 살아 있다는 것을 믿고 있습니다. 언제나 엄마는 그런 식으로 저를 놀려 먹었습니다. 현관 앞에 와서 전화를 걸면서 오늘 집에 못 간다고 해 저를 울린 적도 있었습니다. 그런데 이번에는 엄마가 너무 오랫동안 오지 않고 있습니다. 너무 깊이 숨은 것 같습니다.

아저씨께서 기다리실까 걱정이 되어 엄마 대신 제가 엄마의 메일을 보냅니다. 그리고 엄마가 아저씨를 사랑했다는 걸 아저씨도 아셔야 한다고 생각했습니다. 다행히 아저씨의 책에 메일 주소가 있었습니다. 아저씨도 엄마를 기다리고 계실 거라고 생각했습니다. 엄마가 돌아오면 잘 했다고 칭찬할 것입니다. 언제나 저는 엄마에게 칭찬만 듣고 자랐거든요.

그런데 오늘 아침 경찰로부터 전화가 왔습니다. 엄마를 찾았다고 합니다. 저는 경찰에게 엄마는 왜 안 오는 거냐고 물었습니다. 엄마는 내가 오기를 기다리고 있다고 경찰 아저씨가 말했습니다. 엄마가 저를 기다린답니다. 흙탕물 속에서 엄마는 얼마나 춥고 무서웠을까요. 그 생각만 하면 자꾸만 눈물이 납니다. 이 메일을 보내고 병원으로 갈 것입니다. 아저씨, 엄마가 제일 좋아하던 빨간 립스틱을 가져가도 될까요? 엄마가 너무 불쌍합니다.

저는 어떻게 살아야 하는 건지 잘 모르겠습니다. 세상이 두렵기만 합니다. 엄마는 매사에 치밀했습니다. 언젠가는 제가 엄마에게 대충 살라고 한 적이 있을 정도였습니다. 매사에 치밀한 엄마는 이럴 때 아저씨께 기대라고 아저씨의 주소를 남겨놓았나 봅니다.

누가 엄마의 마음을 이토록 흔들어놓고 있는지 궁금하기도 했고, 참 대단한 분이라고 생각했습니다. (언젠가 저는 엄마와 통화하면서 그분이 누군데 엄마를 홀려놓았느냐고 물은 적이 있습니다. 그분이 바로 아저씨이셨군요.) 엄마는 자존심이 몹시 셉니다. 아버지가 아닌 그 어떤 남자도 엄마는 자신과는 어울릴 수 없다고 말한 적도 있습니다. (엄마는 평생 아빠와 나에게만 사랑한다는 말을 쓸 것이라고 소리를 친 적도 있습니다. 지금쯤 아빠를 만났을지도 모릅니다. 그 약속을 지킨 엄마가 너무 밉습니다.) 엄마가 다시 오지 않는다니 저는 어떻게 되는 건가요. 엄마가 저를 놀리려고 일부러 오지 않고 있는 것이 틀림없죠?

저는 엄마와 함께 한국에 갈 것입니다. 어렸을 때 한 번 한국에 가본 기억이 납니다. 십일 년 전의 일입니다. 그냥 기억만 납니다. 아저씨가 도와주시겠지요? 아저씨가 도와주시지 않는다면 저는 공항에 도착하면 공항 바닥에 주저앉고 말 것입니다. 엄마는 늘 할머니, 할아버지가 묻혀 있는 산소에 가기를 희망했는데 저는 그곳을 잘 모릅니다. 주소만 갖고 있습니다. 아마 일주일 정도 지나면 엄마가 돌아올 것이며, 저는 엄마와 함께 한국으로 가겠습니다. 이제 제가 한국에 아는 사람은 아저씨 한 분뿐입니다.

뵙고 싶습니다. 혹시라도 공항에 안 나오실까 걱정이 됩니다. 그런 일은 없는 거죠?

뵐 때까지 건강하시기 바랍니다. 안녕히 계십시오.

4월 25일

올란도에서

차하나 올림

즉시 메일을 보냈다. 아무 걱정 말고 엄마 잘 모시고 오라고. 그리고 여행 스케줄이 나오면 연락을 달라고…….

창밖이 미세먼지 때문인지 뿌옇게 보였다. 망할 놈의 세상, 눈이 아팠다. 유난히 검고 맑은 그녀의 눈으로 흙탕물이 쏟아져 들어오는 것이 보였다. 내 눈에도 흙먼지가 쏟아져 들어오고 있었다. 눈이 아파 견딜 수가 없었다.

어차피 처음부터 그녀는 내 몫이 아니었는지도 모른다. 내가 그녀의 곁에 있다는 것이 그녀에게는 얼마나 염치없고 잔혹한 일인가. 그녀가 그걸 알았을까? 카톡에 사랑한다는 말을 남겼지만 그 문자는 읽지 않은 채 강바닥 진흙 속에 묻혀버리고 말았다. 차라리 그 문자를 보지 못한 것이 다행인지도 모른다.

그날 저녁 아이가 제 엄마를 만났다는 연락이 왔다. 이틀 후 놀랍게도 전화기에는 노란 막대가 사라지고 없었다. 사랑한다는 내 글을 읽은 것이 틀림없었다. 그녀로부터 카톡이 도착했다.

'너무 감사합니다. 사랑해요, 아저씨!!!'

전철 안에서

1

전철 안은 몹시 붐볐다. 냉방기가 가동되고 있었지만 승객들로부터 뿜어 나오는 열기는 남자의 몸을 끈적이게 하고 있었다. 스무 정거장 정도를 가려면 자리를 잡고 앉아야 하는데, 설사 자리가 난다고 해도 사람의 숲을 헤치고 들어가 앉을 용기가 나지 않았다. 두리번거려 보았지만 좌석으로부터 두 번째 줄에 서 있는 남자에게 차례가 올 리가 만무했다. 지금은 차라리 자리를 차지하고 앉는 것보다 좌석 가까운 쪽으로 다다가는 것이 우선이었다.

옆 사람이 숨쉴 때마다 입냄새가 심하게 났다. 차라리 양말을 물고 있는 것이 나았다. 그가 날숨을 쉴 때 함께 날숨을 쉬려고 맞춰 보았지만 두 숨을 넘기지 못하고 그가 날숨을 쉬면 남자는 들숨을 쉬어야 했다. 마침 앞에 서 있던 사람이 내리기 위해 발걸음을 옮기는 순간 실례란 것을 알면서도 그 자리를 차지하기 위해 재빨리 파고들었다. 마구잡이로 파고드는 남자에게 어깨를 떠밀린 여자 승객이 눈을 흘겼다. 순서를 기다리고 있던 사람에게 미안하기는 했지만 차라리 그렇게 욕을 먹는 것이 입냄새를 맡아야 하는 고역보다는 나았다.

자리가 헐렁해 보여 앉아 있는 사람 수를 세어보았다. 정확히 일곱 명이 앉아 있었다. 유난히 몸이 마른 여자 곁에 그 두 배쯤 되는 남자가 앉아 있었다. 순간 여자를 어디서 많이 본 듯하다는 생각이 스쳤다. 그녀는 알록달록한 블라우스에 싱가포르 항공사 승무원이 입는 옆이 터진 치마를 입고 있었다. 다소곳이 앉은 모양이 매우 단아해 보였다. 여자는 검은 뿔테안경을 쓰고 있었으며, 머리는 파마를 해 중년부인의 냄새를 물씬 풍기고 있었다.

남자는 마치 물을 한 모금 쪼 닭처럼 그녀를 한 번 쳐다보고는 고개를 들어 창밖을 응시하며 기억을 더듬었다. 대체 어디서 본 여인일까? 그녀의 이마에는 세월의 흔적과도 같은 주름이 몇 가닥 흐르고 있었지만 그다지 추해 보이지는 않았다. 눈은 세파를 초월한 듯 빛나고 있었고, 안광이 예사롭지 않은 것으로 보아 참 밝게 살았구나 하는 느낌을 갖게 하기에 충분했다.

남자는 언젠가 누군가의 수필에서 읽은 눈에 대한 문장을 떠올렸다. 작가는 아이처럼 맑은 눈을 지닌 채 다음 세상으로 건너가고 싶다고 했다. 눈을 맑게 하는 것이 그가 세상을 살면서 마지막으로 지켜야 할 예의라고도 했다. 이물이 잔뜩 끼고 음흉한 눈으로 다음 세상으로 건너가는 것은 예의가 아니라는 것이다. 형형한 눈을 보면서 저 여인은 대체 어떻게 살았기에 저리도 맑고 밝은 눈을 지니고 있을까 하고 생각했다. 차창에 비치는 자신의 눈을 보려고 했지만 지하로부터 빠져나온 차창에는 더 이상 비치는 것이 없었다. 눈을 두어 번 껌뻑거려 보았다.

혹시 고등학교 시절 만났던 여인일까? 남자가 아는 당시 여인이란 초등학교 동창생 L, 청량리 어디엔가 있었던 사설 독서실에서 스치듯 만났던 J, 고향의 이웃 재당숙모집에 방학이면 놀러오고는 했던 또 다른 L, 그리고 몇몇 초등학교 동창생들이 모두였다. 그들의 얼굴은 또렷하게 생각이 나거나 혹은 아예 잊히기도 했지만 저 여인의 모습은 결코 아니었다.

희미하게 떠올랐다 사라지는 얼굴이 있었다. 남자는 고등학교 시절 이문동서 서울역까지 버스 통학을 했었는데 종로2가쯤에서 내리는 여학생이 있었다. 늘 마주앉아서(당시 버스 좌석은 세로로 마주 보고 앉게 되어 있었다) 그녀에게 간절한 만남을 요구한다는 표시로 뚫어져라 쳐다보고는 했다. 지금처럼 탈것이 다양하지 않던 시절 버스가 유일한 통학수단이었고, 대충 같은 시간에 차를 타지 않으면 지각을 해야만 했으니 차 안에서 만나는 것은 매우 당연했다. 그리고 그들은 이른 아침 등교를 하고 있어 차안은 늘 비어 있었다.

그녀는 남자의 강렬한 눈빛을 견디다 못해 중간에서 내린 적도 있었다. 어떤 때는 그녀의 가슴이 뛰고 있는 것이 보이기도 했다. 상황은 또렷한데 얼굴은 전혀 기억이 나지 않는다. 아무래도 그녀는 아닌 듯싶다. 느낌이 영 아니다. 그녀가 이렇게 변했다는 것도 상상이 되지 않을 뿐더러 왠지 그렇게 변할 리는 없다는 생각이 들었다. 아! 그녀는 지금쯤 할머니가 되어 있어야 하지 않은가.

이런 경우를 당해본 적도 없지만 이처럼 기억력이 형편없는 것은 세월 탓이었다. 그것이 언제였든 간에 나이가 육십을 넘어섰으니 무엇 하나 제대로 기억하는 것이 있기는 할까. 그런 시절이 있었다는 것이 얼마나 고마운가.

남자는 갑자기 울컥하고 치미는 무엇을 느꼈다. 눈물이 핑 돌았다. 그때 순간적으로 여자와 눈이 마주쳤던 것 같았다. 뭐 하느라고 그 긴 세월을 이처럼 보낸 것일까. 대체 무엇을 향해 왔으며, 무엇을 이루었나. 언제가 자신의 황금기였나를 생각해 보았다. 학창 시절일까? 그럴지도 모른다는 생각이 들었지만 그때는 모든 일을 부모님께 의존하던 시절이니 매사 자의로 할 수 있는 것은 없었다.

아쉽기로 말하자면, 고등학교를 졸업하고 원하는 대학에 가지 못한 것이 아픔처럼 떠올랐다. 얼마나 열심히 공부했었던가. 진학 상담을 하던 담임 선생님은 남자가 가겠다고 제안한 대학을 쾌히 승낙하며, 작년에는 너보다도 성적이 못한 선배도 무난히 합격했노라고 응원해주셨다. 하지만 불합격하고 말았다.

입학시험을 보는 내내 졸음에 시달려야 했다. 단 오 분을 맑은 정신으로 시험 답안을 쓸 수가 없었다. 나중에 알았지만 그때는 이미 폐결핵이 깊이 진행되고 있었다. 그 못된 병은 남자를 수년간 그가 하고 싶은 일로부터 격리시켰으며 결국 원하는 대학에는 다시는 가볼 수 없게 했다. 남자는 머리를 흔들며 그 기억으로부터 바삐 빠져나왔다. 자기도 모르게 아! 하는 짧은 탄식이 새어나왔다.

여인은 고개를 숙인 채 자신의 구두코를 바라보고 있었다. 무슨 생각을 하고 있는지 짐작조차 할 수 없었지만 왠지 궁상맞은 생각을 하고 있다는 느낌은 들지 않았다. 가끔 무엇인가 골똘히 생각하고 있는 듯 보였다. 여자의 속눈썹이 유난히 길어 보였다. 안경을 치켜 올리고 눈가를 닦기도 했다.

남자는 옛날 중학교 시절이 문득 떠올랐다. 그는 친누나도 사촌누나도 없었다. 그에게 제일 가까운 누나는 육촌이었다. 눈썹이 길고 짙었던 그는 곧잘 누나집에 놀러가고는 했는데 그때마다 누나 자매는 남자를 앉혀 놓은 채 눈을 감게 하고 성냥개비를 속눈썹 위에 쌓고는 했다. 더는 무게에 못 이기거나 부피에 눌려 무너지기라도 하면 좋아라하고 웃으며 눈썹을 바꿨으면 좋겠다고 부러워하고는 했다.

여자는 짙고 긴 눈썹을 지니고 있었다. 누나들의 모습이 떠올랐다가 사라졌다. 겨울밤 눈이 소복이 쌓인 밖을 내다보며 화로에 군고구마를 구워 먹기도 했다. 누나들과 그때 유행하던 〈청실홍실〉이란 노래를 나지막하게 합창하기도 했었다. 이따금 뒷산에서 눈 무게에 못 이겨 우지직하고 나뭇가지 부러지는 소리가 들렸다. 누나들이 이제 칠십이 넘은 할머니가 되었다니.

그런 밤에는 산등성이를 지나가는 바람이 소나무 위에 쌓인 눈을 떨어뜨리고는 했다. 그 소리가 뿔 달린 도깨비가 미끄러져 엉덩방아를 찧는 소리라고 말씀하시던 할머니 생각이 났다. 어리석게도 중학생이 되어서도 창호지 문을 빼꼼히 열고 달빛 밝은 밖을 내다보며 도깨비가 넘어져 허우적거리는 것을 보려고 한 적도 있었다. 달이 구름에 숨기라도 하면 여지없이 검은 그림자가 흰 눈밭에 엉덩방아를 찧고 미끄러지기도 했다. 그때마다 마른 고춧대 부러지는 소리가 들리고는 했다. 칠봉

산 어디에선가 늑대 우는 소리가 들려왔다.

전철이 창동역을 지나면서 승객이 줄어들어 차 안이 헐렁해졌지만 여전히 앉을 자리는 없었다. 여인은 눈을 감고 있었다. 어디쯤 왔는지 확인이라도 하려는 듯 눈을 뜨고는 고개를 돌려 밖을 내다보았다. 밖은 오후의 햇살이 빛나고, 때 이른 유월 더위에 나뭇잎이 기력을 잃은 채 지나는 바람에 흐느적거렸다.

여자는 시계를 보았다. 가방을 끌어당겨 껴안았다. 그녀의 앞에는 커다란 여행용 가방이 놓여 있었다. 남자는 아까부터 여인을 기억해내는 일을 포기하고 있었다. 그때 여자의 오른손목에 차고 있는 시계가 눈에 들어왔다. 그래, 그녀도 오른손에 시계를 차고 있었지. 맞아. 그렇지만 그럴 리가 없다는 생각이 자꾸만 들었다. 여자는 눈길을 마주치지 않으려고 애쓰는 듯했다.

주머니 속의 전화기가 짧게 진동하고 있었다. 남자는 전화기를 꺼내 문자를 확인했다. 회갑기념여행을 최종 마감한다는 고등학교 동창회 총무의 메시지였다. 내일까지 마감을 하니 꼭 기회를 놓치지 말고 함께 제주도 여행을 가자는 내용이었다. 여행에 이골이 난 그였지만, 아직도 여행이라면 그것이 해외든 국내든 마다하지 않았다. 하지만 이번만은 내키지 않았다. 얼마 전 소변에서 피가 섞여 나온다는 어머니의 말씀 때문이기도 했고, 곧 병원으로 모시고 가 진료를 받아야 한다는 생각이 머릿속을 떠나지 않았다.

며칠 전 어머니 팔순 때 어머니는 남에게 알리지 말고 우리 식구끼리 식사나 하자고 해 자식들이 지고 말았다. 그런 까닭인지는 몰라도 회갑

여행을 가야 하는지는 확신이 서지 않았다. 여자는 여전히 무슨 생각엔가 골똘히 잠겨 있었다. 어쩌다 고개를 들어 올려다보는 듯했지만 그것이 남자를 보는 것인지는 확실하지 않았다. 눈이 마주칠까 두려워 그도 곁눈질만 하고 있었다.

남자는 다시 생각에 잠겼다. 가난한 대학시절 그에게는 연애할 만한 여건이 주어지지 않았다. 돈도 없었고 제대로 된 옷 한 벌 없었다. 군대를 다녀올 때까지 단 한 번도 미팅을 한 적이 없었으며, 개인적으로 여자를 만난 적도 없었다. 제대하고 복학했을 때 교문 앞에서 만난 친구가 그를 붙들고 미팅에 가지 않겠느냐고, 아니 가지 않으면 안 된다고 했을 때도 미팅에 나가야 하는지에 대해 대답을 망설이고 있었다.

제길헐, 오늘 미팅을 한다면서 지금 말해줄 것이 뭐람, 하고 혼잣말하듯 했을 때 친구는 갑자기 미팅에 참가하기로 했던 누군가가 사정이 생겼으니 대신 나가달라는 것이었다. 후에 생각해보니 약간 자존심이 상하기는 했지만 아무도 그에게 그런 기회를 주지 않던 차에 반갑기 그지없는 제안이었다.

이번 기회를 놓치면 한 해 반밖에 남지 않은 대학생활 동안 미팅 한 번 해보지 못할 것 같아 승낙하고 말았다. 세 시에 시청 앞 무슨 다방에선가 만나자는 친구의 말을 뒤로 하고 급히 공중전화로 향했다. 시계는 열 시를 가리키고 있었다. 수업을 모두 빼먹어야 했다. 남자는 급히 친구에게 전화를 했다. 제발 집에 있어 주기를 바랐다. 친구는 마침 집에 있었으며 야, 임마, 빨리 집으로 와, 하고는 전화를 끊었다.

남자는 버스를 타고 화곡동 친구의 집으로 향했다. 친구는 옷을 꺼내

놓고 기다리고 있었다. 체구가 비슷했던 그는 이 옷 입어봐라, 저 옷 입어 봐라하며 미팅을 나가는 친구를 위해 코디를 해주었다. 검정물을 들인 미군 군복을 벗기고 옷을 골라 입혀 내보내며 그는 몇 가지 미팅에서 주의할 점을 말해 주었다. 그러나 기억나는 것은 아무 것도 없다. 친구는 친절하게 얼마의 돈까지 손에 쥐어주며 처음 미팅에 나가는 남자에게 힘을 불어넣어 주었다. 생각이 꼬리를 물고 온통 추억을 더듬게 했다.

2

남자는 대학을 졸업하고 사회인이 되었을 때 우여곡절은 있었지만 연애를 하고 있었다. 미팅에서 만났던 그녀와 헤어지고 만나기를 반복하던 끝에 얼마 전부터 다시 만나고 있었다. 그녀와 만남은 부침이 계속되었지만 결국 얼마 안 있어서 헤어지고 말았다.

어느 날 남자는 미팅 때 그들이 처음 만났던 다방에서 장래 이야기를 하고 있었다. 학교를 졸업한 남자는 은행원이 되어 있었고, 그녀는 어느 회사에 영양사로 근무하고 있었다. 한물간 직장이라고는 하지만 여전히 은행은 좋은 직장이었다. 시골에 계시는 아버지는 아들이 은행에 들어갔을 때 만나는 사람마다에게 자랑을 해댔다.

그녀는 남자를 좋아했다. 남자는 그녀에게 청혼했지만 고민 끝에 부모님이 반대한다는 것을 이유로 혼인 불가를 선언했다. 그는 만약 내가 부모님을 설득시키면 결혼할 것인가 하고 물었다. 그녀는 고개를 주억거렸다. 남자는 알았다고 하고 헤어졌다. 해가 바뀌고 있었다.

남자는 그녀의 집 근처 제과점에서 케이크를 샀다. 비싸기는 했지만 은행원으로서 감당 못할 바는 아니었다. 비싸다는 것은 오랜 습관으로부터 오는 고정관념일 뿐이었다. 남자는 웃으며 앞으로는 편히 살 수 있을 거야, 하고 생각하며 혼자 웃었다. 그는 심호흡을 하고 벨을 눌렀다. 새해의 매서운 바람이 그를 단련시키려는 듯 추위를 몰아 왔다. 인터폰에서 누구세요 하는 말이 들려왔다. 그는 자신의 이름을 댔으며, 문이 열리고 마당에 들어섰을 때 그녀의 아버지가 마중을 나왔다. 누구신가? 하고 물어왔지만 추위에 밀려 그를 안으로 데리고 들어갔다.

남자는 그가 권하는 소파에 앉기 전에 큰절을 드렸다. 그녀의 아버지는 절을 받으면서도 누군지를 알지 못했고, 직장의 부하 직원이 새해 세배를 온 정도로 아는 듯했다. 절을 받고 난 그는 누구인가를 재차 물었고 남자의 이름을 똑똑히 듣고 난 다음 짜증스럽게 여보, 하고 소리치고는 메다꽂듯 방문을 닫고는 들어가 버렸다.

잠시 후 그녀의 어머니가 나와 소파에 앉으며 어째 이곳에 왔는가를 물었다. 까닭을 묻는 것이 아니라 왜 왔느냐고 불만스러워하는 물음이었다. 그녀의 어머니는 이름을 듣는 순간 남자를 알아보았다. 그가 보낸 편지를 보고 남자의 이름을 기억하고 있었다. 서로 본 적은 없었지만 그녀는 어머니가 남자를 만나지 말라고 한다고 했었다. 노골적으로 기분이 나쁘다는 표정이 역력했다. 청혼하겠으니 따님을 달라는 남자의 말에 그녀의 어머니는 남자의 가슴에 상처를 내는 말을 쏟아내고 있었다.

첫째 은행원이 싫다고 했다. 그 까닭은 자신의 남편이 은행원인데 은

행원이라면 꼴도 보기 싫다는 것이다. 둘째는 장남이라 싫다는 것이다. 우리 애는 맏며느리감도 아니고, 없는 집 맏며느리로 보내 고생시키고 싶지 않다는 것이었다. 없는 집이라?

이유는 또 있었다. 얼굴에 병색이 가득해 싫다는 것이다. 그때는 그랬다. 시골 촌놈이 얼굴 가꾸는 일에 민감할 까닭이 없었고, 등산이니 야유회니 산으로 들로 싸다니니 늘 얼굴은 시꺼멓게 타 있었다. 게다가 하숙생활을 하느라 하루 세 끼 먹는 일도 드물었다. 제법 큰 키에 비해 삐쩍 마른 몸이 검은 얼굴과 어울려 병자처럼 보이게 했다. 마지막으로 출신 대학이 마음에 들지 않는다는 것이었다.

남자의 가슴에서는 불이 일고 있었다. 잘 알았다고 대답하고 나올까 하다가 아무래도 그대로 물러서는 것은 시골에 계신 부모님에 대한 도리가 아니라는 생각이 문득 들었다. 그는 조목조목 반박을 시작했다. 우리 어머니도 장남부터 낳기 싫어했습니다만 차남부터 낳는 재주가 없었다고 합니다. 어머님의 아들은 어찌하려고 하십니까? 그것도 장남에 독자니 문제도 보통 큰 문제가 아닙니다.

직장 문제는 지금이라도 사표 내고 나오면 은행원은 더 이상 아닙니다만 아버님이 은행원인 걸로 알고 있는데 어떻게 그런 말씀을 하십니까? 저 건강합니다. 다만 공부 마치고 취직하고 그 동안 제때 먹지 못하고 생활한 덕분에 병자처럼 보일 뿐입니다. 물론 스무 살 안팎에 결핵을 앓은 적이 있기는 합니다만 지금은 환자가 아닙니다. 좋은 대학, 제가 원하는 대학에 가지 못한 것이 늘 한이 됩니다. 그렇다고 해도 이 댁 따님이나 아드님처럼 그런 형편없는 대학을 다니지는 않았습니다. 자랑할 것도 없지만 말 못할 정도의 학교도 아닙니다.

저는 이만 돌아가겠습니다. 어떤 일이 있어도 저를 다시는 찾지 말아 주십시오. 안녕히 계십시오, 하고 물러나왔다. 정월 바람이 차고 드셌다. 속 시원히 말을 했으나 생각처럼 속이 시원하지는 않았다. 오히려 가슴이 답답했다.

그 기억은 아팠다. 남자는 어디를 가든 여자만 보면 그녀가 떠올랐다. 삼 년을 만났으니 그럴 만도 했다. 그녀는 남자가 결혼하기 전에 오랫동안 만났던 유일한 여자였다. 남자는 그녀의 어머니와 만난 후 그녀에게 그 사실을 알렸다.

만약 자신이 좋으면 집을 나와 함께 동거라도 할 것을 요구했지만 부모님이 반대하는 결혼은 절대 하지 않겠다는 그녀의 의사를 최종적으로 확인하고 눈이 희끗희끗 뿌리던 1월 어느 날 밤 늦게 휘청거리며 하숙집으로 돌아왔다. 친구 어머니기도 한 하숙집 어머니가 최군, 왜 그래? 어디 몸이 안 좋네? 하고 평안도 사투리로 말했다.

그 후 그는 은행을 그만두고(그녀와의 결혼을 위해 그만둔 것은 아니다) 건축 자재를 만드는 회사로 옮겼으며 몇 차례 그녀가 직장으로 찾아왔지만 만나지 않았다. 그것이 그녀와의 마지막이었다. 훗날 신혼여행에서 돌아왔을 때 남자의 어머니가 조용히 그를 불러내 편지 한 통과 뜨개질로 만든 여러 용도의 받침대 몇 장, 그리고 축의금이라며 당시로서는 꽤 큰돈인 십만 원짜리 수표 한 장을 건네주셨다.

신혼여행을 간 다음날 다녀갔다는 것이었다. 그리고 잊었다. 가끔 잘 살고 있는지 궁금하기도 했다. 언젠가 그녀의 친구를 종로 길거리에서 만났을 때 그녀가 결혼하지 않겠다고 했다는 말을 들은 적이 있었다. 둥글고 턱선이 부드러운 여자에게서 그 여자의 모습을 얼핏 보았다. 그녀는 잘 살고 있을까? 어떻게든 참아냈어야 했는데 하는 아쉬움이 밀려왔다. 그녀는 지금 어떻게 사는지 갑자기 궁금해졌다. 전철 안에서 여자를 보면서 마지막으로 헤어질 때 서소문 무슨 다방 앞에선가 고개를 숙이고 흐느끼던 그녀의 모습이 연상되었다.

여자는 여전히 같은 자세로 다소곳이 앉아 있었다. 차는 무심히 내달리고 있었다. 헐렁해진 차 안에는 물건을 파는 사람들이 끊이지 않고 손수레를 끌고 들이닥쳤다. 어떤 이는 장난감 강아지를 풀어놓고 물리지 않게 조심하라고 익살을 떨었다. 호기심 많은 몇몇 젊은이가 강아지를 샀다. 아무래도 여자 친구에게 선물하려는 것 같았다.

과년한 딸을 둔 남자는 재미있는 상품이기는 하지만 아무래도 저 청년은 진중치 못하다는 생각이 들었다. 내 아이라면 선물이라니 받기는 하겠지만 곧 잊은 듯 처박아버릴 것이다. 어떤 이는 은행강도가 쓸 법한 모자 겸 마스크를 들고 찾아들었다. 몇몇 아주머니들이 수다를 떨다 말고 운동할 때 좋다며 가방 속에 쑤셔 넣었다. 차내 방송에서는 남에게 피해를 주는 행위를 하지 말라며 상인들을 발견하는 즉시 전화로 신고해줄 것을 당부하고 있었다.

3

여자는 몹시 지루했다. 어제 밤 늦게 떠난 비행기는 이른 아침에 도착해야 했으나 기상 관계로 정상 출발을 못한 까닭에 열두 시가 다 되어서야 인천공항에 내렸다. 그 바람에 자카르타 공항에서 무려 여섯 시간을 기다렸다. 무료하기는 했지만 십여 년 만에 들렀던 고국이니 조금이라도 더 머물러 있는 것이 좋기는 했다. 지금 떠나면 언제 또 올지 알 수 없는 일이 아닌가.

사실 아버지가 돌아가시지만 않았더라면 이렇게 다녀갈 길도 아니었다. 연세로야 언제 돌아가셔도 그만이었지만 먼 타국에 딸을 두고 얼굴 한 번 보지 못하고 운명하신 것은 마음 아픈 일이었다. 그녀의 고향은 족자카르타였다. 그곳은 중부 자바섬 동쪽 끝쯤에 있는 오래된 도시다.

사람들은 그곳을 반골들이 사는 도시라고 했다. 한때 인도네시아 정부 수립에 공헌하기도 했지만 지금은 중앙정부를 업신여기며 자신들만의 왕국을 마음속에 두고 사는 어찌 보면 눈엣가시 같은 도시다. 하지만 크게 말썽을 부리지 않아 중앙정부에서도 모르는 체하고 있다.

도시의 이름처럼 '평화로운 마을'이다. 고향을 떠난 것이 1980년쯤이니 근 십오 년 전의 일이었다. 살기가 어려웠지만, 누구나 그렇듯이 교육열이 높은 부모님은 아들을 가르쳐야 한다고 생각했고, 고등학교를 졸업하자 그를 자카르타로 보냈다. 보호자 자격으로 큰누나인 자신이 따라나섰고 얼마 후 여동생이 합류해 셋이서 살기 시작했다.

여자는 사촌의 도움을 받아 자카르타 호텔 뒤 판자촌에 집을 얻었다. 집이랄 것도 없는 그야말로 간신히 하늘을 가리고 벽을 두른 쪽방이었다. 그곳에서는 하루 종일 아이들의 울음이 그치지 않았고, 어른들의 싸우는 소리도 끊이지 않았다. 문 앞으로 흐르는 작은 도랑에서는 썩은 냄새가 쉬지 않고 올라왔다. 그래도 좋았다.

어떤 때는 셋이 함께 오순도순 모여 산다는 생각만으로도 몸에 전율이 일었다. 남동생은 대학에 다니기 시작했고, 자신은 작은 무역회사의 사장 비서로 취직했다. 뒤늦게 올라온 여동생은 패스트푸드점의 점원이 되었다. 시골서 부모님이 학비라고 보내주기는 했지만 언제나 그 돈은 턱없이 부족했다. 집안 사정을 뻔히 알면서 다 큰 계집애가 집안에 들어 앉아 밥이나 해주는 것은 옳아 보이지 않았다.

없이 살기는 했지만 동생이 학교에 가 공부하는 것을 보는 일만으로도 즐거웠고 행복했다. 명랑한 동생은 동생대로 일을 하면서 공부를 시작했다. 그녀도 정식으로 대학에 가서 공부하고 싶었지만 그럴 만한 여유가 없었다. 간신히 살림살이를 들여놓고 비가 오는 날 턱을 괴고 엎드리면 빗물이 턱까지 튈 정도의 보잘것없는 집이었지만 그곳은 천국이었다. 그런 날은 다시 오지 않을 것이다.

차라리 비행기가 떠나지 않았으면 했다. 야속한 비행기는 긴 여정 끝에 여자를 인천공항에 내려놓았고, 그녀를 태운 전철은 족자카르타로부터 얼마가 되는지도 모르는 상상도 못한 마을을 향해 가고 있는 것이다.

지난 일을 생각하면 기가 막히기도 했다. 못 살기는 했어도 고향에서의 삶은 행복했다. 자신이 태어난 곳에서 부모 형제와 함께 산다는 것만큼 복 받은 일이 또 있을까? 내 나라 말을 하고, 내 나라 음식을 먹을 수 있고, 내 나라 냄새를 흠흠거리지 않아도 맡을 수 있다는 것, 금요일이 되면 식구 모두 보로부드르 이슬람성당에 가 예배를 보던 일이 주마등처럼 지나갔다. 누가 그 행복을 알랴.

그녀는 소리치고 싶었다. 당신들이 그 행복을 아느냐고. 물론 지금이 대로의 행복이 아주 잘못된 것도 아니다. 어찌 되었든 외국에 나가 산다는 것이 남들이 부러워할 일이 아닌가. 아버님 장례식에 모인 친척들이 자신을 부러워하는 것을 보지 않았는가. 그뿐인가. 은근히 뻐기며 자랑스러워 한 것도 사실이었다.

사람들은 대놓고 말했다. 그 어린 것이 동생을 둘이나 데리고 객지에 나가 가르치고 거두더니 복을 받았다고 말이다. 복을 받은 것이 맞기는 맞는 것일까. 그들에게는 외국 생활은 고사하고 외국 여행도 복 받은 일이거늘 어찌 그리 생각하지 않을 수 있으랴.

하기는 그들의 말이 전혀 틀린 말도 아니다. 정말이지 하늘을 걸고 맹세컨대 얼마나 고생을 했었던가. 회사 출근을 결정하고 나서 변변히 입을 옷이 없어 출근을 포기하고 말까하는 생각도 했었다. 직장 동료들이 수군거린다고 생각한 것이 자격지심에서 온 것만은 아니었다. 외출 때만 입으려고 걸어놓은 옷이지만 자카르타에서는 좀체 볼 수 없는 구닥다리 옷이었다. 그뿐인가. 점심 먹을 돈이 없어 점심때만 되면 혼자 거리로 나와 할 일 없이 얼마를 쏘다녔었나. 결국은 그 싸구려 국수 한 그릇 못 먹고 회사로 되돌아가기도 했다. 그러니 복을 받았다고 한들 틀린 말은 아닐 것이다. 지금의 내 생활을 복 받은 자들이 하는 것으로 그들이 알고 있는 이상.

아무리 아끼고 살아도 꼭 모자라는 것은 약간의 루피아였다. 얼마간의 부족함은 손이 닿지 않는 곳에 매달려 있는 야자처럼 아무리 손을 뻗어보아야 손이 미치지 않았다. 그러나 한 번도 손이 미치지 않을 것이라 생각해본 적은 없었다.

월급이 올라 이제는 되었다고 생각한 순간 야자는 한 뼘 더 높아져 있었다. 언제나 그랬다. 동생에게 조금 더 많은 돈을 쥐어주고 싶어 안달했지만 언제나 마음뿐이었다. 다행히 마음 착한 동생은 제 누나의 그런 마음을 아는지 보채거나 짜증스러워하지 않았다.

그녀는 동생이 대학을 마칠 때까지 안 해본 일이 없을 정도로 열심히 일해 학비를 보탰다. 여동생도 하루 종일 햄버거를 팔고, 매장 청소를 하면서도 단 한 번도 낯을 찡그리거나 힘들다는 말을 하지 않았다. 마치 그렇게 말하면 누군가가 자신을 고향으로 쫓아 보내기라도 한다고 생각하는지 조금도 힘든 내색 없이 일했다. 동생들이 고맙기도 했지만 장하다고 느꼈다. 여자는 그때 한 푼이라도 더 벌어야 한다고 생각했으며 돈을 버는 방법을 찾고 있었다.

자카르타에 온 지 3년이 다 돼 올 무렵 함께 근무하던 동료가 퇴근 후 자기와 어디 좀 가지 않겠느냐고 제안해왔다. 친구는 수마트라의 메단이라는 도시에서 온 수학 교사 출신의 늘씬한 처녀였다. 명랑하고 선했다. 언젠가 친구는 왜 교사직을 그만두었냐는 물음에 돈을 더 많이 벌기 위해서라고 단호하고 솔직하게 대답한 여자이기도 했다. 돈을 더 많이 벌기 위해 그 먼 곳에서 여기까지 왔다는 말인가. 의아했다. 그래, 얼마나 더 많이 받느냐고 물었다. 월급보다는 두 배 정도 더 받지만 객지 생활 여기저기 돈을 쓰고 나면 고향에서의 교사생활이 더 낫다는 것이다.

그런데 이곳에서는 돈을 벌 기회가 많아 희망이 있다고 말했다. 어떻게 돈을 벌 수 있느냐고 물었을 때, 친구는 웃음 띤 얼굴로 왜? 돈을 벌고 싶으냐고 되물었고, 여자는 선뜻 그러고 싶다고 대답했다. 친구는 그러면 퇴근 후에 자기와 함께 어딘가 가자고 했다.

우기가 되면서 매일 한 차례씩 소나기가 퍼붓고 지나갔다. 그날은 다소 많은 비가 내려 비가 그친 지 두서너 시간이 지났지만 배수가 되지 않아 온통 길이 물천지였다. 지나가는 차들이 물을 튕기고 지나가 흙탕물 세례를 받기도 했다.

그들은 바자이라 불리는 인력거를 탔다. 속도가 느리기는 했어도 도착 시간은 언제나 바자이가 빨랐다. 영악한 운전수가 요리조리 빠져나가며 러시아워에 꼼짝 못하는 차를 앞질러 갔다. 그녀는 궁둥이를 몹시 씰룩거리며 바자이를 몰고 있는 운전수가 우습다고 느꼈다. 동시에 슬픔이 밀려왔다. 저렇게 몸을 비틀며 번 돈으로 저녁식사를 하고 있을 그들 가족의 모습이 떠올랐기 때문이었다.

여자는 차비를 내겠다는 친구를 만류하고 넉넉하게 차비를 건네고(그래봤자 몇 푼 안 되는 돈이지만) 집이 멀지 않은 인도네시아 호텔 못미처에서 내렸다. 처음 보는 동네처럼 낯설었다. 그곳에는 읽을 수 없는 간판을 단 가게 세 집이 나란히 붙어 있었다. 친구에게 무엇 하는 곳이냐고 물었지만 한국음식점이라고만 할 뿐 자신도 한국말을 몰라 간판은 읽을 수가 없다고 했다.

그들은 가게에 들어가 잠시 기다렸다. 친구는 인도네시아 종업원에게 무어라고 말을 건넸고 고개를 끄덕이던 여종업원이 어디론가 사라졌다. 잠시 후 웬 남자가 담배를 문 채 나타났으며 덜썩 의자에 앉았다. 스스럼없이 행동하는 것으로 보아 가게 주인인 듯싶었다. 남자는 더듬거리는 인도네시아 말로 앉으라고 권했으며, 친구는 사장을 잘 아는 듯 웃으며 인사를 건넸다. 우리도 의자에 앉았다.

사장은 여자에게 몇 살이며, 어디에 살며, 하는 일이 있는지 물었다. 검은 뿔테안경을 쳐다보며 눈이 많이 나쁘냐고도 했다. 그녀는 아마도 이곳에서는 안경을 써서는 안 되는 것일 거라고 짐작했다. 한 동안 학교에서 하는 가정환경조사를 하듯 질문을 던지던 그는 말을 마치고 오늘부터 일을 할 수 있겠느냐고 물었다.

여자는 잠시 당황했다. 무슨 일을 하는 곳인데 당장 일을 하라는 것인가? 참 취직하기 쉽다는 생각이 들었다. 그녀가 혼란스러워 한다고 느낀 친구는 지금부터는 자신이 설명해줄 것이고, 잠시 후 그녀와 의논해 사장님께 알려드리겠다고 했다. 비로소 그 남자가 이 가게의 사장이라는 것을 알 수 있었다. 사장은 일어나 나갔으며 친구는 그녀에게 앞으로 해야 할 일에 대해 설명해 주었다.

일은 별로 어렵지 않았다. 일보다 어려운 것은 밤 늦게까지 집에 갈 수 없다는 것, 가끔 손님이 권하는 술을 마셔야 한다는 것, 그리고 손님이 노래를 부를 때 무대 위에 나가 곁에 서 있어야 하는 것이었다. 주로 손님은 한국에서 온 사업가들이었으며(간혹 일본인도 있었다) 대체적으로 금요일 저녁과 토요일 저녁에 가게가 붐볐다.

고역이라면 이런 문화를 접해보지 않았으므로 자신이 어떻게 해야 하는지를 잘 알지 못하는 것이었다. 어떤 손님은 화를 내기도 했으나 여자는 왜 손님이 화를 내는지 이해하지 못했다. 어차피 통하지 않는 말이었으므로 친구의 충고대로 그저 웃기만 했다. 왜, 그런 일에 참아야 하느냐고 물었을 때 친구는 이유는 묻지 말고 무조건 아무 말 말고 참으라고만 했다. 살다보면 알면서도 혹은 모르기 때문에 참고 견뎌야 하는 일도 있다는 것을 그때 알았다.

정 손님이 화를 풀지 않으면 손님의 팔짱을 끼고 애교를 떨기도 했다. 대부분의 손님은 무어라고 자기들끼리 말을 주고받고는 다시 웃으며 노래를 부르고는 했다. 훗날 생각해보니 어차피 하루 저녁 놀고 갈 건데 대충 넘어가자는 정도의 말이었던 것 같다.

월급은 따로 없었다. 저녁은 노래방에서 먹었다. 손님들과 어울려 술을 먹다보면 이것저것 안주를 먹게 되어 배가 고프지는 않았다. 한 달을 일하면 회사에서 받는 월급보다 많았으며, 간혹 팁을 듬뿍듬뿍 집어주는 초보여행자라도 걸리면 의외의 수입이 생겼다.

시간이 흐르면서 여자는 손님과 말썽 없이 지내는 방법을 터득하게 되었고, 어떻게 하면 손님의 지갑을 여는지도 배워나갔다. 그렇지만 부끄럽지 않으려고 노력했다. 밤이 늦으면 남동생이 가게 앞에 와 기다리고 있었다. 여동생은 언니에게 수입이 좋은가를 물어왔고 수입이 좋으면 자신도 그곳에 나가 일을 해보면 어떻겠냐고 했다. 그녀는 수입이 좋기는 하지만 함부로 일할 만한 곳은 못된다고 일렀다. 절대로 지금 일하고 있는 직장을 떠나지 말라고 말해두기도 했다.

물론 일을 할 수는 있다. 하지만 며칠 전 일을 떠올리면 누구든 그곳에서 일하겠다고 하면 극구 말리고 싶었다. 노래방에 드나드는 사람을 이해 못할 정도는 아니었지만, 그날은 아무래도 손님이 지나쳤다. 술이 몇 순배 돌자 느닷없이 가슴에 손을 넣는 것이었다. 기겁을 하고 일어섰지만 친구의 눈신호를 보고는 웃으며 자리에 앉았다.

손님은 한국말로 놀라기는 이년, 하면서 이번에는 스커트 속으로 손을 밀어 넣었다. 아까처럼 자리에서 놀란 듯 일어서지는 않았지만 다리를 잔뜩 오므린 채로 더 이상 손이 들어오지 못하게 버텼다. 그녀는 그간 배운 한국말로 떠듬거리며 이러시면 안 돼요, 라고 웃으며 말했다.

언제나 웃어야 한다는 것이 문제였다. 웃음은 좋은 것이지만 상대방의 예기치 않은 행동을 유도해내는 부작용도 있었다. 손님은 좋으면 좋다고 그래, 가만히 있어, 하면서 자신의 행동을 늦추지 않았다. 등에 식은땀이 솟고 화가 났으나 참는 도리밖에는 없었다. 함께 있으면서 봉사한 시간이 아까워서라도 박차고 일어서긴 힘이 들었다.

여자는 참다못해 잠깐만요, 하고 억지웃음을 지으며 일어서서 나갔다. 의외로 순순히 손님은 행동을 멈추고 그녀를 내보내 주었다. 노래방에서 일하기로 했을 때 이런 손님도 있다는 것을 듣지 못한 바는 아니었지만 막상 닥치고 보니 난감했다.

그녀는 화장실에서 한참을 울었다. 서러웠다. 고향에 계신 부모님의 얼굴이 떠올랐다. 하지만 뭐가 잘못되었단 말인가. 손님이 잘못된 것이지 자신에게는 아무런 잘못도 없지 않은가. 그녀는 그날 사장에게 몸이 아프다는 핑계를 대고 손님 곁으로 돌아가지 않았다.

먹고 살기 위해 이곳에서 일을 하는 것뿐이다. 손님은 응당 서비스의 대가를 지불해야 한다. 그런데 그들은 왜 함부로 내 몸에 손을 대는 것인가. 자신은 그렇게 해도 된다고 허락한 적이 없다. 처음 노래방에서 일한다고 했을 때 주의사항이라며 사장이 말한 것을 듣기는 했지만 그런 일은 어쩌다, 정말 어쩌다 한번 술주정뱅이로부터 일어나는 일일 것이라 여겼다.

그 정도의 일이라면 참을 만하다고 생각했으며 곧 그 사람이 술이 깨면 사과할 것이라 생각했다. 그러나 지금껏 사과한 사람은 단 한 사람도 없었다. 늘 자신이 먼저 사과해야 했고, 사장에게 꾸중을 들어야만 했다. 물론 여자는 자신의 생각이 잘못되었다는 것을 알았지만. 그래서 더 슬펐다.

그들은 단지 이삼십 루피아를 주는 대가로 면죄부를 받아드는 것이다. 어떤 손님은 노골적으로 함께 호텔로 가 밤을 보낼 것을 내비치기도 했고, 얼마를 주면 되겠느냐고 흥정을 걸어오기도 했다. 당치 않은 일이었다. 남자와 함께 밤을 보낸다는 것은 얼마든지 가능한 일이다. 적어도 그 남자를 사랑하고 있다면 말이다. 정작 여자가 필요하다면 안쫄(Anchol)로 가면 되지 왜 노래방으로 오는가?

술을 먹기는 하지만 그거야 흥을 돋우기 위한 것이고 이곳은 노래를 하는 곳이 아닌가. 어째서 노래방에 와 자신을 거리의 여자로 보는지 알 수가 없었다. 여자는 이쯤에서 생각을 멈췄다. 머리를 흔들었다. 하지만 쉽사리 기억하지 않아도 좋을 일들이 머리에서 빠져나가는 법은 없었다.

친구는 가끔 손님과 밤을 보내는 것 같기도 했다. 하지만 왠지 두려워 묻지는 않았다. 그런 날이면 못 보던 옷을 입고 나타나기도 했고, 못 보던 액세서리로 치장하고는 했다. 최고급 브랜드 가방을 들고 있기도 했다. 여자가 보는 데서 통장을 꺼내 확인하기도 했다. 그녀는 얼마나 저금이 되어 있는지 궁금했지만 어떻게 번 돈인지에 대해서는 아무런 의문도 갖지 않았다. 부럽다는 생각도 들지 않았다.

사실 여자들에게 남자를 만날 기회가 그리 흔한 것은 아니다. 그런가 하면 마음만 먹으면 얼마든지 만날 수 있는 것이 남자이기도 하다. 친구는 어느 날 남자 친구 자랑을 늘어놓았다. 여자는 그녀가 좋은 남자를 만나기를 바랐고, 그 남자와 잘 돼 결혼이라도 하기를 빌었다. 정작 그 남자가 얼마 전 노래방에 들렀던 일본인이라는 말을 듣고서는 몹시 놀랐다.

하지만 어느 나라 사람인가는 아무런 문제가 되지 않는다는 데 생각이 미치자 어떤 사람이냐고 다그쳐 물었다. 친구는 따뜻한 남자며, 자신을 이해하려고 애쓰고, 늘 무엇인가 해주려고 노력을 한다는 것이었다. 물론 친구가 말하는 노력의 절반 이상은 돈으로 할 수 있는 일이었다. 그렇다 하더라도 돈을 벌기 위해 이곳에 온 사람이 친구를 위해 돈을 쓰겠다고 하는 것은 쉽지 않다는 생각이 들었다. 친구는 얼마 안 있어 시내에서 떨어진 주택가에 집을 얻어 살림을 차릴 것이라고 했다. 그리고 머지않아 결혼을 하게 될 것이라고도 했다. 하지만 기뻐하는 내색이 없었다.

술을 한 잔 한 친구는 여인의 정조는 별 의미가 없다고 말했다. 만약 여인의 정조가 문제가 된다면 어째 남자의 정조는 문제가 되지 않느냐고 되물었다. 정조는 먹고 사는 수단일 수 없다는 것이다. 다만, 자기라면 결혼 후에 아픈 기억을 절대로 잊지 않겠노라고 했다. 몸은 팔아도 영혼은 절대로 팔지 않겠노라고 했다. 친구는 조용히 울고 있었다.

메단에 계신 부모님은 자신이 이곳에서 직장생활을 잘 하고 있고 돈도 꽤 많이 벌고 있는 것으로 믿고 있다고 했다. 사는 게 슬프다고 했다. 부모님이 보고 싶다고도 했다. 여자는 친구를 꼭 껴안았다. 곧 친구는 울음을 그치고 여자의 품에서 빠져나왔다. 마치 네 품에 안겨 울 정도로 자존심 없는 여자가 아니라고 항변이라도 하는 듯 보였다. 여자는 친구의 울음에 겁이 났다. 그 길로 동생에게 전화를 걸어 절대로 이런 직장을 구해서는 안 된다고 다짐해 두었다.

4

여자는 깜짝 놀랐다. 내릴 곳을 지나친 줄만 알았다. 시계를 보았다. 세 시 반이 지나고 있었다. 갑자기 피로가 몰려왔다. 여전히 남자는 자세를 바로한 채 창밖을 응시하고 있었다. 남자의 뒤쪽으로 빈자리가 생겼지만 남자는 아는지 모르는지 무슨 생각엔가 잠겨 있었다. 알려줄까 하다가 그만두었다. 자신이 서지 않았다.

다용도 칼을 파는 장사꾼이 단돈 오천 원이라며 지나갔다. 그녀는 잠시 여행용 가방에 얼굴을 묻었다. 잠시 후 열차가 녹양역에 도착한다는 안내방송이 들렸다. 녹양역은 잊을 수 없는 역이다. 십 년 전, 처음 이곳에 왔을 때 덕정역에서 내리라는 남편의 말을 잘못 알아듣고 처음 내린 곳이 녹양역이었다. 전혀 다른 이름인데 그때는 왜 혼동이 일었었는지.

한참을 기다려도 남편은 나타나지를 않았다. 마침 네팔 사람인가가 이곳은 녹양역이라고 했고, 만약 남편이 기다리지 않는다면 잘못 내린 것일 거라는 설명을 해주었다. 자신이 아는 사람도 덕정역을 혼동해 이곳에서 내려 기다린 경험이 있다고 했을 때 덕정이라는 이름이 얼마나 반갑게 들렸었나. 도대체 연락할 길조차 없었던 남편은 덕정역에서 발을 동동 구르며 한 시간이나 기다리지 않았던가. 녹양에서 덕정이 그리 멀지 않은 것이 그나마 다행이었다.

남편은 화를 벌컥 내며 덕정이라고 몇 번을 반복해 말했는데 왜 녹양역에서 내렸느냐고 당신 바보 아니냐고 했던 기억이 떠올랐다. 그녀는 슬며시 웃고 있었지만 전철 안의 누구도 그녀가 웃는 까닭을 알지 못했다.

5

빠른 것이 세월이다. 고향을 떠나 이곳에 오는 이틀간의 시간은 이리도 더딘데 생각해보면 오십 년의 세월은 꿈처럼 흘러가 버렸다. 건강하고 목소리 쩌렁쩌렁하던 아버지가 세상을 뜨셨는가 하면 이미 고향에는 다시는 볼 수 없는 사람들이 셀 수 없을 정도로 많았다. 여유가 생기면 꼭 부모님을 이곳에 모셔 구경시켜 드리려고 했지만 정작 여유가 생겼다고 느꼈을 때는 아무도 곁에 남아계시지 않았다.

작년 여름 적금을 탔을 때 부모님을 모셨어야 했다. 한 번만 더 참고 기다리자고 했던 것이 결국 일을 그르치고 말았다. 집에 전화를 걸면 나는 건강하니 걱정 말고 잘 지내라고 하는 말을 믿은 것이 문제였다. 이미 아버지는 저승 문턱을 넘나들고 계셨던 것을 까맣게 모르고 있었다. 다시는 그런 실수를 하지 않겠다고 다짐한다. 하지만 그녀는 잘 안다. 어머니마저 돌아가셨을 때 무엇이 잘못되었는지를 깨닫게 될 것이라는 것을 말이다. 경제적 여유란 야자나무에 매달린 야자처럼 늘 잡을 수 없는 것이며 꼭 한 뼘씩 높아지는 것이기도 하다.

잠깐 졸았다고 느꼈을 때 차는 덕계역으로 들어가고 있었다. 주섬주섬 짐을 챙기고 있을 때 앞에 서 있던 남자가 사라진 것을 알았다. 두리번거리며 남자를 찾았지만 어느 곳에도 그는 없었다. 앞자리도 여전히 빈 채였다. 정말 잠깐이었다. 눈을 감았다 떴을 뿐이었다. 그 순간에 흡사 마술처럼 남자가 사라진 것이다. 자기도 모르게 가슴이 철렁 내려앉았다. 눈물이 주르르 흘러내렸다.

6

비가 몹시 내리던 토요일 오후 그녀는 친구와 함께 무료함을 달래며 가게 골방에 앉아 있었다. 우기에 들었다고는 하지만 이렇게 무섭게 쏟아지는 비는 처음이었다. 양동이로 물을 쏟아붓는 듯했다. 거리는 물이 넘쳐 차가 도로에 갇혀버리고 순식간에 아수라장이 되고 말았다.

비에 익숙한 자카르타 사람들이었지만 모두 겁을 먹은 듯 우왕좌왕하고 있었다. 아무래도 오늘은 손님이 없을 듯싶었다. 하지만 사장은 아무런 말이 없었다. 하기야 그만 들어가라고 해도 집에 가는 방법이 없었다. 그때 누군가가 손님이 왔다고 알려왔고 곧 노래방으로 올라왔다.

방에는 비를 흠뻑 맞은 남자 둘이 무어라고 말을 하면서 손을 흔들어 물을 털고 있었다. 여자는 재빨리 수건을 찾아 건넸다. 안경을 쓴 남자가 다른 남자에게 수건을 건네는 것으로 보아 그가 둘 중에서 연장자로 보였다. 사실 다른 나라 사람의 나이를 알아챈다는 것은 거의 불가능했다. 더러 손님들이 나이를 알아 맞춰보라고 했지만 번번이 틀리곤 했다. 그들은 머리에 묻은 물을 먼저 털어내고, 윗옷을 대충 털어 닦은 다음 바지를 툭툭 쳐 물기를 제거해갔다. 바짓가랑이는 흥건히 젖어 종아리에 달라붙어 있었다. 물기를 걷어내자 바지도 이제는 살았다는 듯이 곧게 펴졌다.

두 남자는 영어를 했지만 그녀들의 영어가 서툴러 의사소통을 제대로 할 수가 없었다. 물기를 닦은 후 고맙다며 수건을 되돌려 주었을 때야 비로소 남자들이 한국인이거나 일본인이라는 것을 직감했다. 얼마 후 그들은 일본인이 아닐 것이라는 생각에 코리아? 하고 물었고 안경 쓴 남자는 예쓰, 하고 대답했다. 안경 쓴 친구는 여자에게 한국인이냐고 물었다. 여자는 무슨 말인지 몰라 의아해 했지만 곧 친구의 통역을 통해 듣고는 고개를 저었다. 남자가 보기에도 꼭 한국 여자였다.

그들은 한 동안 여자들을 자리에 앉혀 놓은 채 노래에 허기진 사람들처럼 노래를 불러댔다. 어떤 노래는 따라 부를 수 있을 정도로 손님들이 오기만 하면 단골로 부르는 노래도 있었다. 여자는 남자들의 눈치를 보면서 친구와 소곤거리며 무슨 말인가를 주고받았다. 그것은 금기였다. 혹시라도 손님들이 자기들을 두고 수군거리는 것으로 오해할 수도 있다는 것이 그 첫째 이유요, 손님에 대한 무관심도 예의가 아니라는 것이 둘째 이유였다.

남자들은 개의치 않는다는 듯 열심히 노래만 불러댔다. 여자는 편하기는 했지만 내심 걱정이 되었다. 간혹 자기와 같은 여자들에 대한 불만이 이런 식으로 나타나는 경우가 있기 때문이었다. 노래가 끝나기를 기다려 안경 쓴 남자가 잠시 자리에 돌아왔을 때 친구는 더듬거리는 영어로 우리가 마음에 안 드느냐고 물었다. 안경 쓴 남자는 다른 남자에게 무어라고 말했으며 남자는 손을 저으며 대답했는데 아니라고 말하는 것 같았다.

그는 곧 아무 걱정 말라고 했으며 그녀는 아는 노래가 나오자 남자와 어울려 사랑해 당신을 저엉말로 사랑해, 하고 합창을 했다. 남자는 놀란 듯 여자의 얼굴을 가볍게 꼬집었다. 여자는 그때 안경을 쓰지 않았다. 밖에는 어느덧 비가 그치고 넘치던 물도 잦아들고 있었다. 한 시간을 노래하던 남자들은 오십 루피의 돈을 쥐어주고는 노래방을 떠났다.

그들은 잊을 만하면 한 번씩 주로 주말에 노래방에 들렀다. 술을 먹기는 했지만 취하도록 마시지는 않았다. 가볍게 어깨를 감싼다든가, 볼에 입술을 살짝 댔다 뗀다든가 하기는 했지만 다른 남자들처럼 짓궂게 치근거리지는 않았다. 오랜 출장에서 오는 향수를 달래보려는 의도로 보였다. 언제나 자정이 되기 전에 노래방을 떠나 그들이 묵고 있는 호텔로 돌아갔다.

언젠가 그들은 집을 얻어 호텔에서 나왔다고 했다. 그들이 자리를 뜰 때면 자정이 되었다는 것을 알았고, 친구는 자정쯤이면 아예 먼저 계산서를 들고 올라왔다. 남자들은 그럴 때면 사람 좋은 얼굴을 하고 웃었다. 늘 진지하게 노래책을 뒤적였지만 부르는 노래는 바뀌지 않았다. 그나마 안경 쓴 남자는 꽤 많은 노래를 알고 있었지만 남자는 서너 곡의 노래를 붙박이로 불렀다.

남자들이 드나들기 시작한 지 세 달쯤 되던 어느 날 별일 없으면 내일 점심 식사를 하자고 제안해왔다. 인도네시아 호텔에서 만날 것을 약속하고 돌아갔다. 일요일 오전의 호텔 커피숍은 한산했다. 대부분 남자 손님들이었으며 아무도 그들을 주시하지 않았다.

약속 시간이 삼십 분이나 지난 12시 반께 여자들이 나타났지만 시간을 지키지 않은 것에 대해 한 마디의 변명이나 사과도 없었다. 코리안타임이 사라지더니 이곳에는 인도네시안타임이 유행하는 것이라고 남자들이 웃었다. 그녀의 친구는 삼십 분 늦은 걸 갖고 뭘 그리 핀잔이냐고 했다.

하기는 얼마 전까지만 해도 한 시간을 기다리게 해놓고도 태연해 한 것이 한국에서의 일 아닌가. 여자는 검은 바지에 흰 블라우스 그리고 검은 뿔테안경을 쓴 모습이었다. 노래방에서의 모습과는 전혀 다른 이지적이고 성숙한 여인의 모습이었다. 남자는 여자에게 마치 대학교수 같다고 했고 여자는 웃었다.

그들을 태운 택시가 스나이얀 거리를 벗어나고 있을 때 안경 쓴 남자가 무슨 음식을 먹을 것이냐고 물었다. 여자들은 무엇을 먹겠느냐는 남자들의 물음에 농담 삼아 저팬이즈 푸드라고 대답했다. 얻어먹기에는 너무 비싸 그저 해본 말이었다. 언젠가 남자 손님과 한 번 들른 적이 있었는데 음식값을 보고는 기절할 정도로 놀랐다. 여자의 두 달치 월급이었다.

처음 먹어보는 음식이었지만 비싼 만큼 맛이 있기는 했다. 설마하고 말했던 것인데 남자들이 네 달치 월급을 쓰겠다고 나선 것이다. 그녀는 농담이라고, 그 집은 너무 비싸다고 말했지만 남자들은 이미 택시운전수에게 그곳으로 가자고 말하고 있었다. 친구는 농담으로 한 말인데,

라고 얼굴을 붉히며 미안해했다.

남자들은 그렇게까지 걱정해주는 여자들이 고마웠다. 서울에서라면 어떻게 해서라도 자신들을 벗겨 먹으려 할 것이었다. 사실 그곳에 들른 데는 이유가 있었다. 며칠 후 남자가 서울로 떠나는 데 대한 송별연을 겸한 점심 식사였다. 그들은 점심을 먹은 후 찻집에 들러 차를 마셨다. 남자는 서울로 돌아가 돈을 마련해 다시 오기로 되어 있었다. 그들은 작은 공장을 하기 위해 이곳에 왔으며 반둥에 있는 BKPM(외국인투자허가기관)에서 투자허가를 얻어내 본격적인 사업을 준비하고 있었다.

그때는 이미 남자들이 사무실 겸 숙소로 얻어놓은 집에 수시로 여자들이 드나들고 있었다. 영어가 되었든 인도네시아 말이 되었든 의사소통도 어지간히 되었고, 식구들과도 어울리며 함께 식사도 하고는 했다. 메단의 여자는 일본사람과의 일이 잘 안 되었는지 노래방에 나와 계속 일을 했지만 누구도 그 일에 대해 관심을 갖지는 않았다.

이튿날 남자는 여자와 함께 그녀의 동생이 일하는 패스트푸드점에서 햄버거를 먹었다. 그녀의 동생은 연실 싱글벙글하면서 주위를 맴돌았다. 커피를 더 들겠다면 자기 권한으로 더 가져다주겠노라고 으스댔다. 여자는 커피를 더 마실 것인지를 물어왔다. 남자는 그만 마시고 갈 곳이 있으니 함께 가자고 했다.

둘은 패스트푸드점을 나와 길을 건너 백화점으로 들어섰다. 남자는 그녀와 지내는 세 달여 동안 아무 것도 해준 것이 없었다. 돈을 주지도 않았고, 주려고도 하지 않았다. 만약 돈을 주겠다고 하면 여자가 몹시

화를 낼 것 같아 두려웠다.

남자는 그녀에게 조심스럽게 말을 꺼냈다. 조그만 선물을 하나 사주려고 하는데 골라보라고 했다. 금은방 앞에 선 여자는 남자의 손을 잡아끌었다. 이곳에서 살 물건은 없으며 그렇게 하지 않아도 된다는 의사표시였다. 남자는 아쉬움이 남았다. 물론 늦어도 한 달 후면 다시 올 수 있을 것이고, 그러면 다시 볼 수 있기는 했다. 그렇지만 가기 전에 무엇이든 한 가지 선물을 꼭 해주고 싶었다.

남자는 절충안을 제시했다. 순금이 아니고 18금 정도도 좋으니 꼭 한 가지만 고르라고 부탁했다. 남자도 거듭 거절하는 여자에게 지지 않으려고 붙박이로 서서 버텼다. 여자는 고개를 외로 떨어뜨리고 웃으며 알았다고 했다. 둘은 다시 금은방에서 물건을 구경했다. 여자는 내가 무엇을 고르던 그것으로 결정하자고 다짐해왔다. 남자는 그러마고 했다.

한참을 망설이던 그녀는 목걸이를 하나 집어 들었다. 목에 걸어 어울리는가를 물어왔고 남자는 잘 어울린다고 대답했다. 14금으로 된 목걸이였다. 더 비싸고 좋은 것으로 사주고 싶었지만, 결국 그녀는 아주 작은 그리고 값이 싼 목걸이를 목에 거는 것으로 만족했다. 타원 안에 십자가가 있는 목걸이였다. 여자가 흡족해 하는 만큼 남자는 미안했다.

남자는 목걸이를 걸어달라는 여자의 청을 들어 목걸이를 걸어주고는 밖으로 나왔다. 그녀는 목에 벌레라도 기어다니는 느낌인지 자꾸만 목에 손이 갔다. 그럴 때마다 겸연쩍은 웃음을 웃었다. 그들이 백화점에서 나오자 영업 시간이 끝났는지 셔터를 내리는 소리가 들려왔다.

둘은 대통령궁 근처를 걸었다. 덥기는 했지만 가끔 불어오는 밤바람이 시원했다. 여자는 바자이를 타자고 제안했고, 둘은 바자이에 올라 여자의 집이 있는 곳으로 갔다. 차를 한 잔 더 마시려고 했으나 너무 늦은 시간이라 쫓기면서 차를 마셔야 할 것 같아 그만두기로 했다. 남자는 여자의 집 근처에서 여자를 내려주고 택시로 갈아탔다. 그리고 숙소로 돌아왔다. 안경 쓴 젊은 직원은 웃으며 데이트는 재미있었느냐고 물었다. 그 여자를 너무 좋아하는 것 같다며 서울 가셨다가 빨리 오셔야겠다고 농담을 했다.

이튿날 남자는 공항으로 향했다. 두 시간 전에는 도착을 해야 했으므로 서두르기는 했지만 공항에 도착했을 때는 한 시간 정도 여유가 있었다. 탑승 수속을 하기 위해 체크인 카운터로 가려고 할 때 누군가가 남자를 부르고 있었다. 까만 바지에 흰 블라우스를 입은 여자가 검은 뿔테안경 너머로 웃음을 보이며 다가왔다. 출국 수속을 마친 남자는 여자와 함께 찻집으로 들어갔다. 둘은 커피를 시켜놓고 무슨 말인가를 해야 하나 생각에 잠겼다.

여자가 먼저 말을 꺼냈다. 이거 조그만 선물예요. 이건 바틱 수제 식탁보예요. 색깔이 마음에 드는지는 모르겠어요. 부인에게 선물하세요. 이건 인도네시아 동요집 카세트예요. 아이들 주세요. 남자는 여자의 배려가 아름답고 고마웠다. 그들은 찻집에서 나와 출국장 쪽으로 천천히 걸었다.

남자는 다시 오마고 약속하지 않았다. 그런 유의 말을 하려고 했을 때 여자가 사람의 일이란 참 모르는 것예요, 당신은 한국에서 그리고 나는 인도네시아에서 태어나 이렇게 만났잖아요, 그런데 우리가 내일

어떻게 될 줄 누가 알겠어요, 그저 몸만 건강하세요, 그러면 또 다시 만날 수 있는 거잖아요, 집에 돌아가거든 부인에게 맛있는 음식 많이 해달라고 하세요, 나는 한국 음식을 할 줄 몰라 사 먹기만 했잖아요, 늘 그게 미안했어요, 제 손 한 번만 잡아주세요, 이제 들어가야 하잖아요, 라고 말했고 남자는 손을 잡는 대신 여자를 꼭 껴안았다. 그리고 가만히 등을 토닥였다. 여자는 손을 한 번 흔들고는 물끄러미 미소 띤 얼굴로 바라보고 있었다. 여자는 그 동안 남자와 함께 했던 시간이 꿈만 같았다. 시내 여기저기를 쏘다녔고, 맛있다는 음식을 먹었으며, 멀리 차를 빌려 반둥까지 다녀오는 등 즐거운 시간을 보냈다. 그런 시간은 다시 오지 않을 것이리라. 남자가 짐 검사를 마치고 입국 심사대 쪽으로 사라졌다.

귀국 후 남자는 그가 만들어 수입하려고 했던 일회용 젓가락 사용을 규제한다는 정부 당국의 정책 한마디로 인도네시아 행 비행기를 타지 못하고 말았다.

7

곧 전철이 덕정역에 도착한다는 안내방송이 나오고 있었다. 여자는 옷매무새를 고치며 의자에서 일어섰다. 일순 다리가 휘청거렸다. 간신히 균형을 잡았다. 아무래도 너무 오랫동안 여행을 한 까닭인 듯했다. 그녀는 여행가방을 끌고 플랫폼을 빠져나왔다.

여자는 울고 있었다. 남편이 대합실에서 기다리고 있었다. 남편이 다가와 가방을 받아 쥐었다. 그녀가 우는 것을 본 남편이 흠칫 놀라며 여자에게 다가갔다. 남편은 왜 우느냐고 물었다. 너무 힘이 들어서 그렇다고 여자는 얼버무렸다. 남편이 살며시 여자를 안았다. 그리고 등을 두드리며 그만 울라고 했다. 남편은 돌아가신 아버지 생각과 힘든 여정 때문에 운다고 생각했다.

여자는 남자가 너무 늙은 것이 속상했다. 이제 와서 남자가 늙었든 젊었든 상관할 일이 무엇인가. 그렇게 생각을 고쳐먹어도 속상하기는 마찬가지였다. 여자는 남자를 처음 보았을 때 이미 알아보았다. 숨이 멎는 줄 알았다. 이런 일이 있을 줄이야. 하지만 알은 체를 해야 하는 것인지에 대해서는 확신이 서지 않았다. 남자도 어느 순간 자신을 보았다고 생각했지만 자신을 바로 알아보지는 못했다고 생각했다. 기쁘기도 하고 속이 상하기도 해 눈물이 났지만 이를 악물고 참았다. 전철 여행 내내 가슴이 뛰었다.

그때는 얼마나 남자가 다시 오기를 기다렸던가. 그 후에도 안경 쓴 남자와는 오랫동안 만났지만 그는 언제나 등을 토닥여주면서 우리 사장은 가정이 있는 남자이니 이쯤에서 잊으라고 농담하듯 여자에게 말하곤 했다. 그러리라 하면서도 한동안 여자의 가슴에는 온통 남자뿐이었다.

언젠가 남자가 인도네시아에 들렀을 때 안경 쓴 남자에게 여자의 소식을 물은 적이 있었다. 결혼해 외국으로 갔다는 소식을 들었다고 하며 사장님 그만 잊으세요, 하고 웃으며 말했다.

남자는 차에서 내려 주차장에 세워두었던 차에 올랐다. 그리고는 인도네시아에 내처 머물러 있는 안경 낀 남자에게 전화를 걸었다.

"김 사장, 뭐 하나 물어볼 게 있어서 전화했는데 혹시 그 친구 있잖아. 전에 김 사장이 말한 결혼해 외국에 가서 잘 살고 있다고 한 그 사람 말이야. 그래. 그 친구. 외국이라는 게 한국 아냐?"

가슴이 먹먹해왔다. 남자는 울고 있었다.

"알았어, 김 사장. 고마워."

급히 주위를 두리번거렸지만 농협 쪽으로 빠져나간 차는 순식간에 자취를 감추고 없었다.

여자는 차 뒷좌석에 앉아 이렇게도 만날 수 있는 것이 인연인가. 이게 무슨 인연이란 말인가 하고 생각했다. 차라리 만나지 않았더라면 더 좋았을 것이라는 어느 수필가의 TV 대담이 떠올랐다. 그때도 여자는 한참을 울었다. 그것은 인연이 아니다. 이런 못된 인연이 세상 어디에 또 있을까. 여자는 남편의 차에서 흘러내리는 눈물을 참지 못하고 있었다. 백미러로 부인을 바라보던 남편이 말했다.

"그렇게 내가 보고 싶었어?"

풍뎅이의 죽음

1

"나 먼저 올라갈 테니 너희들은 나중에 와."

"그게 뭔 소리야. 그럼 우리는 뭘 타고 가?"

"알아서 와."

"왜 그래 갑자기, 무슨 일이야?"

"하여간 나 먼저 갈 테니 알아서들 해."

나는 가방을 챙겨들고 급히 문을 열고 나섰다. 영문을 모르는 친구들은 바라보기만 할 뿐이었다.

차에 올라 시동을 걸었다. 눈물이 하염없이 쏟아졌다. 주체할 수도 없었지만 억지로 울음을 멈추고 싶지도 않았다.

차창 밖으로 산이 출렁이고 있었다. 서울서 내려올 때만 하더라도 철이 지나기는 했지만 혹시 벚꽃이나 구경하고, 운 좋으면 더러 남은 꽃이나 보고 가려던 참이었는데, 봄이 이미 당도해 여름을 부르고 있었다. 그보다는 무슨 까닭에서인지 봄이 가는지, 꽃이 지는지도 어디 한 군데 눈 돌려 확인조차하지 못했다.

생각해보니 어떤 길로 이곳에 왔는지도 기억나지 않았다. 내려오는 길에 친구가 무슨 생각에 그리 깊이 잠겨 있느냐고 물었던 것 같기도 했다. 산은 점점 무섭도록 짙어갔다. 내려온 길로 되돌아가고 있었지만 마치 처음 가는 길처럼 낯설고 생소했다. 어제 밤새도록 내린 비로 계곡물도 늘어나 제법 시끄럽게 섬진강을 향해 흘러가고 있었다.

2

친구들이 여행을 가자고 했을 때 마침 어디론가 떠나고 싶다는 마음에 들떠 있었다. 애물단지 같은 커피가게를 어떻게 해야 하나 하고 전전긍긍하고 있던 중에 M의 전화를 받았다. 마침 아르바이트생을 다시 구하고 있던 참이었다.

"야, 너는 못 가지?"

"어디를 가는데 다짜고짜 못 간다고 못을 박아?"

"우리 남쪽으로 봄바람 쐬러 가기로 했는데, 너는 가게 때문에 갈 수 없잖아?"

"그런데, 어쩌라고 전화를 한 거야. 가면 가는 거지, 못 갈 건 또 뭐야?"

"가게는 어떻게 하고?"

"닫아놓고 가면 그만이지 무슨 대단한 일 한다고."

말을 얼버무리고 말았다.

꼭 여행을 나서겠다고 작정을 한 것도 아니어서 건성으로 대답하고 말았지만, 봄바람 어쩌고저쩌고 하는 통에 마음이 흔들리고 있었다. 어디론가 떠나고 싶다는 생각도 없는 건 아니었다. 그렇다 하더라도 친구들과 함께 간다든가, 구체적으로 어떤 계획을 갖고 간다든가 하는 것은 계획한 바 없었다. 한마디로 카페 밖을 내다보면서 떠나고 싶다고 생각했을 뿐이었다. 요즘 와서 마음이 흔들리고 있었지만 까닭을 알 수 없었다. 말이 그렇게 시작되었으니 대답했지만 별 의미를 두고 있지는 않았다.

3

어제 저녁 펜션에서 술을 한 잔 하고 있을 때 K에게서 카톡이 왔다. 가게에 왔는데 문은 닫혀 있고 며칠간 개인사정으로 문을 닫는다는 글을 보았다며 대체 무슨 일로 어디에 간 것이냐고 묻고 있었다.

남편이 죽고 오 년쯤 지났을 때 그를 알았는데, 아니 그보다는 작년 이맘때쯤 알았는데, 그는 가끔 카페에 들러 차를 마시거나 수첩을 꺼내놓고 글을 끼적거리다가 돌아가고는 했다. 처음에는 별로 관심을 갖지 않았지만 그런 일이 반복되자 궁금해지기 시작했다.

작년, 바람이 몹시 불던 어느 봄날이었다. 가게 밖에 화초를 내놓았는데 막 아마릴리스가 나팔처럼 빨간 꽃잎을 활짝 열고 뽐내고 있었다. 강풍을 동반한 비가 50밀리 이상 내릴 것이라고 일기예보를 전하며, 시설물 보호에 주의하라고 경고를 덧붙였다.

마침 그가 차를 마시며 무슨 책인가를 뒤적이고 있었고, 바람이 점점 심해지며 길게 드리웠던 카페 앞 어닝이 뒤틀릴 듯 심하게 흔들리고 있었다. 밖으로 나가 어닝을 말아올린 후, 꽃 봉우리가 탐스럽게 핀 아마릴리스 화분을 카페 안으로 들여놓으려 허리를 굽혔지만 워낙 무거워 들 수가 없었다.

그는 어느 새 다가와 나를 밀어내고 화분을 카페로 들고 들어와 내가 가리키는 곳에 내려놓았다. 화장실로 가 손을 씻고 온 그는 다시 자리에 앉아 책을 읽기 시작했다. 말을 붙여볼 틈을 주지 않았고, 그럴 만한 빈틈도 보이지 않았다.

"선생님, 고맙습니다. 차 한 잔 대접할게요."

"아, 예. 그러실 것 없습니다."

대답은 단호하고 간단했다. 말꼬리를 잘라버려 더 이상 어떻게 해볼 도리가 없었다. 선보는 자리에서 앉자마자 퇴짜를 맞은 기분이었다. 그렇다고 그냥 물러선다는 것도 어색하기는 마찬가지였고, 모처럼 용기를 내 자존심을 꺾고 말했는데 그냥 물러서기도 그랬다.

"아녜요. 제가 차 한 잔 대접할게요."

그는 아무 말 없이 주든지 말든지 알아서 하라는 듯 흘낏 쳐다보고는 책에 열중했다. 심사가 뒤틀렸지만 얼그레이 차를 한 잔 내갔다.

"이러지 않으셔도 되는데요. 그럼 제가 사장님께 차 한 잔 대접할 테니 같이 드시죠?"

"선생님이야말로 그러시지 않아도 됩니다. 괜찮으시다면 차만 한 잔 함께 하겠습니다."

커피를 내려 자리로 돌아와 그의 맞은편에 앉았다. 생각해보니 인사를 했으면 벌써 했어야 했지만 원래 이 일을 시작할 때부터 손님 자리에는 어떤 일이 있어도 앉지 않는다는 걸 원칙으로 정했기 때문에 이렇게 앉은 것이 서툴고 낯설었다. 특히 남자 손님이라면 말할 것도 없었다. 그나마 손님이 없는 것이 다행이라면 다행이었다.

"이제 몇 년 되셨죠?"

"뭐가요? 아, 네, 그럭저럭 한 삼 년쯤 된 것 같아요."

"이게 적성에 맞으세요? 제가 보니까 사장님은 이런 가게 하실 분이 아닌 것 같더군요."

"그래요? 이런 가게 하는 사람이 정해져 있나요?"

말을 하면서도 너무 정면으로 받았나 하는 생각에 뜨끔했지만 이미 뱉어놓은 말이니 어쩔 수가 없었다.

"그런 건 아닙니다만, 아무래도 어울리지를 않는 것 같아서 드려보는 말씀에요."

"서툴러 보이고 어색해 보이나요?"

"그런 의미보다는 그냥 어딘지 어울리지 않는다, 라는 생각이 드는군요."

"알 것도 같은데 금방 이해가 되지는 않네요."

"제가 적절하게 표현하는 재주가 모자라는가 봐요."

"호호호, 좀 더 일찍 말씀해주시지 않고요. 그럼 그만두고 다른 걸 해볼까요?"

"그건 아니고요."

"저도 농담이에요. 저도 썩 마음에 들지는 않아요. 그냥 어떻게 마음에 드는 것만 하고 살 수 있나, 이 정도면 하는 거지 뭐, 그런 생각으로 하고 있어요. 다행히 제가 커피를 좋아해서 다른 데 가서 먹느니 여기서 먹지 하는 생각도 들고요."

"초면에, 아니 초면은 아니지만 너무 제 생각만 말씀드려서 죄송합니다. 혹시 언짢으셨더라도 제 말 모두 잊으세요. 그냥 아무 뜻 없이 해본 소리니까요."

"네. 너무 염려치 마세요. 좋은 충고로 알겠습니다. 그래도 문 안 닫을 테니까 커피 마시러 오세요."

"알겠습니다."

그는 자리에서 일어섰고, 계산을 하려 했지만 오늘은 내가 대접을 하겠다고 하고 돈을 받지 않았다. 그는 고맙다며 문을 나서려다가 되돌아와 밤색 가죽가방에서 책을 한 권 꺼내 나에게 건넸다. 시간이 되면 읽어보라고 했다. 아마 차를 거저 마신 것에 대한 값을 치르려는 것으로 보였다. 책을 받아들면서 참 까칠한 사람이라는 생각이 들어 다시 한 번 얼굴을 쳐다보았다. 새 책이 아니니 되돌려주지 않아도 된다고 했다.

며칠간 그가 보이지 않았다. 비어 있는 그의 자리를 쳐다보는 습관이 생겼다. 수많은 사람들이 드나들었지만 유독 그에 대해서만 집착한다는 생각이 들자 슬며시 웃음이 났다. 한편으로 알 수 없는 감정이 일고 있었다. 혹시 하고, 손님들의 얼굴을 떠올려보려고 했지만 특별히 또렷하게 떠오르는 얼굴이 없었다.

예를 들어 늘 오는 아가씨 중에 발랄하고, 웃음이 예쁘고, 화사한 아가씨가 있었지만 억지로 기억하려고 해서 그렇지 얼굴 생김새가 쉽사리 떠오르지는 않았다. 세 해째이니 단골손님도 있으련만 얼굴을 기억할 만한 손님이 없다는 것이 이상스러울 정도였다.

4

요 며칠 마음이 안정되지도 않았고 공연히 가슴이 벌렁거리며 뛰기도 했다. 카페 문을 열고 청소를 끝냈을 때, 간신히 어찌어찌해 눈물이 찔끔거리던 치통이 가라앉으며 아픔이 사라지고 있을 때의 상쾌함처럼 그가 문을 열고 나타났다. 늘 오후에 오던 그가 오전 일찍 온 것이 의아했다. 그는 카페에 들어서며 오늘 개교기념일이라 쉽니다, 하고 묻지도 않는 말을 했다.

유난히 봄볕이 쏟아져 내려 하늘이 뚫렸나 하고 하늘을 올려다보던 참이었다. 카페 건너편 공원 쪽으로는 막 화가가 수채화 물감을 칠하기 시작한 듯 물기를 듬뿍 머금고 초록이 묻어나고 있었다. 양지 바른 곳으로는 산이 동그라미를 만들고 무리마다 색깔을 달리하며 봄을 다투고 있었다.

깜짝 놀랐다. 그가 온 것을 보고 놀랐다는 것이 아니고 그를 기다리고 있다는 것에 말이다. 태연하려고 애를 썼고 그런 내 모습이 들키지 않았기를 바랐다. 그는 커피를 마시겠다고 했고, 나는 커피 잔에 혹시 뭐라도 묻지는 않았는지, 세팅은 잘 되었는지, 그 앞에서 엎지르지나 않을지 걱정하며 조심스럽게 커피를 가져갔다. 무사히 마쳤다고 생각한 순간 그가 나를 불렀다.

"사장님, 죄송하지만 물 좀 주시겠습니까?"

"아, 예. 곧 준비하겠습니다."

그가 들어서는 순간 실수하지 않고 잘 해야 한다는 생각이 들자 긴장한 끝에 물을 대접하는 걸 한 가지 빼먹고 말았다. 옷이나 테이블에 물이라도 쏟는 것과 같은 실수는 아니었지만, 이런 실수라면 처음 문을 열었을 때 말고는 해보지 않은 실수였다. 긴장하기는 한 것 같았다. 그냥 예, 라고 대답해도 좋을 것을 곧 준비하겠다고 했다. 순간 얼굴이 화끈거리는 것을 느끼고 딴전을 피우는 체하고 돌아섰다. 물 안 주는 카페가 태반인데, 하며 스스로 위안을 했다.

어디라도 다녀왔느냐고 묻고 싶었지만 그런 관심조차 보여서는 곤란했다. 그는 처음 온 사람처럼 또는 오랫동안의 외국출장에서 돌아온 사람처럼 카페 안을 한 번 휘 둘러보았다. 순간 그가 준 책을 읽지 않았다는 생각에 미치자 무슨 죄를 진 것 같았다.

"참, 지난 번에 주신 책 아직 못 읽었어요. 바쁜 일도 없는데 뭐가 그리 바쁜지……."

"괜찮아요. 천천히 시간 날 때 읽으세요. 금방 읽을 책도 아녜요."

말을 하지 않고 있었지만 그에게 쉴 새 없이 무슨 말인가 지껄이고 있다는 생각이 들었다. 입이 자꾸만 무슨 말인가 하라고 시키고 있었지만 용하게도 참고 있었다. 여자가 입이 가볍다고? 세상여자 다 그래도 나는 아니지. 나는 말을 참으며 여자도 입이 무겁다는 걸 증명하려고 애쓰고 있었다.

"선생님, 뭐 하는 분이세요?"

재채기처럼 나도 모르게 질문이 튀어나왔다. 아차, 했지만 이미 말은 마음과 입을 떠나 허공으로 떠돌고 있었다. 등에서 식은땀이 흐르는 것을 느꼈다. 거짓말하다가 급소를 한 방 맞은 사람처럼 더 이상 내 마음을 숨길 수가 없었다. 그보다도 내 의지와 관계없이 한 술 더 뜨고 있었다.

"그렇지 않아도 기회 봐서 여쭤야겠다고 생각하던 참이었어요. 그 기회가 영 안 온다 생각했는데 오늘 선생님을 뵈니 문득 생각이 나네요. 선생님, 뭐 하는 분이세요? 혹시 교수님이신가요?"

그는 명함을 한 장 건네주었다. 의도했든 안 했든 내 결심이 엉망진창이 되고 있었다.

5

— 나는 선천적으로 행복한 사람이 아니었다. 어렸을 때 나는 '세상에 지친 이 몸에 죄로 된 짐을 지고'라는 찬송가를 가장 좋아했다. 내 나이 다섯 살 때, 만일 일흔 살까지 산다고 가정하면 이제 겨우 인생의 14분의 1을 견뎌낸 셈이니, 내 앞에 길게 뻗어 있는 인생의 지루함은 얼마나 견디기 어려울까 하는 생각을 했었다. 사춘기 때는 삶을 증오해서 늘 자살할 생각을 품고 있었지만, 수학에 대해서 좀 더 알고 싶다는 욕구 때문에 자살 충동을 자제할 수 있었다.

하지만 나는 삶을 즐기고 있다. 한 해 한 해를 맞을 때마다 나의 삶은 점점 즐거워질 것이다. 이렇게 삶을 즐기게 된 비결은 내가 가장 갈망하는 것이 무엇인지를 알아내서 대부분은 손에 넣었고, 본질적으로 이룰 수 없는 것에 대해서는 깨끗하게 단념했기 때문이다. 예를 들어 나는 어떤 것들에 대해 의심의 여지가 없이 명확한 지식을 얻고자 하는 욕심 따위는 단념했다.

하지만 무엇보다도 내가 삶을 즐기게 된 주된 비결은 자신에 대한 집착을 줄였다는 데 있다. 청교도적인 교육을 받은 사람들이 흔히 그렇듯이, 나 또한 죄와 어리석음, 결점에 대해 깊이 생각하는 버릇이 있었다. 그랬으니 나 자신을 불행한 괴짜로 여겼던 것은 당연한 일이었다. 나는 차차 자신과 자신의 결점을 대수롭지 않게 여기는 법을 배워 나갔다. 나는 외부의 대상들, 즉 세상 돌아가는 것, 여러 분야의 지식, 그리고 내가 호감을 느끼는 사람들에 대해서 더욱 관심을 기울이게 되었다.

— 버트런드 러셀, 『행복의 정복』 중에서

6

버트런드 러셀은 1872년에 나서 1970년에 죽었다. 나는 그가 다섯 살 때 인생의 14분의 13에 대해 예측하고 그 지루함에 대해 말했다는 사실을 믿어야 할지 어떨지에 대해 고민하지 않았다. 그 어린아이 참 대단하네, 하고 느꼈다. 그리고 그의 예측은 빗나가 자신이 예상했던 것보다 스물여덟 해를 더 살았고, 결코 지루하지 않은 삶을 산다고 증언했다. 다가올 길, 가보지 않은 길에 대해 미리 이야기했으나 가본 길에 대해 이야기하는 것보다는 여전히 어렵고 부정확했다.

그는 『행복의 정복』(Conquest of happiness)이라는 책에서 이처럼 말했는데 그때가 그의 나이 마흔여덟이 되었을 때였다. 그는 수학이 무엇인지 알아보려고 죽지 못했고, 죽지 않고 살다보니 인생의 지루함을 느낄 새가 없었다. 그리고 느닷없이 행복을 이야기했다. (나는 그가 죽던 해 막 고등학교를 졸업했고, 인생에 대해 논할 만한 아무런 준비도 되어 있지 않았다.)

말하자면 어떤 것 때문에 죽기도 하지만 그것 때문에 살기도 한다는 걸 알았다. 살면서 죽음에 대한 충동을 한두 번 느껴 보지 않은 사람이 없듯이 죽지 않고 살기를 잘했다고 느끼는 사람 또한 얼마든지 있는 것이다. 위대한 수학자요, 논리학자며, 문학가이기도 했고, 1950년 노벨문학상 수상 작가이기도 했던 이 지성이 느낀 것을 나도 느끼고 있었다.

그럭저럭 러셀과 나는 한 평생을 명대로 살아가고 있는데 나는 그가 쓴 책을 읽으며, 부끄럽게도(?) 이미자의 노래를 오디오를 통해서 듣고 있었다. 그가 말년에 비틀즈의 노래를 듣고 운 적이 있었는지는 모르지만, 나는 이미자의 노래를 들으며 눈물을 흘리고는 했다. 얼핏 사람들은 베토벤과 비틀즈와 이미자를 어떻게든 구분하고 싶어 했지만, 그들의 노래로부터 얻어지는 행복도 구분되는지는 알 수 없었다. 아니, 알 수 없는 것보다는 적어도 동질이거나 사람에 따라 그 크기가 다를 수도 있다는 걸 알았다. 그렇지 않다면 누구나 베토벤을 들어야 하지 않는가.

그러니 러셀이 행복에 대해 어떻게 말했든 나의 행복이 차원 낮은 행복일 수 없고, 그의 행복이 마치 하늘 위에서 빛나는 무지개 같은 것일 수는 없는 것이다.

이 책은 그가 나에게 건네준 책이었다. 저자가 행복을 정복했는지는 모르지만, 행복이 정복되는 것인지도 알 수 없었다. 그는 책 중간중간에 빨간 펜으로 밑줄을 그어놓았으며 빈 곳에 자신의 생각을 써놓기도 했다.

7

남편이 살아 있는 동안 나는 한마디로 억척스런 여자였다. 돈이라면 어떻게든 모으려고 기를 썼고 막말로 남편이 도둑질이라도 해 오기를 바랐다. 우리는 한 해에 두세 번씩 이사를 다니기도 했는데, 집값에서 오는 차익 때문이었다. 물론 그렇게 한 이유는 간단했다. 행복한 삶을 살아야 했으므로.

내 아이들이 불행해지는 것을 봐서는 안 되는 부모가 되어야 했다. 그래서 목표를 세워놓고 곧 많은 돈을 모았다. 아파트도 한 채는 큰애 앞으로, 다른 한 채는 작은애 앞으로 해놓고 세를 주었다. 얼마 후 작은 건물도 한 채 마련했다. 그리고는 아는 사람이 없는 곳으로 곧바로 이사했다. 그래서 행복합니까, 라고 물어올 것이 두려웠는지도 모른다.

주위에서는 성공했다고 말했다. 나 역시 사십이 갓 넘은 나이에 이 정도의 재산을 모을 수 있는 것은 대단한 성공이고, 이제 우리의 인생은 탄탄대로를 걷게 될 것임을 확신했다. 성공했으므로 또한 행복했다. 바람은 아이들이 공부를 잘해 좋은 학교에 가는 것이었는데 그렇게만 된다면 얼마든지 뒷바라지를 할 수 있었다.

여고 동창들과는 별로 어울리지 않았다. 입이 싸거나 괄괄한 성격의 고등학교 친구들은 지질이도 공부 못하고 말썽만 부리던 네가 어떻게 그런 남편을 만나 그렇게 돈을 많이 벌었느냐고 했는데 그런 인사가 듣기 싫었다. 함께 여행을 떠났던 세 명만을 그럭저럭 만나고 있었다.

그들보다는 동네의 헬스클럽에서 만난 주부들과 어울렸는데, 그들은 친구들보다 박식하고, 부유했으며, 말이 잘 통했다. 무엇보다도 나의 과거를 몰랐다. 소통한다는 것은 거침이 없고, 통이 크며, 언제든 지갑을 열 준비가 되어 있어야 가능했다. 우리는 돌아가며 지갑을 열 수 있을 정도의 능력이 있는 사람들이었다. 우리가 누군가와 만나지 않는다면 그건 그가 무식해서가 아니라 지갑을 열 준비가 덜 된 사람이기 때문이다. 고등학교 동창들과는 달리 모임에는 회비도 없었다. 그때그때 말하면 그게 회비였고 얼마가 되었든 즉석에서 모아졌다.

누구든 하고 싶은 것을 한다는 건 쉬운 일이 아니다. 능력 밖에 있으면 그 안에서는 소외되어야 한다. 어떻게 해볼 도리가 없다. 스스로 떠나는 것이 현명한 여자다. 그 여자의 지성이 아무리 사슴의 뿔처럼 높아도 점심 한 끼 살 수 없다면 무슨 소용이 있겠나. 유유상종! 어울리는 사람은 따로 있게 마련이었다. 특별히 대접을 할 수 있어야 한다는 게 아니라 제 차례를 지킬 수 있으면 된다는 말인데 그것도 올바르게 할 수 없는 사람투성이었다.

우리는 모여서 우아하게(?) 차를 마셨고, 아이들의 장래를 이야기했으며, 여행사를 수소문해 비버리힐스에 다녀오기도 했다. 누군가가 그곳 이야기를 했을 때 그곳을 모르면 대화할 수 없다는 생각에 몇몇이 의기투합해 다녀오기로 했던 것이다.

그렇지만 이코노미 석으로 예약을 해 우리는 절약할 줄도 안다는 걸 보여주어야 한다고 누군가가 말했다. 이구동성으로 한 말이 돈 천만 원만 쓰면 되는데 못 갈 게 뭐냐는 것이었다. 한마디로 말만 하면 돈 천만 원은 아무렇지도 않게 쓸 수 있어야 했다. 우리는 돈을 빌리거나 빌려주지도 않았다. 그럴 필요도 없었지만 자존심에 관한 문제다.

그곳도 압구정동이나 다를 것 없었지만 우선은 나라가 달랐고, 동네 이름이 달랐다. 그 이름을 지닌 곳에 다녀왔다는 사실만으로도 우리는 남들과는 구분되었다. 적어도 우리는 비버리힐스에 쉽게 다녀온 여자였다. 다음에는 밀라노에도 가보고 파리에도 가보자고 했다. 누군가가 세일할 때 가면 비행기 삯이 빠진다고 말했다.

몰라서 그렇지 돈만 있으면 안 되는 게 없었다. 골프도 열심히 배워 라운딩을 했다. 이기기 위해서가 아니라 언제나 그랬듯이 지지 않으려고 열심히 배웠다. 그 바람에 운동신경이 발달한 여자, 애당초 시작했으면 프로가 되었을 여자로 변해 있었다. 원래 집에서는 삼남 독녀였지만 언니도 여동생도 여럿 생겼다.

가끔 골프클럽에서 남자들과 함께 라운딩을 할 기회도 있었지만, 한 번 참석한 후로는 그때마다 무슨 이유를 대든 간에 그 모임에는 참석하지 않았다. 왠지 그런 모임은 나를 불안하게 했고, 도덕적이지 않은 여자로 보이게 할 수도 있다는 생각이 들었다. 게다가 은근히 나는 그런 여자라는 걸 혹은 그런 여자가 아니라는 걸 보이는 좋은 방법이라고 생각했다.

남편은 생전에 당신이 원하는 것이면 뭐든 하라고 말했지만 솔직히 자존심이 허락하지 않았다. 우선은 그들을 몰랐고, 남자란 속물들의 속이 훤히 들여다보였으며, 골프 한 번 치자고 오랜 시간 동안 그들과 함께 어울리는 것도 마뜩치 않았다. 무엇보다도 함부로 하는 남자들의 말투가 싫었고, 혹간 버디라도 하게 되면 하이파이브를 하느라 손이 마주치는 것도 싫었다. 즐거우라고 하는 농담도 지나치면 못 들은 척했다.

회원들은 이 나이에 그게 뭐 이상하냐고 했다. 막말로 열 여자 싫은 남자 없듯이 열 남자 싫은 여자 있느냐고도 했고, '허그' 하는 것도 아닌데 뭘 그리 신경질적으로 반응하느냐고도 했다. 그게 사는 거고, 행복이고, 즐거움이지 행복이 뭐 대단한 것이냐고 말했다. 나는 몸서리칠 정도로 그런 이야기에 민감하게 반응했다. 사회생활을 해야 하니 만나기는 하겠지만 점차적으로 극도로 주의해야 할 여자들이며, 정신 똑바로 차려야 할 것임을 스스로에게 경고하기도 했다. 아마도 그런 성격은 친정의 가풍으로부터 온 것일 것이다.

그 즈음 내가 알고 있는 것의 대부분이 잘못되었는데 그 까닭은 전적으로 나의 무지 혹은 무지에 대한 무관심이 그 원인이었다는 걸 알아가고 있었다. 예를 들면 단 한 번도 행복, 사랑, 죽음, 성공이라는 단어의 뜻을 알아보기 위해 사전을 찾아본 적이 없었다. 그러면서 그 길을 가겠다고 나섰으니 얼마나 한심한 일인가. 그런 나의 무지를 처음 일깨워 준 사람은 남편이었고, 남편은 죽음으로서 그 사실을 나에게 알려왔다.

내가 아무리 노력을 하고 열심히 한다고 해도 이룰 수 없는 일이 있었다. 그들이 '그런 행복' 혹은 '그것도 행복'이라고 말했을 때 문득 '이런 게 행복'이라고? 하는 의문이 들었던 것이다. 물론 생활이 부유해지고 편리해지면서 행복하다는 생각을 안 해본 것은 아니었다. 그렇지만 그들에게서 행복이라는 말을 들었을 때 내가 느끼는 행복과는 다소 거리가 느껴졌다. 단지, 따져보지 않고 곧 잊었을 뿐이었다.

8

"저는 X대학의 스포츠마케팅 교수입니다."

"교수님이시군요. 그런데 스포츠마케팅이라는 건 처음 들어보네요. 그건 뭘 공부하는 거예요?"

"그렇죠? 우리나라에 이 학문이 들어온 건 얼마 안 되었지요. 요새 스포츠가 사회에서 중요한 역할을 하니까 그것도 학문으로 연구할 가치를 느끼게 되었지요. 그래서 만들어진 것입니다."

"네, 그렇군요."

"사실 학문이라는 게 결국은 인간의 삶의 질을 높이고 행복을 추구하는 데 기여하는 게 목적 아닙니까? 그러다보니 어떻게 하면 많은 사람에게 행복을 줄 수 있을까 하는 걸 연구하게 되었고, 학문으로 정착했지요. 그런데 행복을 주는 대신 돈을 벌어야 하겠다는 게 반대 현상으로 나타나게 되고 그것이 프로스포츠가 된 것입니다."

"그럼, 교수님은 돈 버는 걸 가르치시나요, 아니면 행복 찾는 걸 가르치시나요?"

"돈 버는 걸 가르치지는 않죠. 나에게 배운 사람들이 그걸 응용해 돈을 버는 거야 할 수 없지만 제가 가르치는 건 학문으로서의 스포츠지 돈벌이 수단으로서의 스포츠는 아니죠. 그렇다고 행복해 지는 방법을 가르치는 것도 아닙니다. 그것은 돈 버는 일과 마찬가지로 전적으로 당사자들의 일이지 가르친다고 되는 일은 아니죠."

"그런데 마케팅이라고 하면 결국 돈과 관계되는 것이 아닌가요?"

"그건 그렇지 않습니다. 이야기가 깊이 들어가면 복잡해지는데 하여간 마케팅이라는 게 돈벌이와 관계가 있기는 해도 학문으로서의 마케팅은 좀 다릅니다. 마케팅이라고 하면 '소비자에게 상품이나 서비스를 효율적으로 제공하기 위한 체계적인 경영 활동 즉 시장 조사, 상품화 계획, 선전, 판매 등이 이에 속하며, 소비자에게 최대의 만족을 주고 생산자의 생산 목적을 가장 효율적으로 달성시키는 것을 목표로 한다'고 정의하고 있죠. 그렇게 해서 돈이 벌린다면 그건 학자의 이야기는 아니고 그것을 응용한 사람들의 이야기일 뿐입니다. 차라리 그보다는 그럼으로써 사람들이 스포츠를 통해 행복을 맛볼 수 있기를 더 원하죠."

"그럼 교수님은 사람들이 행복해지기를 바라고 학생들을 가르치나요?"

"그렇죠. 학문이라는 게 인간의 지적 호기심을 만족시켜줌으로써 행복을 찾도록 해주는 것이니까요. 학문은 어떤 것이든 인격도야를 위해 존재하는 거지 돈벌이 수단으로 존재하지는 않죠."

"그런데 이 책은 왜 주셨어요?"

"그건 좀 다르죠. 저는 많은 분야 중에서 스포츠마케팅 분야를 공부하는 것이고, 러셀 선생은 인문학 쪽이니까 처음부터 다른 이야기겠죠. 그건 그냥 읽어보라고 드린 거지 다른 의미는 없습니다."

"어떤 의미에서 러셀의 행복은 '성취'와 '포기'로부터 온다고 보면 좋겠어요. 할 수 있는 건 이룸으로써 기쁨 즉 행복을 맛보고 어떤 것은 아예 안 되는 걸로 알고 포기함으로써 다른 쪽에서 행복을 찾는 그런 생활철학이랄까, 뭐 그런 것인 것 같아요. 조금 읽어 보았어요."

"글쎄요, 생각하기 나름이겠죠."

"저는 지금껏 살면서 행복이라든가, 불행이라든가, 성공이라든가, 죽음, 사랑 이런 단어에 대해 참 의미를 알아보려고 했던 적은 없었던 것 같아요. 남들이 쓰니까 따라서 썼을 뿐이고, 실제 그 말이 의미하는 바를 옳게 알고 있었는지도 모르겠어요. 혹시 교수님은 그런 말을 사전에서 찾아본 적이 있으세요?"

"그러고 보니 저도 없는 것 같군요. 행복이 무엇인지 고민을 해본 적은 있는 것 같아요. 하지만 사전에는 어떻게 적혀 있는지에 대해서는 한 번도 알아보려고 하지 않았어요."

"좀 외람된 말씀이지만 교수님은 삶의 질을 높이고 행복을 추구할 목적으로 학문을 가르친다고 하셨는데, 교수님이 행복이 무엇인지 모르고 그걸 어떻게 가르친다는 건지 잘 이해가 안 되네요."

"듣고 보니 그건 그렇군요. 그렇지만 초원에서 얼룩말을 사냥하는 놈의 이름을 모른다고 해서 그 동물이 초원의 왕인 사자라는 걸 모르기야 하겠어요. 그렇게 알고 있으면 되지 사자라고 꼭 말을 해야 알고 있는 건 아니죠."

"그게 문제죠. 사자라는 걸 알지만 그걸 치타라 부를까 걱정이 되는 거죠. 특히 교수님이라니까 왠지 조마조마하네요."

"그렇다면 체면이 말이 아니죠. 하여간 오늘 집에 가서 행복이 무엇인지 다시 한 번 사전도 찾아보고 밤새도록 그 의미를 되새겨보겠습니다."

교수라고는 했지만 조금 말이 논리적이라는 것 말고는 자신의 분야를 벗어나자 나와 크게 다르지 않았다. 그래서 나는 술 한 잔 하자고 말했고, 그는 약속을 남기고 돌아갔다.

9

그래, 남자의 곁에는 여자가, 여자의 곁에는 남자가 있게 마련이지. 단지 그게 누구냐 하는 게 문제지. 남자 좀 만나면 어때.

그 즈음에 그 동안 사 모으던 종류의 음악과는 달리 우리 노래를 사기 시작했다. 이미자의 노래를 필두로 '70~80 가요, 배호의 트로트, 한영애, 이선희, 나윤선과 말로의 재즈, 송소희의 국악 등 우선은 정서가 통하고 말이 통하는 가수의 노래가 그것이었다. 속물이 되어 가고 있는가?

위에 이야기한 가수가 그렇다고 속물들이 듣는 노래를 부른다는 말은 아니다. 생각해보니 내가 스스로 가면을 벗고 본래의 나로 돌아와서 본래의 한국인의 정서를 찾기 시작했다고 보는 것이 옳았다. 게다가 그들의 노래를 듣고 눈물 짓기도 했다. 어떤 날은 손님이 들이닥쳐 마치 눈에 티라도 들어가 눈물이 난 양하기도 했다. 그럼에도 불구하고 나는 내 행동이 잘못되었기보다는 오히려 그게 왜? 라는 생각으로 떳떳해져 갔다. 내가 모차르트를 듣고 울 수 있을까?

개새끼라는 말을 속으로 할 줄 알았고, 할 수 있게 되었다. 지난 번에 어느 술 취한 손님이 들어와 화분을 발로 찼을 때도 속으로 그렇게 욕을 해댔다. 그러면서도 옛날에 느끼던 놀라움이라든가 죄책감 같은 것을 전혀 느끼지 못했다. 저런 놈들은 인간도 아니야. 어떻게 저 여리고 말 없는 꽃을 발로 차. 그러니 너는 개새끼가 맞아, 하고 눈을 치켜떴다.

그리고 그런 후에 속이 후련함, 어떤 만족감과 함께 작은 꽃에 대한 동정심을 맛보았다. 그런 감정을 느낀 것은 처음이었다. 왜, 나는 그런 사람 아니, 그런 속물이 아니었으니까. 꽃은 인간에게 기쁨을 주기 위해 존재하면 그만이었고, 나는 주머니를 열고 꽃을 사면 되었고, 죽으면 내다버리면 끝이었다. 그 밖에 무슨 생각이나 말이 필요했을까.

하기는 그런 내가 속물이라면 정치 한다는 사람, 국회의원, 장관, 재벌들이야 말로 속물 중의 속물이었다. 돈을 떼먹고, 여자들과 놀아나고, 사기치고……, 무엇보다도 아니라고, 절대 그런 일 없었다고 거짓말 시키는 꼴이야말로 타고난 속물이었다.

모임의 한 여자가 누구는 호텔에서 여자와 같이 홀딱 벗고 침대 속에 있으면서도 절대로 그 짓은 안 했다고 들이닥친 마누라에게 말했다는 것이다. 더 웃기는 것은 그 말을 믿은 그 부인이었다. 자기 남편은 절대로 그런 짓도, 거짓말도 안 할 사람이라고 했다는 것이다. 그래서 그 여자에게 다시는 그런 짓 하지 말라고 돈을 주고, 각서 받고 보냈다는 것이다. 그래야 가정이 구순하고 자신의 속이 편했겠다. 그런데 어떻게 내가 그런 인간들을 제치고 속물이 될 수 있는가.

10

삶이란 게 알고 보면 간단했다. 복잡하게 생각할 필요가 없을 듯싶었다. 그 즈음 큰애가 서울에 있는 대학에 들어가지 못하고 지방대학에 입학했다. 해주는 밥 먹고 공부만 하기를 서울에 있는 대학에조차 들어가지 못했다는 것은 한심스럽고 원망스러웠지만 현실은 현실이었다. 속이 상해 한때는 유학을 보내버릴까 했으나 아이는 안 되는 공부를 거기 간다고 하겠냐며 절대 안 가겠다고 했다. 듣고 보니 그 말도 맞았다.

어쩌면 눈에 안 띄면 지방대학에 다닌다는 사실을 잊고 지낼 수 있다는 생각 때문이었지, 그를 공부시켜 보겠다는 건 아니었는지도 모른다. 남들이 물어오는 데 대한 대답도 피하고 싶었다. 유학 중! 그 아이가 초등학교 때 한 번인가 거의 전 과목 100점을 맞다시피 한 사실을 두고두고 기억하며 천재라고 여기며 살았다. 알고 보니 그 학교에는 천재 아닌 아이가 없었다.

아이는 내 인생 내가 살 것이니 이제는 자꾸만 이래라 저래라 하지 말라고 속을 뒤집고 나섰다. 인생! 그렇게 쉽게 이야기하는데 그리 간단치 않으니 엄마가 이 난리지, 대충 살 수 있는 세상이라면 뭐가 걱정이겠냐고 맞섰지만 아이는 자신은 자신이 생각해둔 인생이 있으니 엄마는 아무 걱정 말라고 했다. 인생이 뭔지나 알고 인생, 인생 하느냐고 물었을 때, 엄마는 인생이 뭐라고 생각하는데? 하고 급습하듯 물어왔다.

솔직히 대답하지 못했다. 한 번도 진지하게 생각해본 적도 없었고, 인생이라는 단어 역시 사전에 뭐라 쓰였는지 알아본 적도 없었다. 결국 그러니까 인생이 복잡하고 오묘한 거야, 라는 말도 안 되는 답으로 윽박지르며 그날 대화를 끝냈다. 완패하고 말았지만 저거 머리가 제법 컸네, 하는 생각에 기분은 썩 나쁘지가 않았다. 그날 용돈 하라고 백만 원을 주고 말았는데, 저렇게 멀쩡한 놈이 지갑이 비어 있으면 사회생활 하는 데 문제가 될까 싶었기 때문이었다.

사실 자식이 갓난아이였을 때 세상 어미들의 바람은 아무 데도 아프지 말고 건강하게만 커달라는 것이다. 그가 성장하면서 욕심이 생기기 시작해 공부도 남보다 잘하고, 피아노도 잘 치고, 운동도 잘해서 뭐든 하고 싶은 일을 최고로 잘했으면 좋겠다고 다그치기 시작한다. 말한 대로 그건 바람을 넘어서 욕심일 뿐이다. 세상에 그런 자식이 있었던가? 내 경우도 다르지 않았다. 결국 내 자식도 나처럼 평범한 사람으로 살아가고 말게 될 것을 모른다.

결국은 그래, 내가 돈으로 네 기반을 마련해줄 테니까 그저 마누라 얻어서 자식새끼 낳고 편하게 살아라, 하는 정도로 정리해버리고 말았다. 그래도 속이 상했다. 텔레비전에 채 서른도 안 된 청년이 출연해 하버드 대학을 나왔고, 여당의 무슨 위원장이라며 소개할 때는 속이 뒤집힐 정도였다. 내 아이도 한때 천재인 적이 있었다. 뭐가 잘못되어 저리 되었는지는 모르지만. 자식을 지방 어디엔가 버렸지만 그는 잘 크고 있었다.

아이의 진로 문제를 의논하려고 학교로 가고 있을 때, 전화를 받고 병원으로 달려갔으나 남편은 이미 운명한 후였다. 삼 년 전쯤의 일이었다. 남편은 건축설계사무소를 운영하고 있었는데, 여직원 말로는 출근해서 차를 한 잔 마셨다는 것이다. 한 삼십 분쯤 후 찻잔을 가지러 들어갔을 때 책상에 엎드려 계셨는데 아무래도 주무시거나 쉬는 것 같지를 않아 살며시 어깨를 흔들었단다. 그래도 반응이 없자 밖으로 나와 남자 직원에게 도움을 청했고, 곧바로 119를 불러 병원으로 모셨지만 그것이 마지막이었다고 했다. 심근경색이었다.

평소에 가슴이 답답하다고는 했지만 건강 체질인데다가 운동도 열심히 했고 근래에 설계한 건물이 공모에서 떨어져 좀 힘들어 하기는 했어도 그렇다고 경영이 어려운 것도 아니었다. 그야말로 그게 명이요, 팔자였다. 그 전날도 운동을 다녀왔다. 남편의 나이 마흔셋이었다. 죽었다는 사실보다도 그 나이가 아까웠다.

11

그때까지 우리는 다툼 없이 잘 살았다. 뭐든 하겠다고 하면 하라고 했고, 사겠다고 하면 그런 걸 뭘 묻느냐고 마음 내키는 대로 하라고 했다. 원하는 모든 것은 거의 다 사들이고, 하고 싶은 것은 언제고 하고 있었다. 몇 번 다툼이 있기는 했는데 저녁에 깜빡 잊고 차를 타 내가지 않았을 때, 친구들과 수다를 떨다가 열두 시가 다 되어 들어왔을 때, 아줌마가 오지 않는 날 미처 와이셔츠를 다려놓지 못했을 때가 그랬다. 따지고 보면 얼마든지 있을 수 있는 일이었고, 그런 걸 문제 삼는다는 게 쫀쫀해 보였다. 다행히 그리 심하게 뭐라고 하지는 않았다. 어찌 보면 내심 나란 여자에 대해 포기한 것은 아닌가 하는 생각도 들었다.

내 경우는 남편이 말없이 늦게 들어왔을 때나, 슬그머니 베란다에 나가 전화를 받은 다음 무슨 전화냐고 물으면 당신은 알 것 없다고 했을 때 화가 났다. 꼭 여자로부터 온 전화로 의심되었는데 무관심한 척하고 있는 스스로에게 화가 났다. 대체적으로 생각해보면 돈으로 할 수 없는 일을 할 때가 그랬던 것 같다.

남편은 자상하지는 않았지만 통이 컸다. 그런 다툼이 있고 난 다음 날에는 외식을 하자고 했고, 멋진 식당에서 와인을 곁들인 식사를 하면서 이 기회에 차를 바꿔 보라는 등 선심을 쓰기도 했다. 그런 일은 일상이었으므로 별 일도 아니지만 그 이야기를 하는 이유는 우리는 이처럼 어렵다는 인생에 있어서 다툼을 쉽게 마무리하고는 했다는 걸 말해두고 싶기 때문이다.

남편이 죽었음에도 불편한 것은 없었다. 가끔 외롭기는 했지만 그럭저럭 잊기도 하고, 친구들과 어울리면서 넘길 수 있었다. 여전히 뭐든 하고 싶은 일이라면 얼마든지 할 수 있었으니까.

하도 사는 게 무료해져서 한다고 한 것이 커피숍이었다. 크게 벌이면 귀찮아질 것 같아서 아르바이트생을 쓰면서 소일거리로 시작했으므로 돈을 버는 일과는 거리가 멀었다. 친구들의 모임장소로 제공하고, 음악을 듣고, 책을 보고, 화분이나 가꾸고 소품의 먼지나 닦는 일이 전부였다. 작지만 고급스러워 비싼 차값에도 손님이 제법 많았다. 그 바람에 오랜만에 책을 많이 읽을 수 있었다.

일부러 명차(名茶)를 수입했다. 우리 집에 오시는 손님은 최고 대우를 받아야 한다고 생각했음으로 찻잔 하나도 싸구려는 쓰지 않았다. 내 건물에서 내가 직접 하는데 돈 들어갈 일도 별로 없었고, 그저 아르바이트생 인건비와 전기와 수도세 정도면 수입이 많든 적든 문제될 것도 없었다. 음반도 수입 음반으로만 골랐다. 남편이 해외 건축현장에 근무할 당시 구입한 최고급 오디오에서 울려나오는 소리는 일품이었다. 아침마다 은행에서 새 돈으로 준비해 거스름돈을 가져가는 손님의 기분까지도 세심히 살폈다.

그런데 작년부터 없던 증세가 나타나기 시작했다. 갑자기 우울해지는가 하면 얼굴에 마치 열꽃이라도 피는 것처럼 화끈거려서 참기가 어려웠다. 가슴이 두근거리고 불안해져서 때로는 안절부절못했다. 손님이 문을 열고 들어오는 소리에도 가슴이 철렁 내려앉았다. 가끔 소리를 쳐 손님이 놀라는 일도 생겼다.

의사는 신경이 예민해져서 그러니 안정하고 쉬면 나을 것이라고 처방했다. 특별히 신경이 예민해질 일도 없었고 몸에 이상이 생기지도 않았다는 게 문제였다. 생리도 아직은 정상이었고, 소위 말하는 갱년기라고 보기에는 이른 감이 있었다. 누구는 남자 친구라도 사귀어 보라고 했지만 그럴 만한 자신도 용기도 없었다.

남자, 아이, 돈, 일? 아무리 짚어보아도 그런 것 때문에 마음이 불안하고 초조할 일은 없었다. 돈 빌려주고 못 받을까봐 걱정되는 것도 아니고, 남자가 그리워 애면글면하는 것도 아니며, 아이들이 속을 끓이게 하지도 않았다. 돈? 얼마든지 있었다. 도대체 알 수가 없었지만 어딘가 나도 모르는 문제가 있는 건 틀림없었다.

12

증세가 가라앉지 않은 채 서너 달이 흐른 그 해 가을, 이미자의 노래를 듣다가 눈물을 쏟고 말았다. 우선은 그녀의 목소리가 내 가슴 어딘가를 헤집고 나섰고 그러자 그 가사가 그 상처를 어루만지며 나를 또 울렸다.

그 노래를 듣는 순간, 이미 배에 올라 어디론가 가고 있음을 직감했다. 이미자는 '마지막 석양빛을 기폭에 걸고'라고 말했고, 배는 하염없이, 정처 없이 어디론가 가고 있었으나, 그 배에 올라 있는 자신은 정작

가는 곳을 모르고 있었다. 비단 나뿐이랴! 속절없이 바람은 불어 야속하게도 배는 멈출 줄 모르고 쉼 없이 떠돌며 뱃전에 부딪는 파도소리만 애절했다. 황포돛대를 올리고 망망대해를 떠가는 저 배는 대체 어디를 향해 가고 있다는 말인가?

음반 앞쪽에 있는 가사책을 뒤적여 옮겨 적었다. 노래방에 가게 되면 기필코 이 노래를 불러 결코 뽕짝이 수준 낮은 노래가 아니라는 걸 알리고 말 것이었다.

〈마지막 석양빛을 기폭에 걸고/ 흘러가는 저 배는 어디로 가느냐/ 태풍아 비바람아 불지를 마라/ 파도소리 구슬프면/ 내 마음도 구슬퍼/ 아~ 어디로 가는 배냐/ 어디로 가는 배냐/ 황포돛대야//

순풍에 돛을 달고 황혼바람에/ 떠나가는 저 사공 고향은 어디냐/ 사공아 말해다오 떠나는 뱃길/ 갈매기야 울지 마라/ 이 마음이 서럽다/ 아 ~ 어디로 가는 배냐/ 어디로 가는 배나/ 황포돛대야〉

유치하다고만 느꼈던 가사도 멜로디도 나를 울리고 있었다. 그러니 내가 그 옛날 들었던 이 노래는 가슴으로 들은 것이 아니라 건성 귀로만 들은 것이었다. 왜 같은 노래가 이처럼 달라진 것일까?

그건 당연했다. 일찍이 사랑이라는 말, 죽음이라는 말, 행복이라는 말, 단 한 번도 사전을 찾아 그 뜻을 알아본 적도 없었던 것과도 같았다. 만약 단 한 번만이라도 이 노래 가사를 진지하게 뜯어보았거나 그 의미를 음미했다면, 그때 이 노래의 절절함과 감동을 느꼈을 수도 있었을 것이다. 지나간 세월이 그렇게 만들었는지도 모를 일이었다.

나는 가고 있었다. 남편은 먼저 떠났고, 아이들은 점점 멀어져가는 어딘가에서 손을 흔들고, 홀로 배에 올라 망망대해, 목적지도 모르는 곳을 향해 가고 있는 중이었다. 세상에는 나 혼자였고, 아무 것도 보이지 않는 곳에 떠서 어딘지도 모르는 곳을 향해 간다고 생각했을 때 누군가 동행자가 있었으면 좋겠다는 생각을 떠올렸다.

나는 결코 행복하지 않았다. 행복하다면 이런 일은 일어나지 않았어야 한다. 그렇다면 대체 행복밖에 모르고 살았다고 생각했던 것은 무슨 까닭에서였을까?

13

결론적으로 결코 행복한 삶을 살고 있지 않았다. 편리한 삶을 행복한 삶으로 착각하고 있었다. 편리함과 행복은 홍시와 단감의 관계와도 같았다. 그럼 도대체 행복이라는 게 뭘까? 인터넷 사전에는 이렇게 적혀 있었다.

① 생활에서 기쁨과 만족감을 느껴 흐뭇한 상태 ② 복된 좋은 운수.

이런 게 무엇일까? 결국 내가 그렇다면 그런 것이지 누구도 나에게 줄 수 있는 것이 행복은 아니지 않은가. '생활에서 기쁨과 만족감을 느껴 흐뭇한 상태'가 된다는 것은 알겠는데, 그러자면 어찌해야 하는지는 여전히 애매했다. 그런 걸 느끼는 것은 궁극적으로 나일 테인데 그런 걸 만들어주는 것이 따로 있는 것일까?

어쨌든 그것이 삶의 새로운 화두가 되면서 신기하게도 전에 느끼던 불안감과 초조함이 점차 사라지기 시작했다. 또 다른 변화는 이미자의 노래를 비롯해 소위 말하는 뽕짝과 대중가요를 자주 듣기 시작했다는 것이다. 전에는 쭈뼛거리며 대중가요 코너에 가서 음반을 사는 것도 꺼렸지만 이제는 당당하게 눈치를 보지 않고도 얼마든지 살 수 있게 되었다. 속물이 되어 가는 게 아니라 해탈하고 있는 것이 분명했다.

파리나 밀라노 또는 뉴욕 등의 명품거리를 헤매는 여행에도 더 이상 참가하지 않았다. 그보다는 시간을 내 동대문시장으로 평화시장으로 다니며 옷을 사기도 하고 손님들이 와서 여행이야기를 할 때 주의 깊게 듣기도 했다.

지금까지 사는 동안 모든 사람들이 나처럼 살아야 하며, 그렇게 살지 않는 것은 속물들의 삶으로 여겼었다. 그런데 나처럼 사는 사람들은 별로 많지 않다는 걸 알게 되었다. 막말로 속물 천지였다.

속물들은 여행지의 건축물에 대해 이야기했고, 전쟁의 역사에 대해 이야기함으로써 점령자와 피점령자와의 관계에 대해 말하기도 했다. 도대체 고등학교 세계사 시간에 들어보고는 처음 듣는 이야기였다. 그런 역사도 있었다. 문득 그들이 우리를 속물이라고 이야기할지도 모른다는 생각이 든 것도 그 즈음이었다.

우리가 비버리힐스나 파리 백화점의 세일에 대해 이야기할 때 그들은 이스탄불 기슭에 핀 봄꽃과 파리 근교의 끝없이 펼쳐지는 초원에 대해 이야기했다. 마르마라해협의 금빛 물결에 대해 이야기할 때는 문득 그곳이 어딘지 궁금해졌다. 지중해 해변을 친구와 둘이서 걷던 이야기를 신나게 할 때는 가난한 사람들의 불쌍하고 처량한 여행이야기로만 들렸다. 왜 그렇게 싼 곳으로만 다니지? 저 사람들 정말 거기 다녀온 것 맞아. 조개껍질 없는 해변이 어디 있어. 사해에 갔다 왔나?

그런데 왠지 모르게 그런 곳들이 가보고 싶어지는 것이 아닌가. 단지 핸드백 말고 배낭을 멜 수 있을지, 그것이 어울릴지 어떨지가 걱정이 되었다. 루브르 박물관에서 줄을 서서 표를 사려고 기다리려면 아무래도 운동화를 신는 것이 편할 터인데 운동화가 어울릴까도 걱정이 되었다. 자꾸만 발가락이 옴츠려드는 느낌이 들었다. 전철을 타고, 기차를 타고, 유레일패스를 사야 한다는 둥 하는 말이 나를 불안하게 했다. 용기가 나지 않았다. 햄버거를 사기 위해 줄을 서는 것도 낯설었다. 그렇다고 하인을 데리고 다닐 수 있는 것도 아니지 않은가.

14

어느 순간 마음이 안정되었다. 어쩌면 불안의 원인이 생각과 행동이 어긋난 데서 온 것인지도 모른다는 생각을 갖게 되었다. 행동은 의식적으로 했겠지만, 생각은 나도 모르는 중에 마음 한 구석 어딘가 있었음이 분명했다. 좀 더 치열하고 냉정하게 살았어야 했다.

말하자면 아무 생각 없이 남이 달리니까 나도 달린 것인데 선두 그룹에 끼어 어딘가에서 멈춰보니 내가 왜 뛰었는지, 꼭 뛰었어야만 했는지에 대해 강하게 의문이 생겼던 것이다. 선두 그룹이기는 한데 엉뚱한 방향으로 뛰었다는 생각이 들자 불안해지고 초조해졌고, 그게 병이 되었다. 도무지 낯이 설었다. 아는 사람도 없었고, 물어도 옳게 대답해주는 사람도 없었다. 잘못되었다는 걸 알았고 방향이 어디였든 간에 이제라도 다시 제 길로 갈 수 있게 되었으니 다행이었다.

멈춰 서서 말없이, 느긋하고 온화한 모습으로 달려오는 사람들을 보았던 것 같다. 그리고 그런 사람들을 보는 것이 왠지 부끄럽기도 하고, 부럽기도 했다.

카페 의자에 앉아 내가 서 있던 곳을 바라보았다. 그곳에는 언제나 손님을 왕으로 생각하고 최고 대우를 해야 한다고 외치고 있는, 그러나 왕 위에 군림하는 내가 보였다. 내가 입을 옷, 남편의 옷 그리고 아이들의 옷 말고는 사본 적이 없었다.

언제나 아줌마가 시장을 봐오면 물건은 제쳐두고 영수증을 훑어보았다. 무슨 고등어가 한 손에 만오천 원밖에 안 해요, 이건 어디 산인데 한 근에 육만 원짜리예요, 이거 미제예요?, 아줌마 내가 항상 최고급 아니면 사지 말라고 했잖아요, 이게 먹을 게 뭐 있어요, 라고 말하기 위해서였다.

아줌마가 시장 보러 갈 때면 냉장고 곁에 있는 카드를 내주었고, 식구들의 건강을 위해 먹는 것이니 돈 때문에 싸구려나 저질 물건을 사서는 안 된다고 귀에 못이 박히도록 말했다. 없으면 할 수 없지만 꼭 유기농으로 사라고 했다. 비싸면 제깟 게 얼마나 비쌀 것인가. 아줌마는 이게 왜 저질이지, 라고 말하는 듯했으나 항상 네, 라고 대답했다. 모르면 물으라고 했다. 나도 여기저기 전화해 어디서 산, 얼마짜리 물건인지 묻고는 하지 않았던가.

머리도 몇 십만 원은 주고 해야지 그렇지 않으면 머리칼이 금방 상했다. 실제로 그랬느냐고? 남들이 그렇다니까 금방 상해 우수수 빠지는 기분이었다. 넷만 모이면 남들 한 달 생활비를 머리하고 점심 먹는 데 썼다. 그건 당연한 게 노력한 자와 안 한 자의 차이였으므로 무어라 말할 게 못 되었다.

그런 여자 주인이 그 자리에 우뚝 서 있었다. 그리고 사전에 무어라 고 쓰여 있든 행복은 사전이 만드는 것이 아니라 내가 만든다고 자랑스러워 했다. 그래서 내가 행복하다면 행복한 것이지 사전은 무슨 개뿔, 사전이냐고 말할 수 있었다. 지금은 가련해, 라고 되뇌고 있었다.

고개를 돌려 밖을 내다보았다. 평생 거리를 떠돌아도 형편상 우리 카페에 들어와 커피 한 잔 마실 수 없는 사람 천지였다. 한때는 저렇게 살 걸 왜 태어나 고생이지, 하는 생각도 했었다. 노력을 해야지. 대충 살아 가지고서야 행복해질 수 있겠어, 라고도 생각했다. 자업자득이었다. 내가 어떻게 살았고, 돈을 벌었는가를 돌이켜보면 당신들은 거저 사는 거야, 라고 그들을 괄시했다. 그렇게 사는 사람들의 주머니 속에는 가난만 있는 줄 알았다. 가진 것이라고는 가난밖에 없는 사람들에게 행복이란 말은 당치 않았다. 그런 말을 쓸 자격도 없는 줄로 여겼다. 행복이란 우선 입에 풀칠을 하고 난 후에야 쓸 수 있는 말이라고 여겼다.

한 세상 사는 건데 억척스럽게 살아야지 건성건성 살아서야 되겠는가. 그건 태어난 것에 대해 죄를 짓는 일이었다. 그런데도 밖을 오가는 사람들의 얼굴이 편안해 보이고 즐거움으로 충만했다. 혹시 저 사람들 행복한 건 아닐까 하는 의문이 들었다. 은근히 샘이 나기도 했다. 지금껏 살아온 방식이 생각해보니 불편하고 어색했다고 느껴졌다. 어쩌면 포기한 것인지도 몰라. 그리고 누가 건성건성 살았지?

나는 도대체 누구인가? 하는 생각에 미치자 얼굴을 돌리고 고개를 숙이고 말았다. 꼭 부끄러워서만이 아니라 왠지 그들을 쳐다볼 용기가 사라졌기 때문이었다. 사람들이 부자는 다섯 끼 먹느냐고 했을 때 우리는 웃었다. 몇 끼를 먹느냐가 중요한 것이 아니라 한 끼를 먹어도 어떻게 먹느냐가 중요하다는 걸 그들은 모르고 있다고 했다. 그러니까 사는 게 그 모양 그 꼴이라고 비웃음쳤다. 격조 있는 식사를 하기까지 우리가 한 노력을 그들은 알지 못한다는 데 우리끼리 동의했다.

그런데 그들도 동시에 웃고 있다는 걸 몰랐다. 우리는 그들이 정말로 우리가 다섯 끼를 먹는 걸로 알고 있다고 여겼다. 그러니 얼마나 우리를 보고 웃었겠는가. 그럼에도 우리는 절규하고 있었다. 부자는 태어나는 것도 거저 되는 것도 아니다. 해보라! 해보라고, 해봐. 생각대로 되나? 그러나 그게 무엇인가. 그게 행복이었다고 말할 수 있는가. 부자는 행복한가?

그런 형편없는 생각을 하며 살았다. 돈을 억척스럽게 번 것이 잘못이 아니라 근본적으로 내가 서 있고 보는 방향에 문제가 있었다는 게 잘못이었다. 이십만 원짜리 골프 바지인데도 공을 치려면 거북하다고, 그래서 스코어 관리가 안 된다고 했던 김 사장 부인이 떠올랐다. 십만 원 더 주고 사 입었더니 금방 스코어가 달라지더라고 하며 옷은 비싸도 좋은 것으로 입어야 한다고 했다. 우리는 동의했다.

그런 여자들 틈에서 나는 맞장구를 쳤다. 내가 뭐래 옷이 날개라고 했잖아, 김 여사! 그래서 먼저 산 옷은 어쨌냐고 하자 일하는 아줌마 딸 주라고 했단다. 일하는 아줌마 딸이 골프 친다면 그 여자는 죽었다. 막말로 요새 골프 안 치는 사람 몇이나 되나.

15

그는 나에게 느닷없이 행복하냐고 물었다. 어제 자기는 하늘에서 행복이 쏟아져 한 보따리 주었다며 가끔 자세히 보면 여기저기서 행복이 마구 쏟아진다고 했다. 그런데 그걸 제대로 알고 줍는 사람이 드물다고 했다.

"무슨 행복이 쏟아졌어요?"

"그게, 저, 말씀드려도 될까요?"

"말씀해 보세요. 무슨 이야긴데 망설이실 필요가 있나요?"

"사실 사장님과 데이트 하는 생각을 하자 갑자기 하늘에서 행복이 쏟아져 내렸죠. 참 이상한 것이 어떤 때는 생각만으로도 행복을 느끼고, 어떤 때는 재물을 쌓아놓고도 심란함으로 안절부절못하죠. 물론 재물을 쌓아놓은 적은 없었지만요."

"호호호 저와 무슨 데이트를 하는 생각을 하셨는데 그리 행복하셨어요?"

"데이트에 무슨 종류가 있나요. 사장님과 함께 호숫가로 해서 야트막한 산으로 해서 마냥 걷다가 점심을 먹고 차를 한 잔 마셨던 가요."

"겨우 그 정도 가지고 행복하셨어요?

"겨우 그 정도라니요? 세상에 사장님과 이런 대화할 수 있는 사람이 적어도 오늘은 저 하나라는 사실을 모르시죠? 그게 몇 십억 분의 일의 확률이죠. 대단한 행운이고, 행복이죠. 그걸 제가 붙들고 있지 않습니까."

"제가 남에게 행복을 줄 수 있다는 것이 놀랍고도 신기하네요. 저는 아무 생각 없이 살고 있는데."

"그건 아무도 모르죠. 들에 피어 있는 꽃이 누구에게 행복을 주려고 피었겠어요, 행복을 준다는 사실을 알겠어요. 그냥 그 자리에서 그렇게 피어 있는 것만으로 그는 훌륭한 거죠."

"그럼, 기왕에 말이 났으니 말인데 교수님이 추구하는 행복, 아니 교수님이 생각하는 행복이라는 건 어떤 것이죠?"

"이때까지 살면서 언제부턴가 나는 행복한가, 행복이란 대체 무엇인가, 행복은 어떻게 얻는가? 하는 것들에 대해 생각하기 시작했죠. 그런데 행복만 생각하면 머리가 지끈거리는 거예요. 그도 그럴 것이 워낙 어려운 철학적 명제잖아요. 내 머리로 풀릴 문제는 아니고 공부 좀 했죠. 요사이는 참 좋은 게 인터넷 검색만 하면 인도에 안 가도 되잖아요. 단지 깨닫는 일만 하면 되는데 그것도 워낙 해설서가 많아 쉽게 깨닫게 해주는 것 같아요."

"그럼 행복이 어떤 것인지 말씀해 주세요."

"한 번 해볼까요? 행복이란 없죠. 행복이 있다면 왜 사람들이 행복을 찾아다니겠어요. 그냥 슈퍼에 가서 사오거나, 옆집에서 빌려다 쓰거나, 유산으로 받아서 쓰면 그만 아닙니까?"

"세상에 행복이라는 말이 존재하고, 그것이 화두가 되는데 없다는 말이 선뜻 이해가 되지 않는군요."

"그렇죠. 우선은 이 말이 추상명사이고 셀 수도 없으니 계량할 수 없다는 데 주목해야 할 겁니다. 그러니 돈 주고 살 수도, 주워 담을 수도 없는 거죠. 그럼에도 그 척도로 많고 적음을 따지죠. 그 말은 계량이 가능하다는 말인데 그건 모순이죠. 무엇보다도 행복하다고 말하는 사람들이 그 말을 제대로 사용하고 있는지도 의문이지만, 옳은 사용이 아니니 당신은 행복한 것이 아니라고 할 것까지도 없겠죠. 무엇을 먹든 배가 부르면 되는 것처럼 행복하다면 행복한 것이니까요. 제 행복관을 말하기 전에 사장님이 생각하는 행복은 무엇인지 듣고 싶은데 대체적으로 이 질문에 답하는 사람은 거의 없었어요. 그래서 저는 그보다는 행복의 예를 하나만 들어보라고 질문을 하죠. 어떻습니까? 사장님이 생각하는 행복 그게 무엇인지 말씀해 보시겠습니까?"

"글쎄요. 대답이 쉽지 않군요."

"그럼 제가 거꾸로 묻겠습니다. 이거 무슨 시험 보는 것도 아니고 쑥스럽군요. 하여간 만약 우리 동네 저 옆에 있는 저 건물이 한 이십 층은 되겠지요? 저런 건물을 서너 채 소유하고, 아이들은 모두 IB리그에 유학 중이거나 아니면, 사회에서 사업을 크게 한다든가 좋은 직장에 다니든가 하고요, 모두 식구들이 건강하고, 남편 사업도 잘 되고 하면 그게 행복인가요?"

"그렇게 볼 수 있겠죠. 그런 게 행복이 아닌가요?"

"그럼 그런 사람들은 나는 행복하니 더 이상 바랄 것이 없다고 할까요?"

"그렇지는 않을 거예요. 더 큰 건물을 가졌으면 그것도 기왕이면 뉴욕이나 LA쯤에 건물이 있었으면 하겠죠. 대학을 나온 아이들이 무엇이 되어 이름을 날릴까도 걱정하겠죠."

"그렇다면 행복은 날아다닙니까? 혹은 자라납니까? 그 중에는 돈 주고 사는 행복도 있는 것 같네요."

"그런 건 잘 모르겠어요. 하여튼 행복도 크기가 있는 것 같아요."

"그럼 제일 큰 행복은 얼마나 클까요? 제가 행복이 없다고 말한 이유는 바로 그 때문입니다. 지금까지 예를 들고 앞으로 또 예를 든다고 해도 그것은 행복이 아니라 행복의 한 가지 종류일 뿐입니다.

옛날 누군가가 행복은 무지개라고 했나요. 잡을 수 없고 사라지기 때문이지만 언제나 뇌리에는 있기 때문이기도 하죠. 끝까지 무지개를 쫓아가는 바보도 없지만 중도에 포기하는 바보도 없죠. 누가 진짜 바보인지는 모르지만 말예요.

그래서 행복은 네 마음속에 있거늘 어째서 밖에서 찾으려고 하느냐고 한 말이 있잖아요. 논어에 보면 거친 음식을 먹고 물을 마시고 팔베개를 하고 살아도 즐거움은 그 속에 있는 것이다. 의롭지 않은 돈 많고, 높은 벼슬 같은 것은 뜬구름 같이 내게는 아무 상관없는 일이다, 라는 말이 있죠. 같은 의미죠. 내가 행복하다면 행복한 거지 남이 나의 행복을 마련하고 재단해주는 건 아니잖아요."

"이해할 듯해요. 억만금이 있어도 내가 아니라면 행복한 건 아니죠. 그 반대도 마찬가지겠지요. 사실 얼마 전에 저도 비슷하게 느끼기는 했지만 오늘 교수님 말씀 듣고 보니 확실해지네요."

"비단 행복뿐이겠습니까?"

"그럼 교수님은 행복하십니까?"

"안다고 모두 행복하면 무슨 걱정이 있겠습니까. 다만, 사장님의 말처럼 '성취와 포기'를 거듭하고 있는 중입니다. 혹시 행복해질까 하고 말입니다."

"교수님은 다 행복할 거라고 생각했는데, 그게 아닌가 보죠."

16

우리는 약속대로 만나 술을 한 잔 했다. 그는 생각보다 술을 많이 하지 못했고, 분위기를 즐겼다. 칵테일을 한 잔 놓고 바텐더가 몇 번을 다녀가며 한 잔 더 하시겠느냐고 했지만, 나만 두어 잔 더 마셨을 뿐 그는 끝내 거절하고 말았다. 선천적으로 술이 받지를 않는다고 했다. 그것은 내력이어서 사십 년 전에 돌아가신 할아버지께서는 회갑날 자녀들이 올리는 잔을 받고 그 자리에서 기절하고 말았는데, 할아버지를 기절시킨 술의 양이 잔 밑바닥을 간신히 적신 정도였다는 것이다.

그는 점잖았다. 교수답게 한 치의 흐트러짐도 없이 꼿꼿이 앉아 있었다. 데이트 치고는 소위 무드도 없고 감정도 없는 그야말로 먼지가 폴폴 나는 가문 거리를 걷는 것과도 같았다. 내가 먼저 교수님, 하고 툭 쳤지만 그것도 피아노 소리와 바이올린 협주 소리가 갑자기 커지는 바람에 내 이야기를 들으라고 주의를 환기시키기 위해서였다.

연주가 끝나고 조용해졌을 때 나는 깔깔거리며 웃었다. 그는 왜 웃느냐고 물었고, 내가 왜 웃는지 모르겠느냐고 되물었다. 그는 모르겠다고 했다. 술도 못 자시는 양반이 여기는 뭐하러 왔으며, 기왕에 왔으면 나를 좀 즐겁게 해주어야 하는 것이 아니냐고 물었지만(나는 사실 좀 더 노골적으로 말하고 싶었다) 그는 대답 대신 그만 일어나죠, 라고 웃고 말았다. 그런데 그 표정이나 행동이 싫지 않았던 것은 나를 대하는 태도에 가식이 없었기 때문이었다.

기분이 그런 대로 좋았다. 지금까지 이런저런 모임에 나가보았지만 그때마다 느끼던 어떤 과시, 멸시, 가식과 허풍, 표정뿐인 놀람과 감탄, 형식과 체면 같은 게 없었다는 것, 그리고 그것이 사람을 유쾌하게 한다는 걸 알았다.

말이라고는 무안할 정도로 몇 마디 하지 않았지만 시간이 흐르면서 그의 표정에 점차로 빨려들고 말았다. 그 표정은 많은 이야기를 하고 있었고, 스펀지처럼 나를 빨아들이고 있었다. 이걸 설명하기란 쉽지가 않은데 아마도 몇 번 더 그런 분위기를 경험해야 알 것 같다는 생각을 했다. 다음에 다시 만나자고 약속을 청했다. 내가 먼저 이별 아니, 다시 만날 약속을 위해 악수를 청했고 그는 여전히 무덤덤한 표정으로 손을 내밀었다. 내 감정이 악수에 묻어날까 걱정스러웠다. 아니, 감정이 묻어나도 촉촉하게 묻어났다. 우리 카페에서 만나면 될 걸 새삼스레 약속을 한다는 것이 우스웠지만 그건 일종의 다짐 같은 것이었으므로 노골적으로 감정을 드러내고 있었다. 한마디로 주책없는 행동이었다.

헤어져서 집으로 돌아오는 길에 행복을 느꼈다. 행복을 느꼈다기보다는 즐거웠는데, 그 이유는 남편이 죽은 후 처음 얼굴을 맞대고 앉은 남자였고, 그런 대로 마음이 편했기 때문이었다. 처음 그를 만나기 위해 술집으로 갈 때 떨리던 마음이 언제인가 슬며시 사라져버리고 말았다. 매사에 여유가 생긴 것인지, 그야말로 연애감정이 사라진 것인지 구분할 수는 없었지만 마음이 차분해지고 편한 것은 틀림없었다. 살짝 놀라기도 했다. 이거 이러다가 석녀라도 되는 것 아닌가, 아니 이미 석녀가 되어 있는 것은 아닌가 하는 생각이 들었다. 왜 남자와 같이 있는데 아무런 감정도 일지 않았는지 그것이 못내 궁금했다.

옷을 벗어던지고 샤워를 했다. 혼자 사니 내 마음대로 해도 거치적거리는 것이 없어서 좋았다. 남들은 외롭지 않느냐, 무섭지 않느냐 했지만 편하기로 말하면 이보다 더 좋을 수는 없었다. 현관문 두 번만 잠그면 다 내 세상이다. 속옷 바람으로 우유를 한 잔 마셨다. TV를 볼까 하다가 우아하게 러셀의 책을 집어 들었지만 곧 스르르 잠이 들고 말았다.

아침이 금방 왔다. 올리브 기름을 붓고 샐러드를 만들었다. 오렌지 주스 한 잔과 토스트 한 조각을 먹었다. 그리고 출근하기 전에 스스로에게 행복한가? 하고 물었다. 행복했다. 그것이 행복의 한 가지 종류든 행복 그 자체든 알 수는 없지만 행복한 아침이었다. 매일 이런 아침만 맞을 수 있다면 더 바랄 것도 없다. 가게에 도착하자 아이가 먼저 나와 청소를 하고 있었다. 매사 성실하고 착한데 근무시간에 전화기를 켜고 늘 들여다보는 것이 마음에 걸렸다. 근무에 지장을 주는 것은 아니지만 너무 전화기에 매달려 있다는 것이 마음에 들지 않았다.

오늘은 행복해 보기로 했다. 동그란 회전의자에 앉아 얼그레이 차를 한 잔 타놓고 책을 꺼내들었다. 불행해야 할 아니, 행복하지 못할 이유가 없었다. 두 아이 통장으로 이 달치 용돈을 송금시켰다. 그리고 문자를 넣어 돈을 보냈다는 것과 별일 없느냐고 안부를 전했다. 빌어먹을 놈들이 받았다는 문자 한 통 없었다.

오후가 되면서 약간 불안해지기 시작했다. 단도직입적으로 말해 그가 오늘 들를지 말지에 대해 혼자 내기를 걸었는데, 온다는 쪽과 오지 않을 것이라는 마음이 오락가락하면서 불안해지기 시작한 것이다. 이것도 행복을 깨는 즉 행복하지 않는 것인지는 몰랐지만 내가 왜 그를 기다려야 하지, 하는 데 생각이 미치자 혹시 이것도 행복과 연결된 끈이 아닌지 하는 의구심이 생겼다. 만약 행복과 연결된 고리라면 이것도 문제였다. 결국 그날 그는 오지 않았고 밤 열 시가 되었을 때 문을 닫고 들어갔다.

행복한 하루가 아니었다고 느꼈다. 어떻게든 행복하게 지내보려고 했지만 어디서 뒤틀어졌는지 그게 뜻대로 되지를 않았다. 그렇다면 불행한 하루였는가? 그것도 아닌 듯싶었다. 손님이야 올 수도 있고 안 오기도 하는 것 아닌가. 그는 한 사람의 손님일 뿐인데 그가 오고 안 오는 것이 나의 행복과 무슨 관계가 있는가. 그렇게 생각하자 마음이 조금은 편해졌다. 그럼에도 불구하고 내 마음속에서 그가 떠나지 않고 맴돌고 있었다. 그는 더 이상 손님이 아니었다. 손님이 아니기를 바라고 있었는지도 모른다.

17

러셀은 세상이 경쟁의 철학에 오염이 되었다고 말했다.

— 생존을 위한 경쟁이란 말은 실제로는 성공을 위한 경쟁을 의미한다. 사람들은 경쟁을 하면서 내일 아침을 먹지 못할까봐 두려워하는 것이 아니라, 옆 사람을 뛰어넘지 못할까봐 두려워한다.—

몰락한 자만이 물질의 중요성을 안다. 그러나 성공 혹은 몰락이 행복을 재는 척도는 아니다. 차라리 평범한 삶만도 못하다. 참다운 성공이란, '성공이 무엇인가'를 깨닫는 일이다. 러셀이 그에 대한 대답을 먼저 해야 했다고 생각했다. 생존은 무엇이고, 경쟁은 무엇이며, 성공은 또 무엇인가? 그의 글을 읽으면서 생각이 깊어졌고, 생각이 깊어질수록 그런 평소에 쓰던 말들이 생소하고 어렵게 다가왔다.

그냥 쉽게 생각하면 그의 말을 못 알아듣는 것도 아니었다. 예를 들어 생존을 위해 경쟁했다면 나는 그리 크게 걱정할 것이 없다고 생각하는데 생명이 붙어 있는데 하루 세 끼 먹으면 그만이지 더 무엇이 필요했겠는가. 전쟁이라도 났다면 모를까 죽을 일도 없지 않은가. 그럼에도 불구하고 악다구니를 쓰는 것은 성공을 위해 그러는 것일진대 이제 와서 돌이켜보니 성공이 대체 무엇인가 하는 의문이 드는 것이었다. 친구들이 너는 성공했다고 말했을 때 나는 '성공'이라는 말을 건성 들었다. 성공했다니 성공한 것이라고 여겼다.

세상에 성공 여부를 재거나 측량하는 기구도 기관도 없지 않은가. 누구나 성공을 염원하고 온 국민이 성공의 길로 들어서야 한다고 외치는 정부도 무엇이 성공인지 정확하게 적시하지 못한다. 길도 가르쳐주지 않고 가라고 하니 우리는 갈팡질팡하고 있는 것은 아닌가. 돈을 좀 벌면 성공했다고 하는 걸까? 무슨, 무슨 일을 해서 이름을 내면 성공이라고 말하나? 국제대회에서 우승한 것이 성공인가? 어떤 목표를 달성하면 성공한 것일까? 그럼 나는 성공한 삶을 살고 있는 것인가? 사람들이 성공했다고 하니 성공한 걸로 알면 되는 것인가?

돈을 벌기 위해 같은 짓을 하고 있는 사람들과 경쟁을 했던 일이 떠올랐다. 나는 돈을 벌었고 소위 말하는 부자의 대열에 섰는데 그게 성공이라고 러셀은 말하는 것으로 보였다. 성공이랄 것도 없이 경쟁에서 이겼을 뿐이다. 이기면 성공한 것으로 간주한다는 뜻인가 보다. 그래서 그 정도라면 이해하고도 남음이 있다고 여겼다. 사실 생존을 위해 그들과 경쟁하지는 않았다. 어떻게든 그들을 이겨보려고 애를 썼을 뿐이다. 그 점에 있어서는 러셀의 의견에 동의한다.

문제는 그런 우리들의 경쟁이 오염되었다고 말한 점이다. 결국 우리는 맑은 물에서 헤엄치고 있지 않거나, 상식적인 방법으로 헤엄치고 있지 않았다. 그게 경쟁에서 이기기 위해 편법을 동원하고, 빽을 쓰고, 돈으로 매수하고, 남을 헐뜯어 깎아내리고 하는 걸 '오염된 경쟁 철학'이라고 했다면 러셀은 참으로 세상물정 모르고 순진했다. 말로는 다 예수고, 부처고, 참 경영자요, 도덕군자지만 세상이 어디 그런가.

그런데 그 순진함이 간단히 넘길 일은 아니라는 생각에 나를 주춤하게 했다. 처음에는 박카스 상자 들고 가고, 형님 아우 하다가 필드에 나가 운동도 하고, 좀 친해지면 봉투 전하고…… 그렇게 해서 세상 눈먼 돈 내가 먼저 벌겠다는 데 문제 될 것이 무엇인가. 그래서 남에게 피해 준 것도 없다. 그걸 더러운 경쟁, 오염된 경쟁 철학이라고 부르는 데는 뭔가 이유가 있을 법한데 혹시 질투가 나서 그렇게 말한 것은 아닐까. 설마 그가 그랬을 리는 없겠고, 뭔지 석연치 않은 점이 있기는 있었다.

— 하지만 그가 달리고 있는 경주의 목적지는 무덤이므로. —

나는 그가 평생 돈에 구애받지 않고 편하게 살았다고 생각했다. 그는 언제고 최고급 파이프 담배를 살 능력이 있었고(그가 흡연을 했는지 그건 모르지만 대체적으로 유명한 사람들은 파이프를 물고 찍은 사진을 남겼다), 스코틀랜드산 고급 양모 스웨터와 코트를 사 입고, 스코틀랜드산 양주를 마시고, 롤스로이스를 몰았는지에 대해서는 관심이 없다. 관심이 없는 이유는 그 양반이 애당초 그런 쪽에는 무관심할 것이라고 생각했기 때문이다.

그런 정도라면 삶의 경쟁에서 나는 그를 이기고 있어야 옳았지만 약이 오른 것은 그가 그런 걸 경쟁이라고 생각하고 있느냐는 것이었다. 그럴 것 같지 않았다. 공연히 나 혼자만 뛰고 있었다면 그 꼴이 우습지 않은가. 혹시 인생도 달리기처럼 분야가 있는가. 그렇다면 내가 추구했던 것은 무엇이었나?

우리가 죽도록 노력하고 살아서 갈 곳이라고는 결국 딱 한 군데 무덤밖에 없다. 그것을 알았다면 삶에 대해서 다시 생각해보아야 했다. 러셀은 그걸 생각했고 나는 하지 못했다. 생각건대 나는 아무래도 뭘 잘못 짚은 것 같은데, 삶의 목표를 잘못 설정했거나, 그 가는 과정이 아예 틀렸거나 둘 중의 하나라는 결론에 이르렀고 지금이라도 바로잡아야 한다는 걸 깨달았다. 되돌릴 수 없는 것은 어쩔 수 없다. 그 잘못된 삶이 나로 하여금 반성과 후회를 거듭하게 했다. 그것은 업보다. 저질렀으니 거둬야 한다.

사람들은 내가 죽은 후 관 앞에서 수군거릴지도 모른다. 성공했다더니 죽고 나니 아무 것도 아니네. 저렇게 되고 말 걸 뭘 그리 억척을 떨고 살았나. 발가락 썩는 것 봐. 갑자기 발가락이 간질거렸다. 그런 말을 듣게 될 것이 두려운 것이 아니라 그렇게 살았다는 것이 두려웠다. 나를 둘러싸고 있는 것은 풍요롭고 부족함이 없었지만 텅 비다시피 한 내 속은 늘 부족함이 휘젓고 다녔다. 그걸 확인하고 나면 속이 쓰리고 머리가 띵한 것이 사나흘은 앓아야 했다.

18

남편과 친정어머니는 돌아가면서 삶이란 게 얼마나 허무하고 동시에 얼마나 쉬운 것인가 하는 걸 알려주었다.

그가 갑자기 죽은 후에 나에게 남겨진 것이라고는 두 아이밖에는 없었다. 돈은 누가 번 것인지도 알 수 없었지만 그런 게 무슨 도움이 되는 건지 알지 못했다. 단지 돈이 있어 편리하기는 했지만 그렇다고 그게 인생의 궁극적 행복을 가져다주지도 않았고, 하다못해 조금의 허전함조차도 채워주지 않았다.

죽고 나니 그만이었다. 처음에는 아주 못 살 것 같았는데 시간이 지나면서 남편도 그 많은 남자들 중 하나일 뿐이고, 살을 맞대고 살았다는 것 말고는 아무런 의미도 없었다. 굳이 의미를 따지자면 남편과의 사이에서 얻은 두 아이의 성이 그를 따랐고, 우리의 피를 반반씩 나눈 아이들이라는 것뿐이었다. 생각보다 빠르게 잊혀 남편에게 미안했다. 그래서 가끔 사진을 보며 미안하다고 말했다.

죽음이라는 게 도대체 무엇인가? 나는 무얼 떠올리면 언제나 두 가지를 함께 생각하는 버릇이 있다. 탄생과 죽음, 전쟁과 평화, 흑과 백,

사랑과 미움, 하늘과 땅, 가난과 풍요, 그런 말들은 얼마든지 있으며 비단 나뿐 아니라 많은 사람들이 이런 말들을 고개를 갸우뚱하며 떠올릴 것이다. 대체적으로 얼핏 생각하면 이런 말들은 정 반대쪽에 있는 말이거나 길게 늘어진 줄의 양쪽 끝에 있는 말들이라 반대말이라고 여기지만 결국은 한 통속이다.

반대말인가? 그렇지 않다는 게 내가 얻은 결론이다. 그 의미가 꼭 반대되는 것이라 단정할 수 있는가. 나는 그때마다 '졸업'이란 영어의 'Commencement'를 떠올린다. 그 말의 다른 뜻은 시작이다. 그러니 시작과 끝은 같은 의미다. 말하자면 다리 한 쪽에서 걷기 시작해 그 반대쪽에 당도하면 볼 수 있는 건너에 있는 말들일 뿐, 그 의미가 반대된다거나 서로 뒤틀려 있기라도 한 말은 아니다. 어둠과 밝음과 같이 한참을 걷다보면 어둠 속에서 밝음으로 나오게 되거나 그 반대의 경우인 것처럼. 태어나 줄곧 그 길을 걸으니 다다른 곳이 죽음이 아닌가. 어느 누가 그 많은 목적지를 놔두고 죽음을 향해 걸어갔겠는가.

죽음은 우리가 목표하든 그렇지 않든, 목적지로 정하든 그렇지 않든 간에 궁극적으로 도달할 수밖에 없는 곳이다. 그러니 그것을 피하거나 두려워할 것이 아니라, 기왕에 정해진 곳이라면 당당하고 용감하게 가야 한다. 마치 마라토너가 최선의 질주 끝에 결승선을 통과하듯 우리도 최선을 다해 그곳을 향해 뛰어야 한다. 뜀박질이 갈팡질팡하고, 더럽고 추한 길을 따라간다면 죽음의 문턱을 어떻게 기쁘고 가뿐히 넘어설 수 있을까.

남편이 죽고 몇 년 후, 친정 어머니의 죽음을 보았다. 어머니는 기억이 또렷하고 뭐든 당신의 머리로 생각하고 판단할 수 있을 때 죽음을 암시하는 몇 가지 말씀을 우리에게 남겼다. 죽음은 같았지만 죽음을 대하는 태도는 남편과는 전혀 달랐다. 하기는 남편은 느닷없이 죽었기 때문에 그와는 죽음에 대해 대화할 시간도 여유도 없기는 했다.

당신은 잘 살았다는 만족감을 표시했다. 너희들 네 남매가 모두 올바르게 살고 있고, 시집 장가 가 자식들을 두루 보았으며, 몸이 아프거나 집안에 문제가 없으니 이만하면 되었다는 것이었다. 둘째는 내 나이 팔십이 넘었으니 이제 더 살아서 볼 영화도 없고 몸과 마음이 건강해 언제 떠나도 후회할 일이 없다는 것이었는데 마치 어머니는 건강해야 지옥이든 천당이든 당신 마음 내키는 대로 갈 수 있다는 듯 말씀하셨다. 어머니는 '너 지난 번 우리 식구 북경 갔을 때 보지 않았느냐. 다리가 아파 만리장성도 못 올랐는데 더 늙어 꼬부라지면 죽는다 해도 어딜 가겠느냐', 고 하셨다. 어머니의 죽음에 대한 생각은 분명했다.

어머니는 살아서도 남의 신세 지는 일을 싫어하셨다. 돌아가셔서도 남의 부축 받기 싫다는 뜻으로 읽혔다. 어머니가 돌아가시기 전, 병원 치료를 그만두고 집으로 모시겠다는 결심을 하고 어머니께 말씀드렸다. 혼수상태였으므로 듣고 계셨는지는 몰라도 얼굴이 평온한 것으로 봐 내 말씀에 동의하고 계신 것이라 여겼다.

운명하시는 날 운명의 징표처럼 입속에 고이는 가래를 뱉으라고 말씀드렸고, 착한 어머니는 혀를 내밀어 가래를 뱉어내셨다. 형제들과 조카들에게 어머니께 작별인사를 올려야 할 때라고 했으며 모두 돌아가며 손을 잡고 작별을 고했다. 작별은 짧았지만 그리 아쉽거나 경망스럽지 않았다. 우리 모두 갈 길을 떠나는 사람을 보내는 마음이었음으로 다시 못 본다는 생각에 눈물을 보였지만 그리 서러워하지 않았다. 그리고 한 삼십 분쯤 더 세상에 머물며 회한을 맛보셨다.

그것은 오히려 작은 축제였다. 왔던 곳인지는 몰라도 본래 가기로 정해져 있는 곳으로 돌아가는 길이니 우리는 모두 축하해야 했다. 산 자의 도리였다. 지금도 어머니가 자랑스러운데 갈 때와 갈 곳을 제 때 놓치지 않은 어머니의 마음을 알았고, 그런 어머니를 우리는 한 사람 빠짐없이 모여 배웅했기 때문이었다.

죽음은 부정도, 암흑도, 절망의 나락도, 고통의 세상도 아니다. 그곳은 오히려 마땅히 가야 하는 곳, 영원한 안식처, 대우주를 떠도는 어떤 기운 같은 것이다. 나의 어머니는 이미 그 길을 알고 계셨고, 마땅히 가셨으며, 지금 그곳에서 편히 쉬고 계신다고 믿고 있다.

남편은 죽으며 나에게 아무 것도 남겨주지 않았지만 어머니를 통해서는 죽음을 알았다. 어머니에 의하면 죽음은 그저 나들이요, 산보같이 가벼운 것이며, 우리가 기약 없이 만났음과 같이 또 다시 기약 없는 이별에 드는 것일 뿐이었다. 단지 다시는 만날 수 없는 이별의 아쉬움이 우리를 슬프게 했다. 발걸음이 마지막으로 닿은 곳이 죽음이었다. 죽음은 궁극적으로 삶의 완성이었다. 죽음으로서 삶은 빛나고 그 관계의 의미가 더욱 공고해졌다.

19

화요일 오후가 되었을 때, 문이 열리며 오후의 햇살이 먼저 들어섰고, 그가 뒤따랐다. 그날 이야기를 한다는 것은 너무 시간이 오래되어 별 감흥을 일으키지 못할 것이 빤했고, 어쩐지 진중하지 못하고 안달스럽게 보인다는 느낌이 들어 그만두었다.

마치 그의 아내나 된 것처럼 으레 그가 늘 마시는 커피를 묻지도 않고 한 잔 내갔다. 그는 짧은 봄 코트를 벗어 의자에 걸쳐놓고 화장실로 향했다. 무슨 향수 냄새 같은 것이 살짝 스쳤다. 그는 약간은 길게 자란 머리를 손가락으로 쓸어 넘기며 자리로 돌아와 앉았다. 머리를 깎지 말았으면 좋겠다고 생각했다.

학교에서 점심을 먹고 소파에 누워 잠시 낮잠을 자고 났는데 먹은 게 체했는지 영 속이 안 좋다며 무슨 약인가를 꺼내 들고 물을 달라고 했다. 뭘 먹었느냐고 물었고 그는 오징어인지 낙지인지 하여간 그 비슷한 것으로 만든 덮밥을 먹었다고 했다. 좀 매운 듯했는데 그게 탈이 난 것 같다고 했다. 그냥 들어가서 쉬지 뭘 이리 오셨느냐고 하자 아무래도 사장님을 보면 나을 것 같은 기분이 들었다며 처음으로 어울리지 않는 말을 했다. 이상스럽게도 그 말이 그리 싫지 않았다.

"교수님은 아프면 병원에 안 가세요?"

"가겠죠. 그렇지만 배탈난 것 정도로 병원에 가기는 여러 모로 귀찮기도 하고 시간도 많이 걸려서 선뜻 가게 되지는 않죠."

"의사가 시키는 대로 하나요?"

"의사 말 안 들으려면 뭐하러 병원에 가요?"

"그렇죠. 그런데 내 아는 사람 하나는 지금 나이가 육십 중반쯤 되었는데 당뇨를 앓고 있어요. 그것 말고는 건강한 분이죠. 한 십오륙 년째

약을 먹고 있는데, 이번에 병원에 가니까 약으로 당을 다스리기에는 어려우니 인슐린 주사를 맞자고 했다고 해요. 그런데 그 양반이 그걸 거부했다고 하네요.

그래 우리가 그게 무슨 말씀이냐고 치료를 받아야지 안 받으면 어쩔 것이냐고 했더니 살 만큼 살았고, 그 치료라는 게 완치가 되는 것이 아니라 생명을 연장하는 정도인데 그렇게까지 하면서 살아야 할 까닭이 없다는 거예요.

말하자면 치료를 거부하고 돌아가시겠다는 건데, 그러기에는 아직 젊지 않느냐고 했더니 절대 젊지가 않다는 거예요. 무언가 생산적이고 사회적인 활동을 하기에는 충분히 늙었다는 거죠. 요사이는 사는 겉모습이 그렇게 보이게 하는 것뿐이지, 그 절대적 나이야 옛날이나 지금이나 어디 가겠느냐며 약으로도 한 오 년 혹은 십 년을 더 살 수 있을 테니 더 이상의 치료는 안 하겠다는 거예요. 그러다가 완치시키는 의술이 나오면 그건 그 때문에 죽을 일이 없으니 그때 가서 치료를 받겠다는군요. 교수님 생각은 어떠세요? 난 아무래도 치료를 받는 것이 바람직하다고 보는데요."

"그분 멋지네요. 그럴 수 있죠. 요즘 미국과 같은 선진국에서는 노인을 치료할 때 점차로 약을 줄여가는 추세래요. 그건 엄격히 말해 치료를 점차적으로 중단하겠다는 것이고, 그 배경은 그 양반이 말씀한 그런 것도 있을 거예요. 이참에 나도 한 번 생각해보아야 하겠는 걸요."

"그럼 교수님도 그 말씀에 동감하시는 거예요?"

"그렇습니다. 적어도 난 그분이 감성적이라고는 생각하지 않아요.

한 가지, 삶과 죽음에 대한 확고한 철학이 있는 분 같고요, 둘째는 남아 있을 때와 떠날 때를 아는 분 같네요. 글쎄요, 예를 들어 주사 치료를 하지 않으면 합병증이 와 괴로움을 당하게 될 것을 걱정할 수도 있으나 그건 시간의 차이이지 결국 완치가 안 된다면 합병증은 언제고 오게 되어 있죠. 그러니 그분은 단순히 그 시간적 차이에 별로 의미를 두지 않겠다는 것 아니겠어요?"

"저도 죽음에 대해서는 많이 생각해보았지만 병원 치료와는 연관 지어 생각해보지는 않았어요."

"아니, 그건 병원 치료와는 무관한 문제죠. 죽음이 선택의 문제가 아닌 것처럼 말이죠. 물론 그 전에도 의술은 있었겠지만, 히포크라테스의 선서가 있은 후로 우리는 인류의 삶을 위해 질병을 정복하고, 삶을 연장시키려는 노력을 해왔잖습니까. 그런데 과연 우리의 수명이 얼마나 늘었고, 늘어난 수명 동안 뭘 그리 크게 이루었으며, 얼마나 더 수명이 연장되었나요? 따져보지는 않았지만 그 점에 있어서는 부정적으로 봅니다.

대체적으로 세상을 바꾸는 혁명적인 일이라든가 인류사에 영원히 남는 저술이나 그 밖의 연구라는 것이 알고 보면 그들이 젊었을 때 이룬 것이지 늙어서 해낸 것들은 없죠. 늙어서 할 수 있는 일이라는 게 그런 일들을 바라보고 확인하는 정도 그리고 그 업적에 대해 박수 받는 정도가 고작이죠.

추하다고는 할 수 없지만 말년에 식구들과 모여서 찍은 사진, 꽃밭 근처를 어슬렁거리며 손자손녀의 재롱을 보는 재미, 무슨 이야기를 하는지 들어보려고 망가진 귀를 쫑긋 세우고, 눈을 찡그려 억지로 무엇인가를 보려고 하는 것 말고는 노인이 무엇을 했나요. 마치 나는 언제 죽지라든가 더 오래 살았으면 좋겠는데 하는 바람으로 식탁에 앉아서 음식을 흘리고 있는 모습을 보이는 것 말고 말예요. 그렇다고 노인의 삶을 부정적으로 보는 것만은 아니죠.

그런 점에서 그분은 현명하네요. 사람들은 육십 중반의 나이에 대해 말할지 몰라도 그건 우리가 평균적으로 하는 나이 이야기고 그분은 어쩌면 충분히 나이 먹었음에 대해 인지하고 있는지도 모르겠네요. 다 죽는 시기가 다르죠. 늙으면 죽어야지, 하는 소위 삼대 거짓말을 진심으로 받아들이고 있는 분인 것 같아요. 방금 결정했는데요, 전적으로 그분께 한 표 던집니다."

"그래도 아직 아까워요."

"아, 사장님 그분 오늘 내일 금방 돌아가지 않아요. 그러고도 얼마를 더 살지 누가 알아요. 다만 그분의 마음가짐, 치료와 죽음에 관한 생각이 존경할 만하다는 거죠."

"그렇기는 해요. 저는 당장 곡기를 끊을 거라는 생각이 자꾸만 들었거든요."

"근데 그분은 뭐하는 분이세요?"

"사실은 제 사촌 오라비예요. 그리고 글을 쓰는 분이죠. 유명하지는 않은데 시류에 따르지 않고 당신 뜻대로 글을 쓰는 것 같아 존경스런 면이 있죠."

"어쩐지요. 그런 생각은 아무나 할 수 있는 게 아니죠. 모르기는 해도 하루아침에 한 생각은 아닌 것 같고 오래도록 생각하고 또 생각한 결과 같군요. 언제 기회 닿으면 한 번 뵈었으면 좋겠네요."

"한때는 오리버니 말씀이 고리타분하고, 꼭 저를 두고 하는 말 같아서 의식적으로 피하고 신경 써서 듣지도 않았는데, 언제부턴가 귀에 들어오기 시작했어요. 노인의 경륜이 무서워요. 난 내가 오라버니보다 더 많이 안다고 여겼는데 알고 보니 내가 아는 건 모두 헛것이거나 껍데기였던 것 같아요. 한 때 오라버니를 무시하고 함부로 했던 것이 부끄러워요."

"그러기야 했겠어요. 미처 깨닫지 못했거나 경험하지 못해 생각이 미치지 못했을 뿐이었겠죠."

"그랬을까요? 요즘은 오라버니가 우러러보이고 존경스러워요. 그거 아세요. 얼마나 든든한지? 가끔 전화를 하면 그것만으로도 마음이 푸근해지고 기분이 좋아져요. 그런데 얼굴에 주름이 지고, 바지가 헐렁해지고, 머리가 하얗게 쇠는 걸 보면 속이 상해요."

"세라 비(C'est la vie)! 그게 인생이죠. 그걸 오라버니는 아는 거죠. 멋진 분이네요."

"내일 가게 문 닫는 날이니 오라버니나 뵙고 와야겠어요. 가서 데이트 하고, 점심 먹고, 지난 번 출판한 책도 한 권 받아와야죠."

"이 근처에 사시나 보죠? 무슨 책을 내셨어요?"

"고향에 사세요. 한 이십 년 전에 귀향하셨어요. 원래는 수필가인데 근자에 소설을 써서 출판했어요. 꽤 인기가 있어요. 곧 재판을 찍는다고 하니까 곧잘 팔리나 봐요."

"무슨 소설을 주로 쓰세요?"

"자세히는 모르겠는데 아마 좀 철학적이랄까 당신이 살아오는 동안 깨닫고 느낀 것들을 소재로 해서 쓰시나 봐요. 그런 글 몇 편 더 쓰고는 그만두시겠다 하네요. 당뇨 때문인지 점점 더 눈이 침침해 못 쓰겠다고 하세요. 참 좋은 분이죠. 우리 집안의 기둥 같아요. 늘 든든하고 미더워요. 어떤 때는 너무 든든해 세상 사람들에게 소리라도 치고 싶어요. 우리 오빠 봤어, 너희들이?, 하고 말예요."

20

그가 가고 난 후 오라버니에게 전화를 했다. 미리 약속을 해두기 위해서였는데, 촌에 살아도 바쁘기는 어지간히 바빴다. 오라버니는 알았다고 하고 전화를 끊었다. 말을 하면서 말을 더듬거리는 것이 앞에 있는 탁상달력에 약속을 적어두려고 연필을 찾느라 애를 쓰는 것 같았다. 참 딱하기도 한 것이 내일 약속이니 적어둘 필요가 없었을 텐데도 아마 습관적으로 연필을 찾았을 터였다.

다음 날 차를 몰아 시골로 내려갔다. 오라버니는 깔끔한 모습으로 집에 계셨다.

"웬일이슈? 면도도 다 하고."

"그게, 말이다. 보통 귀찮은 일이 아네요. 자네가 오신다 하니 모처럼 하는 데이트인데 꾀죄죄한 모습으로 나갈 수는 없잖니. 우리 애인 생각도 해야지. 뭘 저런 형편없는 늙은이를 데리고 다녀, 생기기는 예쁘장해 가지고, 하면 그건 안 되지."

"하여간 오빠는 말로도 나를 춤추게 하네. 최고야, 최고."

"얘, 이거 지난 번 작은애가 사온 봄 스웨터인데 난 아무래도 색상도 그렇고 너무 젊은이들이 입는 것 같아 썩 내키지는 않는구나. 혹시 저 입으려고 사온 건 아닌지 모르겠지만 기왕에 사왔으니 입어야 하지 않겠니? 괜찮을까?"

"오빠 잘 어울려. 걔가 아무 생각 없이 사왔을까. 요새 젊은 애들이 더 잘 알아요. 그거 입으세요. 환하고 좋다. 고급스럽고."

"어, 내가 입으면 다 고급이지, 말해 무엇 하나. 그나저나 점심은 무얼 먹을까?"

"우리 오랜만에 좀 멀리 갑시다. 전에 큰아버지 계실 때 갔었던 중국집 있잖우. 일동인가 이동인가 하는 곳에."

"짜장면 먹으러 거기까지 가자고? 운전하기 힘들 텐데."

"그건 아니죠. 오빠와 데이트 하는데 목적이 있지, 그게 왜 짜장면 먹으러 가자는 거유. 근데 짜장면이 맞아, 자장면이 맞아요?"

"아무려면 어떠냐. 맛있으면 다 맞는 거지. 가자. 우리 예쁜이하고 데이트 한 번 하지 뭐. 철자는 이따가 중국집 주인한테 물어보는 게 제일 정확해."

"그런데 오라버니, 아직도 인슐린 주사는 거부 중인 거유?"

"얘, 거부라고 하니까 이상하다. 누가 들으면 약이 마음에 안 들거나, 제약회사에 문제가 있어서 투쟁하는 줄 알겠다. 글쎄, 전에도 말했지만 거부한다는 건 말이 그렇다는 거고, 왜 그걸 맞아야 하는지 그 이유를 아직 찾지 못했지. 지금도 사는 게 힘든데 연명하면서까지 살아야 한다고 생각하니 끔찍하다."

"그래요. 그럼 돌아가슈."

"작은어머니 말씀 맞다나 다리에 힘이 있고 건강할 때 죽어야 지옥이든 천당이든 찾아갈 것 아니냐. 힘 떨어지면 숨 끊는 것도 힘들어. 이건 농담이 아니다. 숨 쉴 힘이 없어서 죽는 것 같지만 숨을 끊을 힘이 있어야 숨도 끊는 거란다. 그리고 내가 할 일이 더 남았니? 네 조카들이 속 썩이는 것도 아니고 시집장가 가서 잘 살고 있는 것 보았으면 그게 즐거움이지 뭘 더 기대할꼬. 증손 보고 증손 결혼하는 것까지 보랴? 그건 자식 못미더워서 그러는 거고 욕심이지. 이제 이만큼 했으면 뒷일은 아이에게 맡기는 게 맞겠지?"

"오빠 말씀 들으면 그게 맞기는 한데 돌아서면 아닌 것 같고. 영 헷갈려."

"너 올해 몇이지? 벌써 헷갈리면 안 되지."

"오빠, 죽음이 뭐유?"

"웅덩이, 깊은 웅덩이."

"그건 왜?"

"길 가다가 풍덩, 하고 빠지면 나오지 못하고 허우적거리다 마는 그런 거지. 그러니 길 잘 보고 다녀야 해. 평소에 그곳에 빠지지 않도록 주의하고, 어쩔 수 없이 빠졌을 때는 어찌할 것인지 생각 깊이 해두어야 해. 그래야 그 속에서 채신머리없이 허우적거리지 않고 조용히 품위 있게 죽는 거야. 어때 나 품위 있어 보이니?"

오빠는 운전 중인 나를 흘낏 바라보며 말을 이었다.

“그건 농담이고, 죽음이란 게 별 것인가. 사는 끝이지. 얼마 전에 풍뎅이 한 마리가 집에 들어왔더구나. 한 동안 시끄럽게 웅웅거리며 잘 날아다니다가 갑자기 바닥에 곤두박질치는 거야. 그래서 날다가 쉬려는 줄 알았지. 가만히 가서 보니까 몸이 이미 뻣뻣이 굳어 있더라고. 그새 죽었더구나. 심근경색이나 뇌졸중쯤으로 죽은 것 같더구나. 그걸 보니 삶이란 게 저런 거구나 하는 생각이 문득 들더라고. 단지 우리는 응급차를 부르고, 울고불고 하고, 무슨 예식을 하고, 장사를 지내고 하지 않니. 그게 다를 뿐이지.

손바닥에 올려놓고 한참 들여다보다가 창밖으로 던져버렸다. 사실 내가 죽어도 경우는 마찬가지일 거야. 우리는 그걸 자꾸만 이야기하고, 의미를 부여하고 그러는 것뿐이지. 그게 다 무슨 소용 있겠니. 나는 이미 내 유서를 다 써놓았다. 풍뎅이 유서지.”

“오빠, 무슨 유서를 써, 벌써! 그건 좀 그렇다.”

“그러니 풍뎅이 유서라고 하지 않았니. 잘 날아다니다가 갑자기 그렇게 떨어져 죽을 줄 누가 알았겠니. 아침에 일어나 이슬로 아침 잘 먹고 무엇하러 우리 집에 왔는지 모르지만 그게 마지막이었잖니. 왜 왔느냐고 물어나 볼걸, 그럴 시간도 없었단다. 사람이라고 뭐가 다르겠어. 유서가 맞나 유언이 맞나 그것도 모르겠다.”

“그거 나 좀 보면 안 될까?”

“안 될 건 뭐 있니. 나중에 네 메일로 보내줄 테니까 읽어봐라.”

“참 오빠는 뭐든 잘 정리해놓고 사는 것 같아. 심지어 단어 하나까지도 말이야.”

"인정해. 습관이겠지. 글을 쓰다보니까 더 그렇게 된 것 같아."

"숨 안 막혀?"

"가끔 남들이 답답해할 것이라는 생각이 들기도 해. 그렇지만 나는 습관이 돼서 그런지 별로 그런 건 못 느끼겠어. 왜 오라비가 답답하니? 물고기 익사할까봐?"

"호호호, 무슨 물고기가 익사를 해. 아니 답답하다기보다는 뭐랄까, 그런 틈에서 오빠가 몸을 움직일 수 있겠나 하는 생각이 들어."

"난 큰아버지 생전에도 설거지통에 설거지감 잔뜩 쌓아놓고는 밥을 못 먹었잖니. 다 먹고 나서 설거지한다는 건 내 사전에는 없었지. 지금도 그래, 설거지 먼저 해놓고 밥을 먹는다고나 할까. 그러니 애들이 오면 딱 질색해. 근데 잘 보면 그래서 질색하는 게 아니라 자기들이 그렇게 못하니까 미안해서 선수 치는 것 같아. 하긴 그러니 사는 게 이 모양이지."

"오빠 사는 거야 모범의 표본이지."

"그래, 김 서방 잘못되고 나서 뭐 변화는 없니?"

"뭘 그렇게 격식을 갖춰서 물어보우. 사는 게 다 그렇지. 달라질 게 뭐 있겠수."

"애인 하나 없어?"

"이 나이에 무슨 애인이우. 애인, 여기 있잖우."

"그건 또 무슨 소린감. 자네 나이면 한창 좋을 때인데 이 나이라니. 그렇게 생각하는 것은 죄악이야. 봐라. 너는 이 세상에 태어날 걸 알았니? 태어나기 전에 작은어머니가 말해주더냐? 세상에 태어난 것은 축복이란다. 그러니까 쓸데없는 생각하지 말고 좋은 친구 사귈 수 있으면 사귀어라. 더 늦기 전에. 옛날에는 평생 수절하고 사는 게 미덕이었는지 몰라도 지금은 미련 떠는 거란다."

"그래도 될까?"

"되고 말고. 그러면 김 서방도 좋아할 거다. 너, 있구나?"

"아냐, 오빠. 없어. 아닌 게 아니라 요즘 들어서 친구라도 하나 있었으면 좋겠다는 생각을 하고는 해. 근데 여자 친구는 왜 안 되는 거지?"

"그 질문은 질문이 성립하지 않으므로 대답하지 않겠다. 그리고 우리는 지금 남자 친구에 대해 이야기하는 중이잖니? 주제에서 벗어났구나. 빵점."

"그 중국집 맛은 여전하네."

"그러니 우리가 한 시간이나 차를 몰아 거기 간 것이지. 점심 잘 먹었다. 우리 어디 가서 차 한 잔 하고 가자. 차는 오라비가 살게. 바쁜 것 아니지?"

"바쁜 게 뭐 있겠수. 오빠와 데이트 하니까 너무 좋다."

"어이구, 저 딱한 것. 다음에는 남자 친구하고 데이트를 해봐요. 몇 배 더 좋을 테니까."

21

남자 친구? 나는 문에 들어서는 그를 관심 있게 쳐다보았다. 대충 나이는 많이 먹었어야 오십 초나 중반쯤 되었을 것이고, 키는 훤칠하니 좋고, 인물도 준수한 편이었다. 모르는 것 중 하나는 가족 관계였다. 틀림없이 가정을 이루고 있을 터인데 친구하자고 해도 되는 건지 그게 좀 그랬다. 슬며시 웃음이 나왔다.

지금처럼 차 마시고, 이야기도 나누고, 마음 내키면 술도 한 잔 하는 사이라면 친구라 할 수 있지 않은가. 대화가 되고, 서로 호의적이고, 존중하고 있으면 그만이지, 새삼 친구하자고 하면 관계 설정도 모호해지고 지금보다 더 무얼 어떻게 하자는 것인지 그런 말을 꺼내는 것 자체가 생뚱맞다는 생각이 들었다.

그렇다고 지금처럼 지내는 것도 친구라 하기도 그렇고, 아니라 하기도 그래서 기왕에 관심을 보일 바에는 적당히 한계를 구분지어 놓는 것이 좋을 듯도 했다. 하기는 듣기에 따라서는 구분을 짓자는 것인지 발전시켜 보자는 것인지도 애매했다. 친구라는 관계가 법적으로 호적처럼 어디에 올리는 것도 아니지 않은가.

이런저런 생각을 하고 나니 대화를 어떻게 시작해야 할지도 쉽지 않았다. 가족 관계를 먼저 물어야 하는 것인지, 다짜고짜 친구하자고 해도 되는 것인지, 친구해보고 싶은데 교수님 의향은 어떠시냐고 물어야 되는 것인지 말머리 잡기가 궁색했다. 그럴수록 조바심이 났는데 그와 주고받은 대화가 알토란 같았고 삶의 활력소랄까, 비타민 같다는 생각이 머리에서 떠나지 않고 맴돌았기 때문이었다.

지금까지 살면서 흔히 쓰는 말이기는 했지만 죽음이라든가, 행복이라든가, 성공이라든가 하는 말을 말에 섞지 않고 그 말만을 위한 대화를 해본 적은 없었다. 근자에 들어서 그와 나눈 대화가 그나마 유일했다. 그래서 행복해지고, 성공한 삶을 갖는 것은 아니겠지만 속이 후련

하고 왠지 모르게 마음이 가벼워지기까지 했다. 그걸 철학이라고 말하면 사람들이 웃을지는 몰라도 적어도 개똥철학이기는 할 망정 그런 이야기를 나눌 수 있는 상대가 있다는 것만으로도 좋았다. 그런 날은 발걸음이 가볍고 마음이 차분해지는 걸 느끼곤 했다.

그는 흔쾌하게 친구를 하자고 했지만 친구가 뭔지 잘 모르겠다며 예의 그 사전적 의미를 들고 나왔다. 그는 언젠가 누군가의 수필에서 읽었다며 친구에 대한 글 한 편을 들려주었다.

— 죽마고우(竹馬故友)란 말은 그야말로 어릴 때 대나무 말을 타고 놀던 친구 사이를 일컫는 말이다. 우리가 아는 것처럼 우정을 나눌 만한 사이는 아니라는 것이다. 환온(桓溫)과 은호(殷浩)는 죽마고우였다. 공교롭게도 환온이 진(晉)나라 조정에 나가 벼슬을 해 그 힘이 하늘을 찌르자 그를 견제하기 위해 환온의 죽마고우인 은호라는 이를 기용했다.

은호는 어릴 때 내가 타고 놀던 죽마를 주면 언제나 고마워하며 그 말을 가지고 놀았는데 나와 어깨를 나란히 하는 일은 안 된다는 것이 환온의 생각이었다. 결국 은호는 환온의 견제에 못 견뎌 변방에서 귀향살이를 하다가 죽었다고 한다. 이를 두고 참 우정을 논하는 것은 틀린 말이 아닌가.

진정한 친구 사이란 자신을 낮추는 데 있다. 관포지교(管鮑之交)가 우정의 정도를 가늠하는 말로 사용되는 까닭이다. 제(齊)나라의 관중(管仲)과 포숙아(鮑叔牙)의 왕인 양공(襄公)이 사촌동생인 공손무지(公

孫無智)에게 시해되었다. 당숙이 권력을 장악하자 규(糾)와 소백(小白)은 각각 노(魯)와 거(莒)로 망명을 한다. 포숙아는 소백을 따랐고, 관중은 규를 따랐다. 얼마 안 있어 아버지를 살해한 공손무지가 살해되었다는 소식을 듣고 제나라로 돌아오려 했지만 이미 형제는 왕권을 다투는 정적으로 변해 있었다. 먼저 귀국한 소백이 환공(桓公)이라 일컫고 왕이 되어 자신을 암살하려 했던 규의 처형과 아울러 관중을 제나라로 압송할 것을 노나라에 요청하였다. 세력이 약한 노나라는 이를 받아들여 규를 처형하고 관중을 잡아 제나라로 보냈다. 환공이 압송된 관중을 죽이라고 했을 때 포숙아가 나서서 관중이 장차 천하통일에 꼭 필요한 큰 인물임을 알리고 살려줄 것을 청한다. 훗날 관중은 제나라가 춘추전국시대의 첫 패자가 되는 영광을 누리게 한다. 이를 일컫는 우정을 '관포지교'라 한다.

관중은 포숙아를 회상하면서 '그는 함께 장사를 했을 때도 내 집이 가난한 것을 알고 늘 내가 많은 이익금을 챙겼어도 나를 욕심쟁이라고 하지 않았고, 사업에 실패해 그를 곤경에 빠뜨렸지만 나를 용렬하다 하지 않았다. 내가 벼슬길에 나갔다가 물러나고는 했지만 나를 무능하다고 하지 않았다. 싸움터에서 도망친 일도 있었지만 나를 겁쟁이라고 하지 않았으며, 그는 나에게 노부모가 계시기 때문이라고 나를 오히려 두둔하고는 했다. 나를 나아준 것은 부모이지만 나를 알아준 것은 포숙아이다(生我者父母, 知我者鮑叔也)'라고 말하고 있다.

염파(廉頗)는 스스로 형장(刑杖)을 지고 인상여(藺相如) 앞에 나아가 자신의 무지를 벌할 것을 청한다. 조(趙)나라 혜문왕(惠文王) 때의 무현

(繆賢)의 식객인 인상여는 진나라 소양왕(紹襄王)에게 빼앗길 뻔했던, 훗날 진시황(秦始皇)의 옥쇄(玉碎)가 된 명옥(名玉) 화씨지벽(和氏之璧)을 찾아온 공으로 상대부(上大夫)에 임명되었다. 이를 본 염파는 자신은 전쟁에 나아가 나라를 구했지만, 왕의 곁에서 세 치 혀만 가지고 상대부가 된 인상여가 늘 못마땅했다. 염파는 언젠가 인상여를 망신주겠다고 벼르고 있다는 말을 했고, 이 말이 인상여의 귀에 들어왔다.

인상여는 불필요한 마찰을 피하기 위해 염파를 피해 다녔다. 이를 본 인상여의 부하가 비겁함을 지적하고 그를 떠나겠다고 했다. 인상여는 부하에게 염파는 진(秦)나라가 두려워하는 장수이다. 그가 없으면 이 나라가 진의 침공을 받을 것인데 어찌 나를 흠한다 해서 그를 해할 것인가라고 타이른다. 이 말을 들은 염파가 인상여의 깊은 뜻을 알아채고 형장을 지고 나타난 것이다. 두 사람은 이 일로 곧 참 우정을 나누는 친구가 되었고 이 지경의 우정을 일컬어 '문경지교'(刎頸之交)라고 한다. 우정 중에서는 최고의 우정이다.—

그는 나에게 어떤 지경의 우정을 나누는 친구가 되었으면 좋겠느냐고 물었지만 선뜻 대답하지 못했다. 말하자면 당연히 염파의 문경지교였겠지만 그렇게까지 생각하고 친구를 사귀는 것도 그렇고, 그건 장차 사귀고 난 후에 그리 진전되기를 바라는 바이지 처음부터 정하고 할 바는 아니었다. 정해놓고 사귄다면 누구나 문경지교를 말할 것이다. 거기까지 가보면 어떻겠느냐고 웃으며 대답했다. 그리고 그 말이 남녀 간에도 성립할 수 있나요, 라고 한마디 덧붙였다. 스무 살 안팎에 하던 말을 다시 끄집어내고 있었다. 그러고 보니 그 말에 대한 답을 얻은 적은 없었다.

그 말에 대해서는 그도 대답을 하지 못했는데 알고 안 하는 것인지 몰라서 안 하는 것인지는 알 수가 없었다. 따지고 보면 친구를 사귀어 보라고 한 오라버니도, 친구를 하자고 한 나도, 그러자고 한 그 사람도 모두 친구란 말을 정확하게 사용하고 있지는 않았고 비유적으로 사용하고 있었던 듯했다. 아마도 내가 그에게 말을 쉽사리 꺼내지 못한 이유도 거기에 있었던 것이 아닌가 한다. 나는 친구를 다리를 꼬고 앉아 있는 사람, 그는 넥타이를 매고 점잖게 서 있는 사람, 오라버니는 어깨동무를 하고 있는 사람으로 각자 편하게 생각했지만 정확하게 맞춰보지는 않았으므로 대충 이해하고 넘어갔다. 알고 보니 그런 게 훗날 오해의 빌미가 되는 것 같았다.

하여간 우리는 친구가 되었다. 혹시 사모님이 아시면 어떻게 해요, 라는 유치한 물음에 그는 저 미혼입니다, 라고 대답했다. 기대하지 못했던 대답에 깜짝 놀랐다. 더 이상 묻지는 않았지만 공부하느라고 채 결혼하지 못했거나, 눈이 높았던 것은 아닐까 하고 생각했다. 내 사촌 중 국립 S대학교 교수로 있는 아우가 그랬다. 그러면서 잠시 실망했다. 무슨 일이든 제 때 하지 못한다는 건 실망스러운 일이다.

친구가 되었음에도 말을 서로 낮추거나 격의 없이 언행하지는 않았다. 말로 친구가 되었다는 것 말고는 변한 건 없었다. 그를 만날 때 전보다는 마음이 편해졌다는 게 느껴져 그나마 다행이었다.

한편으로 머리가 복잡해졌다. 아무렇지도 않게 사용하던 친구란 단어까지도 좀 과장하면 철학적 의미를 내포하고 있어서 내 주위에 있는 친구들에 대해 다시 생각해보는 계기가 되었고, 새삼 우정의 어려움에 대해서도 다시 짚어보게 되었다. 모든 단어가 철학적으로 들렸다. 의미를 부여하자면 철학적이지 않은 단어가 어디 있겠느냐마는 매사가 머리를 혼란스럽게 했다. 그렇게 생각하기 시작한 것이 우습기도 했지만 버릇처럼 굳어지고 있었다.

22

"교수님, 철학이라는 게 뭐예요?"

"갑자기 웬 철학은요?"

"호호, 요즘 교수님과 행복이니 죽음이니 이런 이야기를 했더니 매사가 철학적으로 해석이 되고, 그러다 보니 철학이 무엇일까 하는 궁금증이 드네요?"

"아니, 스포츠마케팅 교수에게 철학을 물어보면 어떻게 대답을 해요. 답답하네요."

"그래도 교수님이잖아요. 교수님은 뭐든 다 알아야 하지 않나요?"

"다 알았으면 좋겠지만 그건 아니고요. 제가 생각하고 있는 철학에 대해 이야기하면 모를까."

"교수님이 평소 갖고 있는 철학이란 게 대체 뭐예요?"

"철학은 무슨, 개똥철학이지요."

"그 얘기 좀 해주세요."

그는 말끝에 친구 간에 교수님이라고 하니까 좀 어색하다고 했다. 그렇다고 마땅히 뭐라고 부를 만한 호칭도 딱히 없었으므로 당분간 그리 부르기로 했다.

— 살아오는 동안 철학의 중요성을 크게 느낀 적도 없고, 알려고 하지도 않았다. 철학은 나와는 무관한 철학가들의 이야기로만 알고 살았다. 실제 그렇다. 행복이 무엇인지, 삶이란 무엇인지, 죽음이란 무엇인지에 대해 고민하는 동안 한 자라도 더 들여다보고 공부하는 일이 더 중요했다. 그것이 나에게는 철학이었다.

철학? 고민할 일 없다. 알 필요 없다. 알든 모르든 간에 이미 철학은 누구나의 마음속에 자리잡고 있다. 단지 꺼내보지 않았을 뿐이다. 철학이라고 말하고 살아야 철학적인 삶이 되는 것도 아니고, 말없이 산다고 해서 아무 생각도 없이 대충 사는 것도 아니다.

솔직히 말해 철학이 무엇인지는 알아서 무엇하는가? 정 궁금하다면 국어사전을 들춰 궁금증을 풀어보면 그만이다. 철학뿐만이 아니라 철학의 재료가 될 만한 것들을 모조리 추려내어 찾아보면 어떨까. 예를 들자면 죽음, 삶, 고뇌, 행복, 평화, 자유 등등 수도 없이 많지만 그 중에서도 자신에게 필요한 것이면 충분하다.

철학에 대해서 알든 모르든 철학적으로 살지 않는 사람은 없다. 마치 서양 사람은 빵을 먹고, 우리는 밥을 먹듯이 철학 역시 각자 생각하는 것이 다르니 생각하고 규정하는 바도 다르다. 내가 생각하는 삶, 내가 생각하는 행복, 내가 생각하는 죽음, 내가 생각하는 것이 곧 철학이다.

개똥철학이라고? 그렇게 말해도 괜찮다. 공자의 말도, 맹자의 말도, 소크라테스의 말도, 그들 자신의 말일 뿐 정답은 아니다. 그들의 말이 정답이라면 왜 논란이 그치지 않고 인류 역사 이래 왜 끊임없이 회자되는가. 여러분도 한마디쯤 남겨두라. 훗날 아무개는 삶에 대해 이렇게 말했노라고 기억될 것이다.

중요한 것은 자신이 생각한 바대로 살았는가 하는 것이다. 표리부동하고 의지박약해서는 뚜렷한 자신의 생각에 따라 살았다고 보기 어렵다는 것뿐이다. (그것도 철학인가?) 누구든 자신의 의지대로만 살 수 있다면 그는 철학적으로 사는 사람이다. 종교도 학문도 삶의 일부가 아닌가. 학문으로서의 철학은 아니더라도 삶의 철학이라면 더 말할 것도 없다. 그것은 종교적인 삶과는 구분된다. 그래서 종교인이 될 수도 있고, 아니 될 수도 있기 때문이다. 나는 단지 자유의지를 말하는 것뿐이다. 자유의지대로 살지 않는 사람이 어디 있나. 그러니 여러분은 모두 철학적으로 살고 있는 것이다.

세상에는 예부터 우리에게 전해 내려오는 관습과 규범이 있다. 그런 관습과 규범이라는 것은 오랜 세월을 거치면서 남들로부터 배척 당하지 않으며, 멸시 당하지 않고, 공감을 얻은 것들이다. 그런 것들에 어긋나지 않는다면 자신이 지니고 있는 삶 역시 남들이 보았을 때 정상적이라고 생각하게 할 것이다. 평범하고, 자유스럽고, 조화로우며, 지극히 인간다운 생각으로부터 시작될 것이기 때문이다. 아니면 혁명적 사고로 혁신해야 한다.

철학이 무엇인지 알고 싶으면 스스로의 철학을 만들어라. 세상에서 일컫는 철학가가 될 요량이 아니라면 당신이 생각한 대로 열심히 살면 그것이 철학적인 삶이다. 남에게 평가받을 일도 없고, 평가하라 할 바도 없다. 평가할 만하면 하게 될 것이다. 철학은 최고의 가치도, 선도 아니다. 최고의 가치라 해도 그저 삶일 뿐이다. 그래서 나는 철학을 이렇게 말한다. 철학은 곧 삶이라고.—

"솔직히 학문으로서의 철학을 말하기는 어렵죠. 그런데 소위 우리가 말하는 고대 철학자라는 분들이 철학을 하겠다고 해서 했는지, '나는 철학자'라고 규정하고 철학을 했는지는 몰라도 적어도 철학이라는 학문이 성립하기 전까지는 삶의 원칙 같은 걸 말하는 것이 아니었나 하는 생각이 들어요. 철학 교수라고 해서 그들이 우리와 다른 점은 없어요. 혹시 무슨 엉뚱하거나 기발한 말이라도 하지 않을까 하고 잔뜩 기대에 부풀어 만나지만 만나보면 우리와 똑같아요. 철학도 그런 거죠, 뭐.

그래서 나는 생활철학과 학문으로서의 철학은 좀 다르다고 단정하죠. 어찌 보면 그런 게 왜 필요한지도 모르겠어요. 반대로 누군가가 스포츠마케팅이 왜 필요한가라고 혹시라도 물어오면 어찌 대답하지 하고 혼란스러워요. 먹고 사는 데는 철학도 스포츠마케팅도 다 불필요하기는 마찬가지 아녜요? 철학이라는 게 단어의 의미를 좀 더 명확하게 하고 살자는 것 아닌가 하는 생각도 없지 않아요."

"삶의 철학이라? 그럼 삶이란 건 또 뭐예요?"

"이러다 철학자 되겠어요. 그런데요, 제 이야기 너무 학문적으로 듣지 말고요, 그냥 친구 이야기로 알고 들으세요."

"걱정하지 마세요."

— 육체는 형식이고 정신은 본질이다. 형식은 사라지지만 본질은 영

원하다. 본질은 형식을 지배한다. 육체는 사람마다 각각 다른 모습으로 존재하지만 정신은 한 가지다. 정신은 나눠지지도 흐트러지지도 않는다. 죽으면 육체는 소멸되고 사라지지만 정신은 그대로 존재한다.

정신은 공기와도 같아서, 지구가 멸망해 사라지지 않는 한 존재하는 것처럼, 인간이 지구상에서 아주 사라질 때까지 존재한다. 세상을 지배하는 것은 육체가 아니라 정신이다. 육체는 다만 정신을 담고 있는 그릇일 뿐이다. 누군들 이런 생각을 하지 않은 사람이 있는가. 다만 나는 누가 그런 생각을 했든 내 머리로 정리하고 내 입으로 말할 뿐이다.

육체와 정신이 함께 하는 것을 삶이라 말한다.—

— 삶이란 본능과 인식의 상호작용이다. 쳐내고, 쳐내고 남는 건 결국 죽음이라는 하나의 기둥이다.—

존재하지 않는 건 존재하지 않는다.

나는 누구인가? 애초에 없던 내가 태어나고, 누군가의 눈에 띄게 되었을 때 비로소 나는 존재한다. 나를 알아보고, 이름 지어 부르고, 말을 걸어온다. 존재로서 인식하기 시작한다. 눈에 보이는 존재는 껍데기요, 정신을 담는 그릇일 뿐이다. 인식은 존재를 확인하는 수단이다.

인간은 어머니의 젖을 먹고 자란다. 그것은 육체적, 정신적 성장을 의미한다. 인간의 몸이 익어가기 시작해 성년이 되었을 때, 몸속에 아기씨를 만들어 저장하게 되고, 씨앗을 떨어뜨리게 된다. 그 씨앗은 암컷의 몸속에 뿌려져 자라나 새끼가 되어 태어난다. 그 일은 본능에 의해 진행된다. 삶이란 본능과 인식의 상호작용이다.

그리고는 서서히 죽음의 길로 다가간다. 인간으로서의 할 일이 비로소 완성되어 존재 가치가 소멸되었기 때문이다. 세포의 활동이 멈추고 숨이 멎는다. 그렇게 산 삶은 평범해 보이지만 성공적인 삶이다. 육체적 삶은 더 이상 설명할 것이 없다. 인간은 그렇게 존재했다가 사라지고 만다. 더 이상 존재에 대해 말하는 것은 의미가 없다. 그러나 본질은 남는다. 그것이 곧 정신이요, 정신은 세상 어디에나 공기처럼 떠돈다. 그러다 육체가 생성되면 몸으로 들어온다.

— 삶이란 본능과 인식의 상호작용을 통해 존재의 가치를 이어가려는 자연현상이다. —

당신은 이 세상에 태어나기를 원했던가? 아니면 알기라도 했었나? 하이데거의 말처럼 우리는 우리도 모르는 사이에 세상에 던져진 피투적(被投的) 존재다. 애당초 나 자신도 내가 어떤 형태로든 존재한다는 것을 몰랐다. 존재 이전에 누가 자신을 낳아준 부모에게 태어남에 대해 물은 적이 있으며, 또한 알려준 바 있는가? 무릇 생명 있는 모든 것은 마찬가지다. 인간에게 주어진 존재의 시간은 유한한데, 그 유한함이란 자식을 낳고 키우고, 죽음에 이르기까지다.

자연이 인간에게 준 시간이다. 그 시간[수명]이 각각 다를 뿐 죽음에 이른다는 사실은 불변한다. 누구나 젊었을 때는 죽음을 생각하지 않고, 나이를 먹어가면서 죽음에 대해 두려움을 느끼다가, 자식을 낳고 늙어

가면서 죽음을 두려워하지 않게 된다. 오히려 삶의 무게가 느껴지면 죽음을 동경하기까지 한다. 삶이란 인간의 존재가치를 인식하고 이어가는 자연현상일 뿐이다. 죽음은 이별 이상의 아무런 의미도 없다. 삶의 종결이요, 완성이다.

— 세상은 고뇌의 숲이다. 존재하는 인간은 고뇌한다. 인간은 고뇌의 숲을 거니는 자다. —

자연스럽게 태어나 자식을 번성케 하고 죽으면 그만인 삶인데 왜 고뇌하는가? 삶이 나고 죽는 것과 자손을 번식하는 단순한 과정이라면 더 이상 고뇌할 일이 없어야 한다.

그럼에도 불구하고 세상은 고뇌의 현장이다. 무엇 때문에 그런 일이 일어나는가? 그것은 인간의 존재와 자손의 번성을 확실하게 하려는 수단을 찾기 위함이다. 내 몸이 건강해야 자손을 번성케 하며, 태어난 자손이 건강해야 또 다시 자손을 볼 수 있는 확률이 커진다. 자손의 번식을 위해 살아남아야 하고, 좀 더 나은 환경을 만들려는 본능이 작용한다. 그리고 자식을 지켜야 한다. 그래서 이기심이 발동하는 것이며, 그 이기심이 욕심을 부르고, 욕심이 경쟁을 부르고, 경쟁이 투쟁을 부른다. 그러는 동안 자제력을 잃고 만다. 인간이 지니고 있어야 할 본성이 상실되고 이기적인 내가 만들어진다.

우리는 고뇌한다. 고뇌란 인간의 본성을 넘을 것인가 그 안에 머물 것인가를 결정하는 과정이다. 이기심만 없다면 고뇌할 일은 없다. 나무가, 새가, 물고기가 고뇌하는 것을 보았는가? 그들은 이기심이 없고 태어난 곳에서 살다가 자연으로 돌아간다. 그들이 하는 일이란 자손을 번식하고 떠나는 일이 전부다. 그들의 투쟁이란 주어진 환경과 조건 속에서 자손을 지키고 번식하려는 것이 전부다. 그런데 우리는 너무 많은 일을 하려고 한다.

인류가 세상에 출현한 이래로 달라진 것이 많은 것 같아도 그리 달라진 것은 별로 없다. 옛 조상들이 살았던 흔적을 더듬어 보면 몇 천 년 전보다 무엇이 그리 크게 좋아졌는가. 무엇이 그리 크게 변화했나? 생명이 두 배쯤 늘었나? 욕심이 줄거나 늘었는가? 생명이 연장된 만큼 우리의 고뇌도 늘었는가?

지금도 그때처럼 눈비가 내리고 바람이 분다. 물이 흐르고 산이 솟아 있다. 변한 것이 없는데 인간만 애를 쓴다. 원하는 것이 무엇이기에 그토록 애를 쓰는지 모르겠다. 변한 것이라고는 고뇌의 크기뿐이다. 화산이 폭발하면 여전히 그 밑에 묻혀 폼페이처럼 사라진다.

— 삶은 고뇌와의 투쟁이다. —

삶이란 고뇌와의 끝없는 투쟁이다. 어머니의 젖을 먹고 기운을 차린 순간부터 고뇌와의 싸움은 시작된다. 마치 본능처럼 느껴져 싸우지 않으면 안 된다고 느낀다. 인간의 마음속에 이기심이 생기고 그 결과 욕심이 작용하기 시작하는 것도 이때이며, 그 욕심이 인간을 추하고 악하게 만든다. 현대는 욕심이 본능을 잡아먹은 시대다.

우리가 어린아이처럼 살 수만 있다면 종교도 이념도 필요 없다. 그들은 본 대로 느끼며 의심하지 않는다. 들은 대로 믿으며 의심하지 않는다. 배가 고프면 울 뿐이지 남의 것을 탐하지 않는다. 어떤 일에든 가식도 꾸밈도 없다. 성경은 어린아이처럼 되지 않으면 천국에 들어갈 수 없다고 말한다. 어린아이처럼 천진한 삶, 믿음으로 이루어지는 삶, 의심하지 않는 삶, 본능에 충실한 삶을 살라고 이른다.

사람들은 어린아이의 순진함이 험한 세상을 어찌 견뎌나갈 것인지에 대해 걱정한다. 그래서 말한다. 애들처럼 순진하기는, 하고 말이다. (평생 그런 말을 들으며 살고 싶다.)

이 시기가 지나면 고뇌는 깊어지고 이기심은 극에 달한다. 이런 이들은 눈을 보면 안다. 제 마음에 드는 물건을 보면 눈이 먼저 변한다. 마음의 창이라는 눈에 비치는 욕심은 그지없다. 마음이 변했기 때문이다. 이 중생들을 구하기 위해 나선 것이 부처요, 다시 어린아이로 돌아가기를 갈망하는 즉 형의 단계로 돌아가기를 권하는 것이 예수 그리스도의 기독교다.

창밖을 내다보며 대추나무, 밤나무, 은행나무, 도토리나무의 무욕을 본다. 충분히 열매를 맺어 일부는 자손을 번식하기 위해 땅에 묻고, 일부는 배고픈 자들에게 나누어 준다. 가을은 수확의 계절이 아니라 나눔의 계절이라는 것을 이들은 알고 있다. 그들이 나무꾼의 도끼를 두려워하던가?

겨울은 축제의 계절이다. 가을에 나누어 받은 것을 따뜻한 곳에 머물며 즐긴다. 그리고 기운을 차려 봄의 새로운 번식을 준비한다. 마치 아무 것도 남은 것 없는 폐허의 계절이 겨울인 듯 보여도 정작 몸을 추스르고 마음을 정화해 가는 계절이 아닌가. 욕심 많은 인간들이 뭐든 양껏 차지해 산짐승을 마을로 불러 내리고 있으니 안타까울 뿐이다.

한 줌의 도토리를 사양할 줄 모르면 욕심을 끊지 못한다. 한 톨의 밤이 욕심을 부추기며 고뇌를 싹트게 한다. 밤 한 톨을 두고 다람쥐와 싸우는 욕심 많은 인간은 추잡하고 옹졸하다. 백 층짜리 건물을 가진 자가 더 높은 건물을 욕심낸다. 그의 마음속에 이미 욕심이 자리잡고 있어서 그 욕심의 싹을 잘라내기가 쉽지 않다. 그러는 동안 고뇌도 함께 자란다. 보통 그런 이는 고뇌와 싸우지 않으며 타협한다. 부자가 천국에 가기가 낙타가 바늘구멍으로 들어가는 것보다 어렵다는 말이 그 말이다. 고뇌하지 않으며, 인간의 본성을 　아 나아가지 않는 자를 이름이다. 인간의 본성은 선이다. 선이어야 한다.

—고뇌하지 말라.—

걱정할 일이 없다. 세상은 유지된다. 유지된다는 것은 유지한다는 것과는 구분되는 인간의 본능이다. 유지될 것이므로 유지하려고 애쓸 이유가 없다. 인간뿐 아니라 생명 있는 것들은 모두 유지된다. 내 자식이든 남의 자식이든 생명은 이어질 것이고, 세상에 존재하는 생명 중 인간도 한 종(種)으로 존재하게 될 것이다.

고뇌하면 고뇌하는 만큼 세상은 어지러워질 것이고, 그런 일은 절대 없을 것이지만, 고뇌하지 않으면 세상은 순화되고 착해질 것이다. 고뇌하지 말라고 해서 말아지는 것도 아니고, 하지 않겠노라고 해서 그리 되는 것도 아니다. 고뇌는 죽음의 순간까지 이어진다. 고뇌는 불교에서 말하는 업보다. 육체적 아픔은 의사가 고치지만 정신적 고뇌는 스스로 고쳐야 한다.

고뇌를 멈추게 하는 것은 궁극적으로 죽음뿐이다. 죽어야만 비로소 고뇌의 늪에서 벗어난다. 벗어난다는 것만 알 뿐 그 다음은 모른다. 나를 염세주의자라거나 비관주의자라고 말하지 말라. 혹시 바람직한 세계, 고뇌가 없는 세상이 존재한다면 그것은 단지 이 세상이 얼마나 고뇌로 가득하고, 그 고뇌로 인하여 인간들이 힘들어 하는가를 보여주는 증거다. 고뇌를 줄이고 살라는, 그래야 고뇌가 없는 곳으로 갈 것이라는 희망을 줌으로써 세상을 순화시켜보려는 것이 곧 종교다.

나는 박수를 쳤다. 찬물을 한 컵 내왔다. 그는 물을 들이켜고는 이게 내 생각이라며, 만족하다는 듯 웃어보였다. 이렇게 유식한 친구가 있으니 든든하고 좋다고 말했다. 그는 그런 어려운 거 자꾸 묻지 말라고 웃었다. 확실한 것 하나는 그는 이미 어떤 문제에 관해서는 확실하게 정리해두고 있었다. 그러면 삶이 편할 듯도 했다.

23

얼마 지나지 않아 그가 나와 동갑내기라는 걸 알고는 편하게 최 교수라고 불렀다. 적어도 나보다는 서너 살 많을 걸로 알았지만 워낙 말수가 적고 점잖아서인지 나이가 들어 보이는 것은 어쩔 수가 없었다. 직업이 그를 그렇게 만들고 있는지도 몰랐다. 그렇다고 늙어 보인다는 말은 아니다. 그럼에도 불구하고 최 교수의 정신연령은 나보다 서너 살 많다고 느껴졌다.

가끔 그는 문을 닫은 후에도 카페에 남아서 노트북에 무언가 작성하다 가기도 했고, 그때마다 나는 곁에서 책을 읽으며 함께 차를 마시고는 했다. 이상한 것은 이성으로서 함께 있고 싶다는 생각이 들지 않는다는 것이었다. 그도 시간이 늦었다 싶으면 싹싹하게 일어나서 집으로 향했다.

그래서 그런 건 아니지만 커피가게를 하다 보니 여기저기서 커피 선물을 하기도 하고 나 역시 귀하거나 진기한 것들을 모으고는 했는데, 친구가 인도네시아 여행을 하면서 사다준 루왁 커피를 아껴두고 있었다. 결국 그 커피는 우리 둘이 오랫동안 카페에 남았을 때 개봉을 했고 그 커피를 즐겼다. 나는 커피 통에 있는 주소로 특별히 주문을 했다. 비싸기는 했지만 커피가 순하고 맛이 좋았다. 그 커피를 마시면서 꼭 오래된 친구 같다는 생각을 했다. 그렇다고 우리 카페에서 내리는 커피보다 맛이 더 좋지는 않았다.

그는 영국에 있는 무슨 축구 아카데미에 교환교수로 6개월 예정으로 떠났다. 그는 돌아올 때 무슨 선물을 사다주랴 물었다. 글쎄, 대답하기 어려운 질문 중의 하나가 선물 무엇으로 할까 하는 것도 그 중 하나였는데, 문득 남편에게 사다주었던 웨지우드 넥타이핀이 생각이 나 웨지우드 액세서리를 사오라고 했지만 그냥 해본 소리였다. 그거 어디 가서 사야 하느냐고 물었고, 나는 헤롯 백화점밖에 모르니 그리 가라고 일러

두었다. 그는 다음 학기가 시작되는 2월 말에나 돌아온다고 했다.

24

모임에 나가지 않자 회원들이 찾아와 닦달을 했다. 애인이 생겼냐는 둥 신변에 변화가 생겼냐는 둥 모임에 나오지 않는 이유를 캐물었다. 대답이 궁색해 얼버무리며 다음 모임에는 나가겠다고 했지만 귀찮아서 한 소리고 어떻게든 빠져나오고 싶었다.

결국 나는 카페를 정리하고 고향 근처에 사두었던 땅에 집을 지었다. 그리고 그곳으로 커피가게 시설을 옮겼지만 장사할 목적은 아니었다. 아예 음악감상실 겸, 서재 겸, 사색하는 장소로 만들었다. 작게 간판을 달았지만 눈에 띄지도 않았고 길가도 아니어서 손님이 있을 리 없었다. 손님이 없을지언정 오히려 이름 없는 들꽃 같은 그런 간판이 좋았다.

아파트도 세를 주고 그리 이사를 가 들어앉았다. 세상 편했다. 행복은 그곳에도 있었다. 도시에는 화분에 심어져 있는 꽃과 행복이 있었다면 그곳에는 이름도 알 수 없는 야생화 곁에 행복이 있었다. 잘 차려입고 자동으로 문이 열리고 닫히는 곳에서 식사를 하는 행복이 오라버니와 허름한 집에 가서 보리밥을 먹는 행복으로 바뀌었다. 친구들과 모여앉아 집값을 이야기하고, 땅값을 이야기하던 대화 내용이 오라버니와 차를 마시며 동네 개가 죽은 이야기며 풍뎅이의 죽음에 대해 이야기를 하는 것으로 그 내용이 바뀌었다.

생각해보니 옛날에는 남들이 돈을 버니까 아파트 투기니 땅 투기니 하면서 돈 버는 일에 열중했었다. 왜 그래야 하는지에 대해서도 알지 못했고 알려고 하지도 않았다. 그런데 지금 생각해보니 그 꼴이 우습기만 했다. 양산 하나 받쳐 들고 손수건으로 콧등에 흐르는 땀을 찍어내면서 먼지가 폴폴 나는 곳으로 정처 없이 다녔던 사모님 시절이 한심스러웠다. 비 피할 집 있고, 하루 세 끼 먹으면 그만이지 더 이상 무엇이 필요한가. 그 시간에 책을 읽었다면 오히려 내가 원하는 것들을 더 많이 얻었을 것이다.

오라버니는 촌에서 살 수 있겠느냐고 했지만, 아예 테라스 한 귀퉁이를 오라버니의 작업실로 꾸며주고 따로 방도 마련했다. 말년에 마누라 없이 사는 오라버니가 딱하기도 했지만, 그보다는 곁에 머물면서 존경하고 싶은 마음이 앞섰다. 처음에는 극구 반대하던 오라버니도 막상 서재를 꾸며놓으니 아예 집에 있던 이천여 권이나 되는 책을 그리로 옮기고 야, 이거 정말 좋구나, 글 되겠네, 하고 아이처럼 좋아했다.

지금이야 아이들이 사촌이 뭔지 몰라도 우리는 형제처럼 같은 집에서 자랐다. 큰아버지께 꾸중을 들을 때도 우리는 조금의 차별도 없었고, 칭찬을 받을 때도 넘치고 모자람이 없었다. 촌수가 있으니 사촌이지 형제나 같았다. 큰아버지도 아버지, 우리 아버지도 아버지였다. 할머니도 큰집 오빠라고 하면 역정을 내시며 큰오빠라고 하면 되지 큰집 오빠가 뭐냐며 격을 두지 않으려고 애를 쓰셨다.

우리는 오빠라고 부르며 자랐고, 아버지도 큰아버지를 부모 대하듯 하셨다. 그런 오라버니가 옆에 있다는 것, 그래서 우리는 옛날로 다시 돌아가 함께 일어나고 함께 생활할 수 있다는 것이 즐거움이 되었다. 행복이 있다면 이게 행복일 것이었다. 나는 상을 차리고 오라버니와 함께 식사를 했으며 그것처럼 나를 즐겁게 한 일이 근자에 없었다는 걸 깨달았다. 점점 나이를 먹으면서 장남은 부모 맞잡이니라 하시던 할아버지 말씀이 떠올랐고, 역시 오라버니는 아버지와 같은 존재라는 걸 새삼 느꼈다.

오라버니는 기왕에 꾸미는 김에 서재 한 귀퉁이에 전시대를 만들어 달라며 당신이 소장하고 있던 소품들을 전시하겠다고 했다. 여행하면서 모은 동전들, 담배 피우던 시절에 모았던 장미나무 파이프와 라이터, 오래된 필기구, 외국인들에게 받은 선물 등이 주를 이루었는데 모두 값이 나가거나 고급스러운 옛것들이어서 볼 만했다. 오라버니는 가끔 그 앞에 서서 추억에 잠기고는 했다.

책들도 꼴을 봐서는 읽을 만하지는 않았지만 사오십 년 전의 종이 냄새와 청계천 책방의 운치가 그대로 담겨져 있었다. 오라버니는 만년필 케이스까지 버리지 않고 보관하고 있었다. 그걸 성격이라고 해야 할지 혜안이라고 해야 할지는 몰라도 일단 볼거리로는 충분한 가치가 있었다.

오라버니에게 친구들도 부르고 문인들도 불러 모임도 갖고, 대화도 나눌 것을 제안했다. 혹시라도 나에게 폐가 될까 걱정할 것이 염려가 되었다. 그 모임은 쉽게 만들어졌는데 오라버니가 시인 L선생과 K선생, 소설가 L선생은 물론 수필가 M, J, L 선생들을 집들이 겸 초대하면서 이루어졌다. 아예 오라버니 옛집 큰댁을 수리해 문인들이 오면 묵고 갈 수 있도록 배려했다.

어떻게든 오라버니 곁으로 다가가고 싶었다. 그리고 이 양반이 내 오라버니라는 걸 자랑하고 싶었다. 오라버니에게 출판을 해줄 것이니 출판 계획이 있느냐고 물었고, 오라버니는 최근 탈고한 두번째 소설을 출판하기로 했다. 오라버니는 늘그막에 무슨 이런 복이 있느냐며 시쳇말로 대박났다고 아이처럼 좋아했다. 오라버니가 좋아하니 나도 덩달아 좋았다. 할아버지, 할머니, 큰아버지, 우리 부모님이 계셨더라면 얼마나 좋아하셨을까 생각하면 눈물이 솟기도 했다.

25

이곳 생활이 서너 달을 넘기면서 모든 것이 평범해지고 자연스러워지고 있었다. 아침에 오라버니가 활짝 웃는 얼굴로 들어섰다. 딸아이가 아들을 순산했다고 알려왔다는 것이다. 언제나 여리다고만 생각했는데 그 어려움을 견디고 어미가 되었다는 게 우선은 기뻤고, 산고의 어려움을 견딜 힘이 있다는 게 놀라웠으며(누구나 하는 일이지만 난 내 아이가 그럴 수 있다고는 확신하지 못했다고 말했다), 무엇보다도 아이를 통해서 내가 할 일을 했다는 것이 마음을 편하게 했다고 했다. 탄생을 통해서 죽음의 당위성이랄까 삶의 완성 같은 걸 느꼈다며 이제야말로 죽음이 즐겁기까지 하다고 말했다.

나는 모르는 일이지만 새삼 오라버니의 세심하기도 하고 깊은 생각이 놀라웠다. 탄생을 통해 죽음을 보는 눈이라든가, 어미들에 대한 존경심을 말한다든가 하는 것이 그랬다. 비록 자식이지만 어미로서의 한 인간을 무한히 존경한다고 했다. 세상의 모든 어머니는 위대하다는 말을 들어보기는 했지만 이제야 그 말이 실감이 난다고 했다. 내 몸으로 자식을 생산했지만 그런 걸 느끼거나 생각해보지는 않았었다. 해산의 고통과 기쁨을 맛본 것이 고작이었다. 하기야 어떤 어미가 존경받기 위해 아이를 낳는가.

오라버니는 당신이 자식을 낳았을 때보다 더 기쁘다고 했는데 그 까닭은 자신의 자식도 아이를 낳을 수 있는 정상적인 인간이었다는 것과 그럼으로써 대를 이어나가는 본능적 욕구를 충족했다는 것이 그 까닭이 아니겠느냐고 했다. 그리고 그런 사실은 자신이 온전한 인간이었다는 걸 확인하게 하는 즐거움의 순간이라고 했다. 어쩌면 그렇게까지 생각했느냐고 놀라워하자 자네도 이담에 손자를 보면 알게 될 것이라고 했다.

오라버니에게 탄생에 대해 물었다. 오라버니는 탄생은 신비스러움이고, 위대함 그 자체이며, 혼돈으로부터의 새로운 질서 창조의 행위라고 설명했다. 신비스럽다거나 위대하다거나 하는 말은 그렇다고 쳐도 혼돈으로부터의 새로운 질서 창조 행위라는 말은 이해가 되지 않았다.

— 탄생 이전의 세상을 서양에서는 카오스(Chaos)라고 부른다. 번역하면 '혼돈'이라고 하는데 그 혼돈의 의미는 사전적 의미와는 다르다. 우리가 익혀서 알고 있는 혼돈은 무질서이고, 무법이고, 정신적이거나 물질적 가치가 마구 섞여서 그야말로 뭐가 뭔지 모르는 상태를 이르는데, 여기에서의 혼돈이란 하늘과 땅을 가르기 전의 상태라고 설명한다. 그러면 지금은 하늘도 있고 땅도 있으니 태초의 혼돈은 사라지고 없는가. 그건 아니다.

그건 아니다. 그런 말이 아니라 지금도 그런 혼돈은 존재하며 태어나기 전에 머무는 세상이 그렇다는 말이다. 아무도 본 적도 없고, 볼 수도 없으며, 확인을 위해 존재하지도 않는다. 그런 세계로부터 나오는 걸 탄생이라고 부르는데 이는 그리스 신화에서 유래한다.

참 신기한 것이, 신기할 것도 없는 것이, 이런 이론은 동양 즉 중국에도 존재한다는 것이다. 당시 동서양의 중심이었던 곳이 그리스와 중국이라고 본다면 서양과 동양 철학이라고 해도 되겠다.

중국에서는 이를 '원(元)'이라고 불렀다. 이 역시 의미는 혼돈과 크게 다르지 않다. 원은 낮과 밤이 갈리기 전의 혼돈스럽고 시작과 끝이 없는 무극(無極)의 시절이라고 말한다. 말하자면 암흑기인데 이는 곧 혼돈과도 일맥상통한다. 그럼에도 불구하고 이 시기는 만물의 근본이 되는 때다. 태어나기 전의 모든 것이 거기에 있기 때문이다. —

오라버니는 그런 혼돈 즉 원의 세계로부터 남녀 즉 어머니와 아버지와의 창조를 통해 만물이 세상에 나오게 되는데, 그 신비로움과 그로부터 오는 위대한 창조가 경이롭기도 하고 존경스럽기도 하다는 것이다. 어떻게 그런 일이 일어나는 것일까.

그래서 우리는 껌껌하고 어두운 곳을 본능적으로 좋아하는데 그 까닭은 우리가 태초에 머물던 곳이 그곳이었기 때문이라고 설명했다. 나는 어렸을 적에 추수를 끝내고 볏짚을 쌓아 볏가리를 만들어 놓으면 그곳에 파고들어 앉아 있고는 했는데, 어머니의 자궁 속 같은 편안함과 아늑함을 느꼈기 때문이었는지도 모른다. 그곳에서 스르르 잠이 들고는 했다. 밤이 와도 불편함도 몰랐고, 두려움도 몰랐다.

어른들은 늦도록 안 들어오면 그곳에서 잠이 든 나를 찾아내고는 했다. 오라버니는 일리 있는 이야기라며 본능적으로 인간은 그런 곳을 찾는다고 말했다. 그래서 품, 골짜기, 굴, 자궁, 아늑함, 포근함 같은 것은 그 의미가 일맥상통할 뿐만 아니라 사람들이 두루 좋아한다는 것이다. '파고든다'는 의미도 내내 같은 뜻이라고 했다. 부모는 그런 나를 꾸짖지 않았는데, 지금 생각하니 부모님도 본능적으로 그런 아늑한 곳을 동경했던 것은 아닌가 한다.

오라버니는 혼돈은 어둠과 함께 존재하는 것이라고 했는데, 그 어둠이라는 것은 밝음과 대비되는 밤의 검은[黑] 어둠이 아니라 원초적인 어둠 즉 현(玄)을 의미한다고 했다. 단순히 색이 검은 것이 아니라 잘 보이지 않는 원초의 혼돈의 세계와도 같다는 것이다. 이해하기 쉽지 않았다. 자꾸만 검을 현이라는 생각이 맴돌아서인지 검은 색만 떠올랐다. 그러나 색의 의미와는 다른 검음이었다. 색이 있다면 흰색일 수도 있을 터였다. 어렴풋이 그 의미가 집히는 것도 같았다.

26

오라버니는 외손자를 본 한 달 후 병원에 입원했다. 병원에 가기 전에 출가한 딸애와 아직 미혼인 아들에게 다짐을 받았는데, 어떤 연명치료도 하지 않겠다는 것과 만약 이 병이 당뇨로부터 오는 합병증이라면 더 이상의 치료를 하지 않겠다는 내용이었다. 조카들에게 그 동안 만남이 즐거웠고, 고마웠으며, 다시 만날 수 있다면 그곳에서 만나자고 인사까지 건네 우리를 숙연케 했다. 마지막 인사였다. 직감적으로 삶의 끝자락에 와 있음을 느꼈던 것 같기도 했다. 조카들은 고모가 치료를 받도록 아버지를 설득시켜 달라고 했지만 오라버니의 뜻과 고집을 아는 나는 그럴 것 없으니 네 아버지의 말을 따르자고 오히려 아이들을 설득했다.

오라버니는 당신의 병에 대해 자가진단을 하고 있었는데, 이미 허벅지가 가늘어진 것으로 봐서 두 발로 땅을 딛기는 힘들어지고 있다고 했다. 그리고 눈이 점점 침침해져 글을 읽거나 쓰는 것도 자유롭지 못하고, 기운이 점점 떨어져 무슨 일이든 하기가 힘들어졌다는 것이다. 그런 크고 작은 신체 변화의 조짐이 일어나고 있는데 그건 치료로 해결될 문제가 아니라고 단정하고 있었다. 죽음으로 걸어 들어가고 있다는 것이었다. 그 발걸음을 멈춰 세우려는 것은 자연의 이치를 거역하는 것이고 역행하는 잘못된 처사라고 말했다.

지속적인 조카들의 설득에도 불구하고 오라버니는 50% 미만의 확률을 위해 아무 일도 하지 않겠으며, 그보다도 치료를 한다고 해도 건강하고 사회기여적인 인간으로 활동할 수 없는데 더 산다는 것은 본인은 물론 가족에게 귀찮은 일이라고 우겼다.

오라버니는 삶과 죽음에 대해 분명한 생각을 지니고 있었으며 그 판단만 의사에게 맡겨보자는 것인데 그 말도 전혀 터무니없지는 않았다. 오라버니는「죽음은 두려움의 대상인가」라는 짧은 글에서 이렇게 말하고 있었는데 당신의 생각을 엿볼 수 있었다.

— 태어남을 축하하고 축복하는 것이 일상화되어 있듯이 죽음을 안타까워하는 것도 마찬가지다. 죽음은 두려워해야 할 대상이 아니라 이 역시 축복해야 할 일이다. 고뇌의 고리를 끊고 다시 평온과 무자아의 세계로 돌아가는 의식이다. 영원한 안식의 골짜기로 가는 행위다.

우리가 슬퍼하는 것은 헤어짐과 다시 만날 수 없다는 아쉬움 때문이다. 죽음이 다가오면 세상에 와 할 일을 했다는 안도감과 함께 고뇌로부터 해방된다는 기쁨이 찾아들기 때문에 죽는 자는 죽음을 비교적 담담하고 태연하게 맞을 수 있다. 다만 오랫동안 함께 지냈던 이들과의 이별이 슬프고 아쉬워 울 뿐이다.

죽음은 우리의 정신을 담고 있었던 육체가 다만 사라지는 것이다. 우리의 정신은 세상에 남아서 작용한다. 생각해보라. 얼마나 많은 생명들이 우리의 곁을 떠나는가. 늘 함께 하던 개나 고양이, 소와 돼지 등 친근했던 것은 물론이고 하늘을 날던 새나 풍뎅이도 우리의 곁을 떠난다. 그뿐만이 아니다. 나무와 꽃들도 마찬가지다. 애써 생명을 보전하려 하지 않았으므로 우리는 그런 것들의 죽음에 대해 무관심하다.

살아보려고 애를 썼던 것들의 죽음에 대해서는 아쉬워하는데, 그것은 죽음 그 자체 때문이 아니라 살아야겠다는 노력을 보였기 때문이다. 때로 우리는 살겠다고 발버둥치는 사람을 보면 되지도 않는 일을 한다는 생각에 딱하다고 말한다. 그러면서도 자신의 일에는 관대해 그럴 수 있다고 생각한다.

죽음은 특별하지 않다. 아침에 일어나고 저녁에 잠이 들며 하루 세 끼 밥을 먹는 일과 같다. 다른 점이라면 한 번밖에 일어나지 않는 예외가 인정되지 않는 일회성이며 반복이 불가능한 일이라는 점이다. 다시는 아침을 맞을 수 없다. 그러니 우리의 머릿속에는 한 번 죽으면 다시는 돌아오지 않으며, 다시 볼 수 없다는 생각으로 가득 차게 되고, 그것이 곧 슬픔과 아쉬움으로 남게 된다. 절대고독이다. 더 이상 무슨 설명이 필요할까. 죽음은 그저 익숙한 것들과의 이별이다.

죽음은 특별하지 않으므로 해석하거나, 집착하거나 연구해야 할 대상이 아니다. 우리가 무슨 생각을 하고, 어떤 일을 하든 간에 죽음은 온다. 피할 수도 비켜설 수도 없다. 그러니 두려워 할 까닭이 없다. 당당히 맞고 담담하게 가라. 죽음이라는 말이 싫다면 꽃이 지듯 우리의 생명도 진다고 말하라. 불꽃이 사위듯 우리의 생명 또한 그러하다고 말하라. 우리의 육체가 제 할 일을 끝내고 그 본래의 고향으로 찾아가는 일이다.

나는 내 자연스런 죽음을 누구의 손에도 맡기지 않겠다. 그것은 생명구걸이고 연명이다. 성스러운 생명에 대한 모독이다. 때가 되었으니 죽는 것이지 인간의 노력이 부족해 죽는 것이 아니다. 영원히 살지 못할 것을 알면서도 한 몇 년, 몇 시간 동안만이라도 더 살아보겠다는 것은 구차하다. 점잖지 못하다.

의사는 나에게 인슐린 주사를 맞으라고 했지만 나는 거부했다. 일찍이 약도 먹지 말았어야 했다. 그때는 아직 죽음에 대한 생각이 굳지 못해 의사의 말을 따랐다. 변명컨대, 아직은 꿈지럭거리며 할 일이 제법 있으니 그럴 만하다 여겼다.

홍청망청 인생을 살지 않았으므로 지금 내가 죽더라도 그건 보람된 것이요, 천수를 누린 것이요, 자연이 나에게 준 인생을 온전히 산 것이다. 죽음은 그런 것이다. 더 무엇을 바랄까. 그러니 죽음은 두려움의 대상이 아니라 친근해져야 하는 대상이다. 나는 한동안 날다가 곤두박질치는 풍뎅이다. —

하는 수 없이 오라버니의 말에 따르겠다고 하고 병원으로 모셨다. 오빠는 아파하는 기색 없이 담담했으며 인생을 즐기는 모습이었다. 병원으로 가는 차 안에서도 영혼에 대해 이야기했다. 모차르트의 <바이올린 소나타 3번>에 대해서는 언제 들어도 감동적이라고 말했다. 입원이 길어지면, 퇴원을 서두르겠지만 피아노 곡과 바이올린 곡이 수록된 CD와 재생기를 가져다 달라고 했다. 피아노는 베토벤, 생상, 쇼팽, 차이코프스키 그리고 라흐마니노프를 좋아했다.

— 누가 영혼을 보았는가?

영혼이 있는지 없는지를 논하는 것은, 신이 있는지 없는지를 논하는 것과 같아 별로 의미가 없다. 논하지 않아도 충분히 논했으며, 논한다 해도 답이 나오지 않는다. 그것은 학문적 연구의 대상이 아니라 믿음과 철학의 문제다.

영혼이 있든 없든 중요하지 않다. 예로부터 영혼이 존재한다고 믿어왔으니 우리도 그리 믿는다. 살아 있으면 영혼이 있는 것이고, 죽으면 영혼이 사라진다. 죽은 다음에야 영혼이 있든 없든 상관없는 일이다. 오히려 중요한 것은 영혼이 아니라 현상세계다. 영혼이 끊임없이 강조

되면서 이야기되는 것은 영혼이 신과 마찬가지로 현상세계를 이끌어 가기 때문이다. 그러므로 영혼은 현상세계를 이끌어가는 원천이다. 정신세계와도 통한다.

영혼이든, 신이든, 믿고 의지할 것이 없다면 세상이 어떻게 흘러가겠는가? 세상을 바르게 지탱하기 위해 인간의 머리는 지나치게 발달해 오히려 장애가 되고 있다. 발달한 뇌 속에는 이기심과 욕심을 생산하는 꾀가 가득하다. 그 꾀는 고뇌를 만든다. 고뇌를 제압하지 않는 한 세상은 혼란과 싸움과 번뇌로 가득할 것이다. 영혼은 건강과 희망과 진실의 상징이면 충분하다.

영혼은 신과 같아서 고뇌를 해결하는 원천이다. 영혼의 존재를 믿는 것은 고뇌와의 싸움을 지속하기 위함이다. 영혼은 정신세계의 한 부분이다. 현상세계에서의 삶을 건강하고, 평화롭고, 보람되게 하는 힘이다.

영혼은 존재하든 존재하지 않든 그리 불렀던 것과 같이 앞으로도 그리 불릴 것이다. 영혼은 신의 존재가 사라지지 않는 것처럼 인간이 존재하는 한 영원히 존재한다. 그 이름이 존재하는 것만으로도 가치 있는 일이다. 나는 존재한다. 그럼으로 영혼도 존재한다.—

나는 다시 이 말을 되새겨 보겠지만, 오라버니가 철학적이고 근본적인 삶의 문제에 대해 깊이 생각해 두고 있다는 것에 여러 번 놀랐다. 마치 성자(聖者)처럼 보였다. 무엇이 그를 이렇게 만들었을까. 그는 대학에서 경영학을 전공했고, 직장생활 끝에 사업도 해보았지만 IMF 사태가 발생하던 이듬해에 사업을 정리하고 두 아이들을 데리고 귀향했다.

올케도 오기는 했지만 가정에도 이미 파탄의 조짐이 보인 후였다. 큰어머니의 눈물어린 만류로 오라버니는 어머니 뜻을 따르겠다며 이혼 의사를 거둬들였지만 이미 가정은 깨진 후였고, 한두 해를 함께 살다가 올케는 서울로 가버렸다.

지금 생각하면 별거의 이유가 어디에 있든 두 사람의 뜻이 맞지 않았다. 누구의 잘못이라고 꼬집어 말할 수는 없지만 두 사람은 서로에게 잘못이 있다고 할지도 몰랐다. 오라버니에게 가정문제는 한 번도 물은 적이 없었거니와 다른 사람들도 금기시하는 일이 되고 말았다. 처음에는 오라버니에게 여자가 생겼느니 어쨌느니 하는 소문도 있었지만 오라버니는 들은 척 만 척 태연했다. 두고 보면 알 일이라는 것이 오라버니를 그렇게 행동하도록 했다.

오라버니는 두 아이를 모두 유학을 보냈다. 남들은 돈이 많아 유학을 보냈다고 했지만 당신의 말을 빌리면 돈이 없어서 해외로 보냈다는 것인데 학비가 당시 국내 대학의 사분의 일밖에는 되지 않아서 한 사람 가르칠 것으로 두 사람을 가르치고도 남았다고 했다. 그 바람에 조카들은 중국과 터키에서 공부했다. 이제 오라버니는 당신이 할 일을 얼추 마쳤다고 말하고는 했고, 조카딸이 외손자를 안겨주자 이제는 죽음이 온다 해도 즐겁게 갈 수 있겠다고 껄껄 웃기까지 했다. 그게 불과 한 달 전의 일이었다. 그날 아침에 쓴 시라며 나에게 자작시를 한 편 읽어주었다.

꽃이 진 자리

꽃 진 자리 보았나

화사하게 피어
세상 환하게 밝혀주던
꽃불 잦아들고,
문둥병 환자 손마디처럼
짓물러 뭉뚝 잘려나간 자리
이제야 간신히 아무네

꽃 진 자리 쓰리고 아파
밤새도록 빗물 받아
씻어내고,
또 씻어내네

꽃이 아름답다 하지
꽃 한 송이 피어내기 위해
밤새 끙끙거리며
꽃대를 밀어올리는
힘겨운 삶의 투쟁 모르지

꽃 진 자리 아무네
꽃 진 자리 열리네

27

오라버니는 늘 그런 말을 하곤 했는데 예부터 우리 집안은 문인의 피가 흐르고 있어 무과에 몸을 담은 이가 별로 없다는 것이었다. 피가 흐르고 있다는 것이지 그렇다고 이름난 문인이 탄생한 것은 아니었다. 그래서 그런지는 몰라도 싸움이라면 하다못해 닭싸움에서도 이기지 못했다. 우리 집안 남자들은 사람은커녕 개미 새끼 한 마리도 죽이지 못한다는 것이다. 듣고 보니 그랬다.

말끝에 고등학교를 졸업하던 해 육군사관학교를 가볼까도 했지만 결국 포기하기를 잘 했다고 했다. 남에게 시비를 걸 줄도 몰랐고, 싸움은 아예 시작 전에 항복을 선언해(늘 시작되기도 전에 울고 말았으니까) 싸움조차 성립이 되지 않았다. 사업이 망하고 귀향한 후부터 곧장 글을 쓰기 시작한 것이 거의 이십 년이 되었으니 길을 제대로 들어섰다고 말했다.

글을 써서 무슨 영화를 보겠느냐며 혹시 죽어서 문인으로서 이름이 생긴다면 그건 모르겠다고 했다. 수필로 등단을 한 후 시 공부도 한 삼 년 했고, 소설도 쓰기 시작했다. 그 바탕은 철저한 공부였다. 철학과 문학 등에 심취했으며 사색하기를 좋아했다.

오라버니는 더 이상의 치료를 거부하고 집으로 내려왔다. 아예 모르핀을 처방받아서 고통을 견디겠다고 했다. 죽음은 진행되고 있었지만 그건 죽음이 무엇 때문에 진행되느냐는 원인의 문제이지 원래 인간은 죽게 마련이므로 문제될 것이 없다고 했다.

오라버니는 대부분의 시간을 서재에 앉아서 무엇인가 끼적거리고 있었다. 하도 딱해서 오라버니 뭘 그리 쓰느냐고 했지만 웃기만 할 뿐이었고, 절대 대작은 안 나오니 기대하지 말라고 웃었다. 그리고 가끔 노래하듯, 두 손을 나팔처럼 모아 외치듯 '모르핀'하고 말하면 나는 메아리처럼 돌아와 주사를 한 방 꽂았다. 오빠는 늘 '땡큐'라고 말하고는 웃음을 지어 보였다. 속도 웃고 있었는지는 몰랐다. 나는 이따금씩 기웃하며 오빠를 들여다보고는 했다.

아픈 내색을 하지 않아 아픈지 어떤지도 알 수 없었다. 아무에게도 병을 알리지 않아 친한 친구들조차 모르고 있었다. 오라버니의 고등학교 친구들을 꽤 여럿 알고 있었는데 그 누구도 찾아오지 않았다. 다만 전화를 주고받으며 안부를 묻고는 했지만 워낙 오라버니가 태연해 누구든 당신은 정상적인 생활을 하고 있는 것으로 알 수밖에 없었다. 건강하지, 라고 물으면 언제나 씩씩하게 그럼, 하고 대답했으므로.

그리고 오라버니는 꼭 한 달을 더 살았다. 오라버니가 운명하기 삼일 전 내 이메일로 당신이 보내주겠다던 유서를 보냈다. 그 내용은 다음과 같았다.

부탁하노라

나는 충분히 살았으니 무슨 일이 있어도 나의 연명을 의술에 부탁하지 마라.

부고하지 말고 가족끼리 조용히 장례를 치러라.

내가 살다 갔다는 것은 너희들이면 충분하니 봉분도, 비석도 세우지 마라.

내가 죽거든 태어남과 같이 축복하여라. 잠시 눈물을 흘려도 좋으나, 그 눈물은 오랫동안 부모와 자식으로 만나 살다가 헤어짐에 대한 아쉬움의 눈물이면 족하다. 부모를 따라 원래 내가 있던 곳으로 돌아가는 것뿐이니 슬퍼할 일이 아니니다. 고뇌의 세상을 떠나 그곳에서 할아버지, 할머니를 만날 것이니 오히려 기뻐하라.

상복을 입지 마라. 사람들이 흉보고, 수군거릴 것을 두려워하지 말고 평소에 입던 옷을 깨끗하고 정갈하게 다듬어 입어라. 검거나 흰옷을 입어 오늘은 슬픈 날이라는 무거움을 손님들에게 주지 말라. 다만 상제라는 것을 표시해 손님들이 알아보도록 하여라.

상청을 만들어 사진을 놓되 향을 피우지 말고, 지방을 써 붙이지 말며, 음식을 차려 올려 놓지 말라. 잔치하라. 사진 아래 이름을 써 죽은 이가 나임을 알게만 하라. 상청에는 음식을 올리는 대신 내가 평소에 즐겨 읽던 책과 한 권의 공책과 만년필 한 자루면 족하다. 상청이 허전하거든 꽃을 놓되 화려하지 않게 하라. 아, 그리고 머그컵에 커피 한 잔 놓아라. 얼그레이도 좋겠다.

어떤 제사의 형식도 거부하니, 어떤 형태의 의식도 갖추지 마라. 아침저녁으로 상식을 올리지 말고 차 한 잔으로 대신하라. 특별히 모여서 예배 보지 말고, 찬송하지 마라. 너희들 마음이 움직이거든 각자 조용히 기도하여라. 각각 다른 종교를 가진 손님들이 모이는데 예의가 아니다. 특히 제사 풍습은 오래된 유교식 습관일 뿐이다.

그 동안 너희들이 애비를 사랑하고 극진히 돌본 것만으로 충분하고 고마우니 사진을 놓되 멋진 것으로 골라 본향으로 돌아가는 애비를 배웅하라.

손님들에게는 엎드려 절하는 수고를 덜게 하고 음식은 초상집 음식이 아니라 잔칫집 음식으로 준비하여라. 손님과 맞절하지 말고, 정중히 고개 숙여 맞이하고 손을 내밀거든 반드시 두 손으로 공손하게 인사하여라.

삼베옷을 입히지 마라. 평소에 즐겨 입던 평상복이면 좋다. 염은 따로 하지 말고, 죽음과 동시에 옷을 갈아입혀 수고를 덜고 간단히 입관만 하여라. 혹시 내 얼굴에 핏기가 사라져 보기 싫거든 평소 내가 쓰던 화장품으로 가볍게 치장하고, 머리 기름을 발라 모습을 가지런히 해 너희들 보기에 추하지 않게 하여라.

비싸지 않은 관에 넣어 화장한 후 선산에 뿌려라. 신천에 뿌려져 바다로 나가고 싶으나, 알다시피 여행을 좋아해 바다로 나가고 싶구나, 필시 그것이 법에 어긋나 금지되어 있을 것이니 할머니, 할아버지, 어머니 발채에 뿌리도록 하면 좋겠다.

죽은 날이 돌아와도 제사 지내지 마라. 추모 예배도 갖지 마라. 좋은 음식점에서 식구들끼리 모여 맛난 음식과 좋은 음악을 들으며 애비와 함께 지냈던 때를 이야기하여라. 오로지 애비의 허물을 용서하고 본보기로 삼아 너희들의 삶이 편하면 그뿐이다. 그곳에 반드시 내가 함께 있을 것이다.

형제들 간에 우애를 먼저 생각하고 어려운 형제는 도우라. 모두 건강하고, 큰일을 기다리고 소망하지 말며, 작은 일에 최선을 다하고 범사에 감사하는 인간의 삶을 살기 바란다.

특별히 아들에게 부탁한다. 장례를 치름에 있어서 누가 뭐라고 해도 그저 죄송하다, 하고 애비의 뜻을 따를 것임을 분명히 하여라. 너희들 덕분에 한 세상 잘 살았다. 그저 고맙고 또 고마울 따름이다.

2015년 가을

애비

28

큰집 오라비가 돌아가심으로 인해서 우리 시대도 저물어가고 있다는 생각을 갖게 되었다. 장사를 지내고 얼마 되지 않아 교환교수로 갔던 최 교수가 돌아왔다. 오라버니의 49재를 마치고 난 직후였다. 공항에 나가지 않았다. 그럴 경황도 없었지만 그래야 할 이유도 없었고, 마침 차도 수리를 맡긴 터라 마땅히 움직이기도 쉽지 않았다.

오라버니가 없는 서재는 중심을 잃고 흔들리고 있었다. 가끔 그곳을 들여다보기는 했지만 오래도록 머물지는 않았다. 없던 먼지도 더 빨리 많이 내려앉는 듯했다. 나도 늙고 있다고 여겨졌지만 그것이 그리 아쉽거나 두렵지 않았다.

일부러 오라버니가 돌아가시기 전에 보던 책을 치우지 않은 채 그대로 두었다. 책은 펴져 있는 그대로였고, 줄을 긋고 메모를 하던 빨간 펜도 책 옆에 나란히 놓여 있었다. 가끔 펜 뚜껑을 열어 종이에 그어보고는 잘 나오지 않으면 새 펜으로 바꿔놓았다. 그 일도 오래 가지 않을 것이었다.

은행에서 준 탁상달력도 1월을 넘기지 못한 채 세월이 가는 것을 잊고 있었다. 친구들과 필드에서 나란히 찍은 사진도 그대로 놔두었다. 나는 특히 그 사진을 좋아하는데 활짝 웃는 모습이 너무 좋았기 때문이다.

오라버니는 당질이 신천에 뿌려 소원대로 되었고, 조카는 오라버니가 생전에 즐겨 여행했던 이스탄불의 보스포루스 해협이나 지중해에 뿌릴 것이라며 재를 한 줌 남겨두었다. 오라버니는 처음 몇 해는 일 때문에 그곳에 가곤 했지만 일이 없어진 후에도 가끔 고향에 가듯 들르곤 했다.

제 아버지 덕분에 그곳에서 공부를 한 당질이 아버지와 마지막 여행을 하겠노라고 벼르고 있는 중이었다. 고모도 시간을 내 함께 가자고 해 지중해가 더워지기 전인 5월 이전에 갈 채비를 하고 있었다. 조카가 시간을 내면 그때 따라나설 것이었다. 애 어미도 함께 가면 좋은데 아직 어린것을 데리고 먼 나들이를 하기는 일렀다.

대부분 장례는 오라버니의 유언대로 치렀다. 장례식장에서 못마땅해 하기는 했지만 그렇다고 별 돈을 적게 번 것은 아니었다. 처음 그런 계획을 내놓자 아마도 크게 손해가 나는 것으로 생각했겠지만 상청을 차리고 음식을 진설하지 않는 것 말고는 크게 다른 것도 없었다. 오히려 잔칫집 음식을 하느라고 음식 값이 더 들었다. 결국 장례식장 측에서는 동영상으로 담아두느라고 삼일 내내 촬영을 했다. 적어도 국내에서는 제사 없는 장례는 처음 있는 일이었다.

나는 49재날 D시에 있는 음식점에 모여 네 아버지 흉이나 보자고 제안했고, 조카들도 아버지가 그리 원하셨으니 고모 말씀대로 하자고 해 망자의 형제와 사촌 그리고 당질들이 모여 식사를 하는 걸로 했다. 막상 섭섭할 것 같던 예식은 오라버니 말마따나 형식일 뿐 아무 것도 아니었다. 오히려 마음도 몸도 편하게 해준 오라버니의 선견지명은 놀라웠고, 우리를 즐겁게 해주었다. 그래서 그날 음식 값은 내가 치른다고 생색을 냈지만 실상은 오라버니에 대한 사랑 때문이었다.

아이들에게는 오라버니의 유품에 손을 대지 못하게 했는데 혹시라도 유품을 전시할 일이 생기기라도 하면 아무리 자식이라고 해도 돌려받기가 쉽지 않을 듯해서였고, 일 년이고 이 년이고 지난 후에는 모두 유품을 정리하자고 했다. 유품이라야 이천여 권쯤 되는 책과 나름대로 의미가 있는 필기구, 여행 중 모은 소품들과 여기저기서 선물로 받은 것들이 대부분이었다. 우리는 49재날 모여서 터키 여행에 대해서도 이야기하기로 했다.

내심 오라버니의 문학기념관을 만들었으면 했지만 그 일이 오라버니의 이름을 잘못되게 하지나 않을까 걱정스러웠다. 평소 그는 상 받는 일을 제일 꺼려했는데 혹시 이 일도 그리 생각할까 두려웠다. 좀 더 기다렸다가 오라버니가 등단한 수필사와 문학계 사람들에게 물어 그럴 만한 가치가 있는지 판단해본 후 결정하기로 했다.

29

오늘 아침에 최 교수가 내려오겠다고 전화를 해왔다. 최 교수는 집에 도착해 서재를 둘러보고는 예의 그 커피가 마시고 싶다고 했다. 나는 커피 기계에서 커피를 한 잔 내려 그의 앞에 놓고 맞은편에 앉았다.

"좀 미안한 이야기이기는 한데 실례가 안 될지 모르겠습니다. 사실 그 동안 긴가민가했는데 내가 역시 사람을 보기는 잘 보았네요."

"그게 무슨 말씀예요?"

"전에도 한 번 말한 적이 있지만 사장님은 커피 장사 하실 분이 아니라고 하지 않았습니까. 그런데 오늘 보니 제가 좀 부끄러운 것이 사장님을 제가 너무 편리한 대로 보고 있었다는 점입니다."

"편리한 대로 본다는 건 또 무슨 말씀이죠?"

"이런 가게 할 분이 아닐 것이라면서도 매일 그곳에 드나들다 보니 커피집 사장님으로만 여기고 있었다는 말이죠."

"최 교수, 저한테 뭐 잘 보일 일이라도 있으세요? 그냥 본 대로 보시면 되요. 단지 지금은 그만두었으니까 커피집 여자는 아니지만요. 그렇다고 제가 달라질 게 뭐 있겠어요. 혹시 제 오라버니 체취를 맡으셨다면 조심하시기는 해야 할 거예요. 워낙 저를 예뻐해서 저에 대해 험담을 하거나 함부로 대하면 그건 오라버니께 치도구니 맞을 일이죠."

"어쨌거나 이렇게 꾸민다는 건 마음에 없으면 치장으로만은 못하는 일이죠. 가끔 쉬는 날 이곳에 와서 책도 읽고 글도 쓰고 커피도 마시고 해야겠는데……, 괜찮겠죠?"

"물론입니다. 오라버니가 돌아가시고 나니까 영 허전해 집이 휑한 느낌이었는데 너무 잘 되었네요. 언제 오시겠다고 하면 오라버니가 쓰시던 책상을 치워 놓을 게요. 묵어갈 방도 있어요."

"그러실 것까지는 없지요. 저기 있는 응접탁자면 저는 충분합니다. 저도 한 동안은 오라버니 되시는 분의 향기를 맡고 싶군요."

"오시자마자 엉뚱한 이야기 먼저 했네요. 그래 공부는 열심히 하고 오신 거죠?"

"그냥 놀았죠, 뭐. 공부는 무슨 공부입니까."

"그래도 교환교수라면……, 아니구나. 가르치러 가셨지. 저는 교환학생하고 혼동을 했네요. 런던에 계셨어요?"

"아녜요. 맨체스터라는 곳에 있었어요."

"좀 아쉽네요. 오라버니가 돌아가시기 전에 뵙고 말씀을 나눴어야 하는 건데."

"그랬으면 좋았죠. 저는 오라버니가 다 방면에 그리 박식하신 줄은 몰랐어요. 이미 삶과 죽음에 관해서는 당신이 오랫동안 생각하고 다져둔 것이 있어서 성처럼 견고했죠. 그 이론이 맞든 틀리든 그런 생각을 해두고 살아왔다는 게 놀라웠어요. 아마 그게 당신께는 삶을 지탱하고 흔들리게 하지 않는 기둥이 되었던 것 같아요. 죽음을 모르면 견고한 삶을 살 수 없다는 걸 깨달았어요.

오라버니의 흔적을 찾아보기 힘들지만 오라버니는 당신을 이곳저곳에 심어두고 가셨어요. 서너 달 오라버니와 함께 지낸 시간은 귀한 시간이었죠. 저를 돌아보게 했고, 앞날을 정리하게 했죠. 많이 느끼고, 많이 배웠어요. 무엇보다도 우리 집안에 오라버니와 같은 분이 계시다는 것이 즐거움이고, 자랑이었죠."

"그렇죠. 우리는 하늘을 우러러 혼자 서 있는 나무가 아니죠. 그래서 오라버니를 뵙지 못한 게 후회가 된다는 겁니다. 사람의 일을 알 수 없다 하지만 아무 말씀이 없으시니 아직은 돌아가실 때가 아니라고 혼자 생각했었죠. 알았어도 별 수 없었겠지만 말예요."

그는 아쉽다는 말을 거듭하고 서울로 떠났다. 언제 온다는 말은 없었지만 오지 않겠다고 하지 않은 이상 조만간 다시 올 것이었다. 나는 최 교수에게 아예 열쇠를 하나 만들어 주었다. 최 교수는 고맙다며 틈이 나는 대로 드나들겠으니 오든 가든 신경 쓰지 말라고 했다.

30

고백하건대, 이미 말했지만 여행지에서 친구들과 술을 마시고 있을 때 문자가 도착했는데 그 내용이 다음과 같은 시 한 편이었다.

가벼움

최호택

햇살 맑고, 바람 좋은 봄날 떠나라

우주를 닮아 둥근,
하얀 민들레 홀씨 하나
바람결 따라 정처 없이 떠가다가

머물 곳을 찾아 내려앉는
너의 몸짓은
얼마나 진중한가

새봄이 오기까지
그 가벼움 묻어놓고
인고의 시절을 기다리는
너의 인내는
얼마나 놀라운가

돌 틈에 뿌리내리고
횃불 하나 덩그마니 치켜들고 서서
세상 밝히다가
떠날 때를 기다리는 민들레 홀씨 하나
우주를 향해 떠오르는
너의 비상은
얼마나 힘찬가

이 시를 읽는 순간 문득 오라버니가 보고 싶다는 생각을 했고 가슴이 벅차 눈물을 참을 수가 없었다. 밤새 뒤척이다가 날이 밝자 펜션을 뛰쳐나온 것이다.

이 시는 오라버니의 작품이었다. 어디에 발표한 것은 아니었고 오라버니의 문학회 카페에 올려 있는 걸 읽었다. 그때는 이 시가 적당히 봄의 감흥을 불러일으켰는데 그날은 오라버니가 보고 싶어 견딜 수가 없었다.

죽음을 말하는 건지 탄생을 말하는 건지도 그 의미가 확실하지 않았는데 이렇게 읽으면 이렇고 저렇게 읽으면 또 그랬다. 나는 문득 오라버니와의 이별을 생각했던 것 같다. 그날 서울로 오는 차 속에서 오라버니를 몇 번 불렀는지 모르며 그때마다 흐르는 눈물을 참지 못하고 말았다.

오라버니는 민들레 홀씨처럼 살았다, 올케가 미웠다. 아니, 누군들 민들레 홀씨처럼 살지 않는 이 있으랴! 마치 세상의 모든 것이 떠나기 위해 존재하는 것처럼 보였고, 모두 다 떠날 준비를 하느라 봄이 더 분주해 보였다.

그가 이 시를 어디서 보고 보냈는지도 궁금했지만 이 사람 정말 어떻게 된 사람인지, 우연치고는 이런 우연도 있는지도 궁금했다. 마치 지금 오라버니를 보지 못하면 영원히 보지 못할 것 같아서 친구들을 팽개쳐두고 서울로 왔던 것이다. 도착하자마자 그에게 연락을 하려 했지만 연락처가 없었다. 학교로 전화를 했지만 학교에는 없었고, 전화번호는 사생활 보호라며 알려줄 수 없다고 했다. 그 길로 오라버니에게 내려갔다.

글쎄, 누가 퍼 날랐으면 모를까, 다른 곳에 시를 발표한 적은 없지, 라고 말했다. 뭐 좋은 시라고 그걸 퍼 갔을까? 라고 담담하게 말했다. 오라버니는 내 등을 토닥이며 울지 말라고 했다. 아니, 그게 무슨 울 일이며 뭐 그리 감동적인 시냐고 했지만 나는 오라버니를 다시는 못 볼 것 같은 생각에 단숨에 올라왔다고 했다. 오라버니는 그러다 정말 못 보는 수 생기지. 무슨 운전을 그렇게 해, 하고는 웃고 말았다. 오라버니는 집안의 큰어른이 되었고, 기둥이었다. 언제부턴가 오라버니에게 기대는 버릇이 생겼고, 심심하면 전화를 해 응석을 부리기도 했다.

그리고 그날 벌써 오래 전부터 당뇨로 치료를 받고 있다는 사실과 이미 당으로 인해 치아가 모두 망가져 틀니를 하고 지낸 지가 십 년도 더 되었다는 걸 알았다. 그렇지만 오라버니는 단 한 번도 자신의 병이나 신체의 변화에 대해 말하지도 않았거니와 천연덕스럽게 행동했다. 질긴 고기를 잘 씹는다고 노인의 이가 튼튼하다고 생각해서는 안 될 일이었다.

아마 내가 말하지 않았더라면 조카들도 모르고 있을 터였다. 오라버니가 그런 지경이 되었다는 것보다 세월이 흘러 나이를 먹었다는 게 더 슬펐다. 세월은 뭐든 망가뜨리고, 뽑아버리고, 색을 발하게 하거나 물들게 했다. 그러고 보니 오라버니의 얼굴에는 주름이 자글거리고 머리는 하얗게 쇠었다. 시쳇말로 세월의 장난이든 심술이든 우리 힘으로는 어쩔 수가 없었다.

31

그날 나는 아이들에게 시골로 이사를 가겠다고 선언했다. 보통 무슨 일을 하든가 내 생각대로 했지만 이번에는 아이들이 놀랄까 봐 미리 말을 해두기로 했는데, 오히려 그것이 아이들을 놀라게 했다. 아이들은 찬성했다. 늘 다니던 외가라 낯설지 않았고 제 어미의 고향이라는 데

안도하였던 것 같다. 그리고 곧바로 이사 준비를 했다.

산자락 밑 친정 큰집 곁으로 사두었던 땅에 집을 짓기 시작했고 장마가 끝나고 나자 집이 형태를 갖추었다. 추석이 지난 다음 이사할 예정으로 내부 공사를 서둘렀다. 제일 관심을 두었던 부분은 오디오 실이었는데 도시에서는 마음껏 음량을 올릴 수 없었기 때문이었다. 추석 연휴가 끝나고 이사를 했다.

다행스럽게도 시댁 쪽으로는 집안이 번성하지 않아 고향도 변변치 않았고 시부모님도 모두 서울 근교 납골묘에 모셔두고 있어서 눈치볼 일은 없었다. 게다가 남편도 장남이 아니어서 큰아주버님께 말씀을 드렸지만 제수씨가 좋을 대로 하라는 대답을 들었다.

세상이 하도 어수선했던 까닭인지 어쩌다 친정에 가면 아버지가 먼저 웬일로 왔느냐고 물었고, 혹간 아버지가 안 계실 때면 어머니가 무슨 일이 있는 거냐고 묻고는 했다. 아버지 말씀인 즉 친정나들이 할 일 있으면 시댁에 한 번 더 가라는 것이 당신 지론이었다. 당시에는 그 말이 서운하기도 했지만 나이를 먹음에 따라 원칙을 지키면 만사가 그르게 없다는 생각이 들었고, 아버지의 가르침을 어떻게든지 따르다 보니 친정에서는 인정받는 며느리가 되었다.

아버지 말씀은 한마디로 친정은 오빠가 지키고, 처가는 처남이 지키니 각자 제자리를 지키면 아무 문제가 없다는 주의였다. 그러니 너까지 친정에 드나들 일이 없다는 것이었다. 그러면서도 무슨 일만 있으면 건수를 만들어 어머니를 친정에 보내고는 했는데 그 바람에 시집살이를 하면서도 친정나들이가 유독 잦았다. 아버지는 배려심이 깊으신 분이셨다.

말이 빗나갔지만 이사를 하고 일주일쯤 후에 최 교수를 만났다. 최 교수는 갑자기 무슨 이사냐고 했지만 전후 사정을 이야기하자 잘 했다고 자신도 은퇴를 하면 고향으로 내려가겠노라고 했다. 최 교수의 고향은 마침 우리 집에서 산 하나를 넘으면 되는 가까운 곳이었다.

이제 나는 내일의 얼개가 완성되었다고 느끼고 있었고, 생활의 즐거움을 충분히 맛보고 있는 중이었다. 이렇게 살다가 아이들 혼인시키고 나면 할 일의 반은 하는 셈이었다. 내가 반이라고 한 까닭은 손자를 보아야겠는데, 그 일이 사람의 일이라 과연 잘 될 것인지 장담할 수 없었기 때문이었다. 오라비 말마따나 일단은 내 자식이 온전해야 내 할 일이 완성된다는 걸 요즘에야 알았다.

32

아침 일찍 눈을 뜨고 서재로 갔을 때 깜짝 놀랐다. 오라버니가 그곳에 앉아서 글을 쓰고 있었다. 물론 그런 아쉬움을 늘 지니고 있었지만 실제 오라버니가 앉아 있다니, 하마터면 그 자리에 주저앉을 뻔했다. 문소리가 나자 최 교수가 일어나 뒤를 돌아다보며 놀랐죠, 하고 말했다.

아, 어쩌면 저렇게 오라버니의 모습과 똑같을까! 나는 터져 나오는 울음을 참지 못하고 두 손으로 얼굴을 감싸며 주저앉았다. 그가 내 앞으로 다가와 머리를 조아리며 말했다.

"정말, 죄송합니다. 놀려주려고 한 것은 아니었는데 이렇게 놀라실 줄은 몰랐습니다. 다음부터는 미리 연락을 하고 오겠습니다. 죄송합니다."

그는 어쩔 줄 몰라 하고 있었다. 그가 나를 일으켜 세웠다. 여전히 울음을 그칠 수가 없었고, 멈춰지지도 않았다. 순간 그가 내 등을 감싸안았고, 나는 그의 가슴에 안겼다. 순간 오라버니의 웃음 띤 얼굴이 얼핏 지나갔다. 오라버니가 말했다.

"애인 하나 없어?"

나는 흐느끼며 속으로 대답했다.

"오빠, 지금 나 보고 있는 거지?"

개

나는 개다. 그러므로 개만도 못하지는 않다.

날이 몹시 가물고 있었다. 봄가뭄 치고는 심하다 싶을 정도로 오래 계속되고 있었는데 방송에서도 연일 몇 십 년 만이라는 둥, 저수율이 어떻다는 둥 하면서 물이 말라가는 저수지를 보여주는 일에 많은 시간을 할애했다. 주인집 TV 화면에 시꺼멓게 갈라진 저수지 바닥이 흉물스럽게 드러나 있었다.

이렇게 가뭄이 얼마간만 더 계속되면 식수도 모자라 제한급수를 해야 할 판이라고 말했다. 하기는 우리 혀를 축일 물도 마땅치 않았다. 산으로부터 마을을 관통해 흐르던 개울물도 시멘트공장에서 모두 거둬 쓰는 바람에 말라버린 지 몇 십 년은 되었다. 마을에서는 구정물조차 고여 있을 만한 곳을 발견하기도 어려웠다. 점점 마을은 죽어가고 있었지만 사람들은 알지 못하고 있다.

우리 마을은 돌아가신 주인집 할머니 말씀대로 아무리 가물어도 물 모자라서 농사 못 지은 적 없고, 물 넘쳐서 홍수에 휩싸인 적이 없는 복

받은 마을이라 가무는지 홍수가 지는지는 크게 관심거리가 되지 않았다지만, 올해는 우리가 느끼기에도 심각하기는 심각했다.

마을 앞으로 지나가는 도로의 차들이 말아올리는 먼지가 마을로 날아들 때 가뭄이 심하다는 것을 느꼈다. 조상으로부터 전해 내려오는 이야기대로라면, 6·25전쟁통에 폭탄꽃 피어오르는 것이 마치 저런 것이 아닌가 하는 생각이 들었다. 물이 모자라서인지 꽃들도 시들했다. 차가 지나갈 때마다 코가 간질거렸다. 오랜만에 재채기를 다 해보았다. 그럼에도 집 근처의 목련은 화사한 자태를 뽐내며 활짝 피어 동네를 밝혔다.

속내를 몰라서 그렇지 목련도 물을 빨아들이기 위해 안간힘을 쓰고 있을 터였다. 어쨌거나 살아 있는 것들은 사람만 빼고는 모두 제 철에 맞추느라 최선의 노력을 다하고 있었다. 인간은 아무리 가물어도 우리는 산다고 하겠지만 알고 보면 이 모든 우환을 만든 건 그들이었다.

산이 점차 연두색으로 변하고, 다리를 옴츠리고 드나들던 우리들의 통로, 인간들이 말하는 소위 개구멍이 있던 개나리 울타리는 꽃이 무성해 그것만으로도 봄의 도착을 느끼기에 충분했다. 카페 문 위에 설치되어 있는 어닝에도 먼지가 뽀얗게 앉았고, 바람이 살짝 불기만 해도 먼지꽃이 피어올랐다. 비가 오지 않아 봄이 말라가고 있지만 그래도 봄은 온 것이다.

아침나절 카페집 육촌 형수가 문을 두드렸다. 그녀는 어제 사초 끝에 시동생들이 모여 보신탕을 끓여 먹었다며 카페집 당숙 보신탕 좋아하니 한 그릇 떠왔다고 이층 살림집 주방을 뒤져 빈 냄비에 국을 쏟아놓고 돌아갔다. 열 분이나 되던 당숙이 모두 돌아가고 두 분만 남았는데, 그나마도 당신 둘째 시아버님 되는 분은 대전에 살기 때문에 동네에 당숙은 한 분만 있고, 사촌끼리도 부고를 기다리는 입장이 되고 말았다. 그녀는 시당숙을 끔찍이 섬겼다.

얼마 전 카페집 넷째 할머니 기일에 대전서 당숙이 왔을 때 사촌끼리 두 분이 만났는데, 그 만남이 이승에서는 마지막 만남이 될지도 모른다는 생각에 카페 주인은 두 분을 모셔놓고 사진을 찍어두기도 했다. 귀가 어두워 말이 통하지 않는 두 노인은 멍하니 쳐다보며 동문서답을 하다가 헤어졌다. 카페집으로 보자면 넷째 할머니댁 둘째 당숙인데 올해 아흔여덟이 되었으니 백세인생이라는 말이 틀린 말도 아니다. 얼마 전에는 사대가 사는 집이라며 TV 방송에도 출연했다. 그 어른의 사촌아우 되는 카페집 아버님도 올해 꼭 구순이다.

카페 주인의 고조부나 증조부가 얼마나 오래 살았는지는 몰라도, 할아버지가 팔십을 넘겼고 할머니가 칠십을 조금 더 살았으니 짧게 산 건 아니다. 돌이켜보면 그 댁 할머니는 사고로 돌아가셔서 그것을 천수라고 볼 수는 없고, 할아버지는 몇 번의 병원나들이 끝에 돌아가셨기 때문에 그 또한 천수라 보기는 어렵다. 오래 전 돌아가신 나의 할아버지께서 전해오는 이야기라며 내게 해주셔서 알고 있었다.

정작 천수를 누린 분이 한 분 있는데, 사위 댁에 얹혀살던 1889년생인 카페 주인의 외할머니다. 그분은 1979년 카페 주인이 결혼하던 해, 결혼식 날 저녁에 조용히 돌아가셨다. 그날 카페 주인인 외손자가 외할머니께 오늘 저 장가 가요, 할머니. 며칠 있다가 색시 데리고 올게요, 라고 말씀드리고 큰절을 올리고 서울로 떠났다. 할머니는 잘 갔다 오라며 절을 받았다.

그는 결혼식을 마치고 신혼여행을 떠났고, 시골로 내려온 하객들은 그의 외할머니 초상을 치러야 했다. 앓지 않고 더 이상 숨이 쉬어지지 않아 돌아가신 경우로, 말하자면 천수를 누린 것이다. 누구나 그런 꿈 같은 죽음이 차례오기를 바라지만 그런 복은 아무에게나 오지 않는다. 지금껏 살면서 그런 경우를 그리 많이 보지 못한 걸 보면 쉬운 일이 아니라는 걸 알겠다. 그건 우리도 마찬가지다. 개뿔이나— 우리에게 무슨 뿔이 있다는 건지 몰라도 과학 혹은 의학이 발달했다고 떠들어도 인간은 그런 일조차 옳게 하지 못하고 있다. 소위 말하는 개죽음을 지금도 여기저기서 목격한다. 우리가 어떻게 죽기에 우리의 죽음을 들먹이는 걸까?

사람의 목숨이 어쩌고저쩌고해도 백세 안쪽이다. 산채만한 대형 병원이 여기저기 생겨나고, 신약이 발명되어 무슨 병 치료에 획기적인 전기를 마련했다는 등 말이 무성하지만 사람들은 여전히 앓고 있고, 장례식장은 죽은 이들로 가득하다. 진시황이 불로초를 찾아다녔다는 말이 무색할 정도로 불로초 개발에 온통 안간힘을 쓰지만 천 년 전이나 지금이나 인간의 수명이 크게 늘어나지는 않았다. 아무 노력도 하지 않는 우리는 예나 지금이나 평균수명이 같다. 그러니 우리는 오래 살고 있는 편이다.

신약이 끊임없이 개발되고 의학기술과 기자재가 발명되고 있지만, 그걸로 돈을 벌었다는 말은 들어보았어도 인간 수명이 몇 십 년이라도 늘어났다는 말은 듣지 못했다. 늘기는 했겠지만, 엄밀히 따지고 보면 목숨을 연명하고 있는 것일 뿐, 지속적으로 건강을 유지하며 생산적이거나 정상적인 사회생활을 하지는 못한다. 그건 살아 있는 미라(Mira)를 만들고 있는 것이다. 어찌 보면 목숨을 담보로 사기를 치고 있는 중인데 인간들은 그걸 모른다. 자기들끼리 속이고 속는다.

카페집 할아버지가 아침에 드신 보신탕은 당신 넷째 어머니댁 개였다. 우리들의 우상인 진돗개 잡종이었는데 생김새는 진돗개를 빼닮았고, 몸집이 컸으며, 눈에는 총기가 서려 우선 보는 것부터가 우리와는 달랐다. 그 댁 앞으로 사람들이 지나가도 그저 악의 없다는 표정으로 오가는 이를 맞고는 했지 별로 짖는 걸 보지 못했다. 그렇지만 짖지 않는 개가 문다고 늘 그는 두려움과 경외의 대상이었다. 서자지만 참 의젓하고 품위가 있었다. 몇 년이나 살다가 죽었는지도 모르고, 왜 죽었는지도 모른다. 어제 저녁 그 댁 아들들이 모여서 수군거리는 걸 보았다.

대체로 우리 경우는 명을 다해 죽거나, 쥐약을 먹은 쥐를 먹거나, 사고인 경우를 빼고는 우정 보신탕감으로 분류되어 죽는 경우가 대부분이다. 근래에는 묶어놓고 기르기도 하지만 조만간 쥐도 천연기념물이 되려는지 보기도 어려워진 마당에 쥐약을 놓는 일도 드물어 쥐약 먹은 쥐를 먹고 죽기도 쉽지 않다. 출입이 자유롭지 못해 전처럼 교통사고로 죽는 경우도 많이 줄었다. 그러고 보면 확률적으로는 보신탕감으로 죽는 경우가 제일 많다. 토사구팽이라는 말대로 우리는 우리가 섬기던 주인에 의해 죽임을 당한다. 괴롭다면 괴로운 일이다.

우리가 인간과 가장 오랫동안 동거를 하고 있는 동물이라고 하니, 촌수로 따지면 사촌쯤 된다고 봐도 될 것 같다. 인간이 들으면 기분 나쁠까? 꼭 그렇지만은 않은 것이 요새 젊은 여자들은 우리를 안고 다니며 엄마가 어쩌고저쩌고 하는 말을 하는데 그럴 양이면 사촌은 섭섭하다 할 것이다.

사람이 개를 낳는 세상이 되기야 했겠느냐마는 어미 운운 하는 걸 보면 아마도 입적은 되는 모양이다. 지금도 우리 종족은 번성하고 있으며, 인간과 오래도록 같이 산 공을 인정받아 아파트 생활 시대로 접어들었다. 인간과 같이 사는 인구가 점차로 늘고 있는 추세로 가히 우리로서는 혁명적이다. 사람들 말마따나 '개똥밭에 굴러도 이승이 낫다'고 그 말이 어쩌면 꼭 우리를 위해 지어낸 말이 아닌가 한다. 옛날에는 아무 곳에나 큰일을 봐 개똥밭도 많기는 많았지만 요새는 약에 쓸려고 해도 찾기 힘든 게 우리 개똥이다.

그런가 하면 식용으로 아예 대놓고 기르기도 해 견권침해가 심각해지기도 했다. 우리로서는 삶의 양극화 현상이 뚜렷해져 이를 바로잡아야 하지만 그건 우리의 일이라기보다는 인간이 해야 할 일이다. 프랑스의 유명 여배우 브리짓도 바르도는 야만적이니 뭐니 하면서 노골적으로 개고기를 먹는 한국 사람을 비난하고 나섰지만 우리나라 사람들은 그 나라의 식생활과 문화까지 들먹인다며 기분 나빠했다. 맛나면 먹고야 말겠다는 인간의 입을 누가 틀어막겠는가.

그야말로 우리만도 못한 인간이 즐비해진 세상이 되었다. 그건 우리가 그렇게 만든 것이 아니라 그들 스스로 그렇게 만든 것이다. 근래 들어 개 같은 인간이라든가, 개만도 못한 인간이라든가 하는 말에 주목을 하는데 그럴 만한 이유가 있다. 인간이 개와 같든, 개만도 못하든 하는 것은 나중에 따져보기로 하겠다.

인간이 불쌍하다는 생각이 갑자기 들었기에 이 글을 쓰기로 작정했다. 차라리 몰랐으면 몰랐을까 인간 스스로 써놓은 역사책을 보면 인류의 발전사는 눈물겹다. 별 짓을 다했다. 전쟁을 통해 같은 인간의 목숨을 앗아가는 것은 물론이고, 패륜적이고 반인륜적인, 소위 그들이 말하는 개 같은 행위를 서슴지 않았다.

그런 일은 지금도 계속되고 있는데 영원히 끝날 일이 아니라는 걸 역사가 증명한다. 인간사는 역사의 반복이기 때문이다. 웃기는 것은 개떼처럼 달려들어 싸웠다는 것인데 대체 몇 마리가 엉켜 붙어 싸웠기에 그리 말하는지도 모르겠다. 우리는 적어도 우리끼리 패거리지어 싸운 적은 없다. 한 번 으르렁거리고 나면 만사 끝이다. 다만 사냥을 위해 사람들의 지시대로 사냥감을 놓고 떼로 달려들어 싸웠다. 이도 우리끼리 떼지어 싸운 것은 아니니 인간들은 오해하지 말아야 한다.

그런 무지막지한 싸움을 벌이면서도 하는 말이라는 게 평화를 위해서, 인류의 발전과 번영을 위해서, 악을 징벌하기 위해서, 인류의 공존을 해치는 자를 벌하기 위해서 정의의 이름으로 등등 온갖 좋은 말은 다 동원된다. 말하자면 우리처럼 평화로운 즉, 개 같은 세상을 만들기 위해서라는 말인데 글쎄 그게 잘 될지는 알 수 없다.

그런가 하면 다른 한쪽에서는 과학이다, 예술이다, 문명이다, 의학이다 하면서 인류공영을 외친다. 말로 하는 것이니, 다시 말해 잘 해보겠다고 하니 뭐라고 할 수도 없다. 실제로 연구실을 차려놓고 흰 가운을 입고 연구에 몰두하는 걸 보면 아니라고 함부로 말하기도 어렵다. 그런 일들이 정말로 인류공영을 위한 일인지도 그렇다니까 그런가 보다 하는 것이지 사실인 것 같지는 않다. 애꿎은 흰쥐와 원숭이만 실험실에서 죽어나간다.

인류 역사 이래 일만이천 년 동안 인간과 함께 살아온 우리들이 양말을 한 켤레 만들어 신었는가, 신발을 한 켤레 만들어 신었는가 하는 걸 보면 확실해진다. 우리 개들은 공영(共榮)을 위해 아무 일도 하지 않았고, 법도 나라도 만들지 않았지만 잘 살고 있다. 오래 두고 먹자고 통조림을 만들지도 않았고, 아파트를 짓거나, 인공위성을 쏘아올려 달에 보내지도 않았다. 그래서 우리의 발에 무좀이 생겼다든가 우리의 삶이 피폐해지고 수명에도 영향을 끼치고 있다는 말을 들어보지 못했다. 혹시 그런 일이 일어나고 있다면 순전히 우리 의사와는 무관하게 인간들이 한 짓 때문이다.

인간이 만물의 영장이라거나 우월하고 현명하다는 것도 어떤 이유에서 그런 논리가 성립하는지 모르겠다. 우리는 침대생활을 하지 않고 피임을 하지 않아도 우리 세상을 만들지 않았다. 그렇다고 인간이 우리의 개체수를 조절해준 것도 아니다. 사람들 눈에는 우리가 사는 게 개차반으로 보일는지 몰라도 우리의 삶은 탄탄하기 그지없다. 인간들이 그렇게 살아서 이룩한 세상이라는 게 참으로 한심하지 않은가.

어떤 때 인간은 개가 문란한 성생활을 하고 있는 동물로 묘사하지만 그 점에서도 인간이 함부로 말해서는 안 된다. 그들 말로 개판을 치는 건 정작 우리가 아니라 인간이다. 성에 관해 법도 많지만 그게 도덕적으로 살자는 것인지 까놓고 문란해 보자는 것인지도 알 수가 없다. 항상 인간의 말이라는 게 이현령비현령이다. 사실 우리 입장에서 보면 인간이 말하는 '개판'이라는 말을 '인간판'이라고 바꿔야 옳다. 우리의 임신과 출산도 인간이 조절하고 있다. 식용과 애완용도 구분하고 있다. 발로 차도 좋은 놈과 안고 다닐 만한 놈도 구분해 놓았다. 그들은 언제부턴가 우리에게 조물주가 되었다.

옷 한 벌 해 입지 않고 살아온 우리들 중 누가 추위에 얼어 죽었다는 말은 들어보지 못한 반면, 인간이 얼어 죽는 일은 허다하다. 우리들은 가시밭길로 뛰어다녀도 몸에 상처 하나 나지 않는데 인간은 어떤가. 우리는 예나 지금이나 이빨과 잰 걸음 하나로 멧돼지를 사냥하지만 인간은 총을 만들고, 튼튼한 신발을 만들어 신고도 놈들에게 치받혀 죽기 일쑤다. 우린 가끔 인간의 사주에 의해 멧돼지와 싸움을 벌이기도 하는데, 개떼같이 달려든다는 말을 쓰는 경우가 이 때뿐이다, 그때 그들의 말을 들어보면 자신들이 사람을 해코지하는 것도 그럴 만한 까닭이 있다.

도대체 겨울에 뭘 좀 주워 먹으려 해도 가을만 되면 죄다 주어가 겨울양식이 없다. 하는 수 없이 사람 사는 마을로 내려와 먹을 걸 찾을 수밖에 없는데 눈에 띄기만 하면 마을 밖으로 내몰고 엽사를 동원하니 어쩔 수 없이 인간을 공격하게 된다. 별식 해 먹으려고 남의 주식을 도적질해 가는 것이 인간들이다. 해도 해도 너무 한다고 말한다.

우리야 하는 수 없이 인간 편을 들어 싸움을 하지만 듣고 보면 그들도 딱하다. 인간이 조상 대대로 도토리 농사를 지은 것도 아니고 자연히 생겨난 것인데, 그마저 저들 것인 양 차지하고 나서니 난감해지고 말았다. 그것도 자연산이라야 좋다고 소문이 나 더더욱 삶이 피폐해졌다. 이래 죽으나 저래 죽으나 동네로 가 먹을 걸 구해보는 수밖에는 달리 방법이 없었다.

발전했다는 게 도대체 무엇이며, 좋아졌다는 게 무엇인가. 그렇게 열심히 의술을 연마하고, 신약을 개발하고, 철학적이고, 과학적인 삶(?)을 추구해 살았지만 아무 일도 하지 않고 살아온 우리보다 절대적 수명이 얼마나 늘었으며, 삶의 질이 얼마나 나아졌는가. 얼마나 도덕적으로 완벽해졌는가.

그렇게 연구하고 개발한 것 먹고 덕을 보지 왜 도토리, 밤을 주워가는가. 잘한다고 했지만 인구가 줄어 고심하고 있는 인간이 과연 과학적인 삶을 살고 있기는 한가. 그들은 스스로 호모 사피엔스(Homo sapience)라고 칭하며 웃기고 있다. 알고 보면 우리 똥만도 못한 것이 인간의 철학이요, 과학이다. 철학이고, 과학이고, 인문학이고 따질 것 없이 아무 것도 없는 것이 가장 좋은 세상이다. 그러고도 개똥철학 운운하며 우리를 웃긴다.

온갖 약을 개발하고도 병이 창궐해 떼죽음을 면치 못하고 있는 인간은 도대체 누구인가. 역설적으로 그렇게라도 노력해왔으니 이 정도지 그렇지 않았다면 멸망을 면치 못했을 것이라고 말한다면 그 또한 증명할 수 없으니 반론하지 못할지도 모른다.

그런 식이라면 우리 개는 왜 멸종하지 않고 번성하고 있는가. 인간이 모르는 백신을 사용하고, 인간 몰래 병원이라도 차려놓고 치료를 받고 있다는 말인가. 빗나간 이야기지만 우리도 광견병 백신을 맞는다. 우리 의사가 아니라 인간들이 그리 강제하는 것인데 사실 우리들 보호하려는 의도는 아니고 자신들을 보호하려고 하기 때문이다. 실상 우리에게는 아무런 문제도 없다.

우리 스스로 변한 것은 별로 없다. 인간이 우리를 변화시켰다. 우리는 TV도 보지 않고, 골프도 치지 않으며, 올림픽 경기도 만들지 않았다. 학교도 없으니 늘 아는 만큼 알고 본 만큼만 안다. 혹시 눈이 나빠졌다고 안경 해 씌우는 건 아닌지 모르겠다. 서울 누군가는 암 수술을 받았다고 한다. 별 웃기는 일 다 본다. 인간들 말로 완전 개차반이다. 차라리 그 돈으로 옆집 사람 도와주면 얼마나 고마워할까. 우리는 그런 황당한 치료도 필요 없고, 그렇게 살아야 할 까닭도 없다.

우리는 정신이 나가지 않았다면 절대로 천진한 아이를 물지 않는다. 그저 아이의 손을 정성껏 핥을 뿐이다. 그건 애정의 표시고, 사랑의 표시다. 아이 앞에서는 몸을 낮추고 뒹굴기도 하고 꼬리도 치지만 어른들 앞에서는 꼬리를 세우고 흰 이를 드러내 으르렁대기도 한다. 어른은 아이와는 달리 우리로 하여금 경계하도록 만든다. 그걸 보면 우리처럼 순수하고, 사리에 밝으며, 영리한 동물도 없다. 사람? 어림없는 일이다. 세상이 뒤집혀도 인간이 개처럼 되는 세상은 오지 않는다.

이쯤에서 개만도 못하다는 말에 대해 우리는 다시 생각해야 한다. 그런 말을 듣는다고 해서 우리들이 인간을 우습게 보거나, 기분이 나빠졌다거나, 우쭐해하지는 않지만 얼핏 우리는 개웃음 쳤다. 인류 역사가 시작된 이래로 해온 인간 노력의 결과가 개만도 못하다는 것을 인간 스스로 증명하고, 그렇게 말하고 있기 때문이다. 개만도 못한 인간이 점점 더 늘고 있는 것 같기는 하다. 우리는 절대로 인간을 우리 안에 가두어놓고 애완용으로 기를 마음도 없지만, 우리를 가둬놓고 기르는 걸 호사로 아는 인간들의 무지를 탓하고 싶지도 않다.

웃기는 일이다. 아침에 동네를 지나가는데 나를 쳐다보는 카페 주인에게 그래, 좋다는 약 다 먹고 몸은 좀 나아진 거요? 하는 눈빛을 건넸다. 그는 벌써 오래 전부터 당뇨를 앓고 있었다. 어렸을 적에는 결핵을 앓아 죽을 고비도 넘겼다.

그는 나에게 대답 대신 너는 죽음이 두렵지 않느냐고 물었다. 그의 마음속이 죽음에 대한 두려움으로 가득한 것으로 봐 아마 어떤 병 때문에 죽을 수도 있다고 생각하는 모양이었다.

"죽음이 왜 두려워요?"

"두렵지 않다는 말인가?"

"아니, 나면 죽게 마련인데 두려울 게 뭐예요. 피할 수 없는 건 두려워할 필요가 없죠. 아침에 일어나는 게 두렵고, 때가 되어 밥 먹는 것이 두려우세요? 그런데 피할 수도 없는 단 한 번뿐인 죽음을 왜 두려워하는 거죠? 거품을 물고 죽어도 우리 개들은 두려워하지 않아요."

아침 먹은 게 얹혀서 캑캑거리며 거품을 흘리는 개를 본 적은 있지만 뇌종양이나, 위암이나, 대장암 같은 걸로 고생한다는 개는 본 적도 들은 적도 없었다. 파스 붙인 개, 영양제 먹는다는 개, 척추에 이상이 생겨 정형외과에 갔다는 개, 당뇨로 고생한다는 개도 보지 못했다. 우리에게는 태어나고, 살고, 죽는 것 세 가지가 다다. 병의 종류가 그리 많아서 뭘 어쩌자는 건지 알 수가 없다. 스스로 식자우환이라면서 그리 많이 알아서 어쩌자는 것인가.

무슨 얼어 죽을 동물병원이라는 게 생겨 우리를 그곳으로 데려가지만, 그래서 더러는 살아서 나오지만 다 쓸데없는 노력이다. 죽을 놈은 죽고 살 놈은 살게 마련이지 병원은 무슨 병원이란 말인가. 하여간 우리를 위해 약을 개발하고 치료법을 알아내고 하는 인간이 고맙기는 하지만 그 노력이 그리 좋아 보이지만은 않는다. 우리만 괴롭다.

너무 많이 먹고 자귀가 든 개는 보았다. 그렇지만 그것도 과식하지 않고, 시간이 가면 저절로 낫는다. 안쓰러워 할 것 없다. 운이 좋은 개는 주인이 끓여주는 북어대가리 삶은 물을 약으로 먹기도 한다.

그러니 죽으면 죽는 거지, 두려울 게 무엇인가. 숨 멎으면 그만이지 죽는다는 게 왜 무섭다는 말인가? 그것도 사는 거 아닌가? 그리고 막말로 할 수 있는 걸 하겠다고 하고, 바랄 걸 바라야지 할 수 없는 일인 걸 빤히 알면서 무엇 때문에 고민하고 걱정하는가. 죽음이 홍수로 무너진 둑 막는 일처럼 극복할 수 있는 일인가. 죽지 않고 영원히 산다는 사람 이야기도 들어본 적이 없다. 그런 일이라면 인간도 모르고, 우리도 모르고, 아무도 모르는 일이다. 그저 인간들 말마따나 운명에 맡기면 그만이다.

마을 아래로 내려간 나는 두 시간쯤 지난 후 다시 올라왔다. 특별히 표정도 바꾸지 않았고, 조급함도, 불편함도 보이지 않았다. 그래서 그런지 카페 주인 남자가 개 팔자 상팔자라더니 네 놈이 무슨 걱정이 있겠느냐, 하는 듯 나를 바라보았다. 한마디로 생각이 없는데 무슨 걱정거리가 있겠느냐는 투였다.

머리가 달렸는데 생각이 왜 없겠나. 단지 쓸데없는 생각, 도움 안 되는 생각, 남 못 살게 하거나 이기적인 생각을 안 하는 것뿐이다. 하기는 그런 생각 빼고 나니 별로 할 생각도 없기는 했다. 늘 인간들이 말썽인 것이 생각이 많아서 그런 것 아닌가. 하지 않아도 좋을 생각까지 하고, 어떻게 하면 남 못 살게 해 자기 잘 살까만을 궁리하니 세상이 복잡하고 뒤엉켜 돌아가는 것이다. 그러니 그렇게 사는 인간들 보기에는 아무 생각 없이 사는 것으로 보였으리라. 내가 보기에 인간 생각이라는 게 99%는 어떻게 하면 남 못 살게 하고 나 잘 살 수 있을까 하는 것이다. 우리는 상상도 못하는 일이다. 당신들도 우리처럼 살아보라. 무슨 생각이 그리 많은지 알게 될 테니까.

"카페는 잘 돼요? 내 보니까 손님도 없네. 뭐 때문에 그걸 차려놓고 고생해요. 잘 이해가 안 되네. 지난 번 우리 개 중 한 마리가 기웃거리니까 발로 찼다면서요? 동무해주러 간 건데 왜 발로 차요? 사람 많으면 가지도 않아요."

"차기는 누가 차. 그냥 시늉만 했지. 하여간 오해했다면 그건 좀 미안해. 그래서 그런 건 아니고 너희들 그 누린내가 싫어. 그리고 털이 날리는 것도 싫단 말이야. 그런데 자꾸 근처에 오잖아. 손님이 싫어해, 나도 싫지만."

"참 이상해요. 사람들한테서 나는 냄새는 더 역겨워요. 그러니까 그거 막느라고 화장품 바르고, 향수 뿌리고 하는 거 아녜요? 우리도 그런 냄새 싫어요. 털 날리는 건 어쩔 수 없어요. 그렇지만 남들에게 피해를 안 주려고 무척 노력해요.

실제 우리 몸에서 빠지는 털을 보면 놀랄 걸요. 사람들이 본 것은 새발에 피예요. 그리고 우리를 집에 가둬놓고 털 날리는 이야기는 왜 하는 거예요? 우리는 옷을 해 입지 않는 대신 털을 갈아 몸을 가꾸잖아요. 옷 갈아입는 거죠. 그것도 일 년에 한 번 꼴예요. 사람들은 매일 갈아입잖아요. 우리 보고 뭐라고 하면 안 되죠. 솔직히 인정할 건 인정하세요.

따지고 보면 침대, 소파, 이불, 옷 등에서 나는 먼지는 말도 못해요. 우리는 재채기를 참느라고 애를 무척 써요. 우리 털 날리는 건 그야말로 아무 것도 아네요. 과학 좋아하는 인간들이 그런 건 왜 모르는지 몰라요. 우리야말로 사람들 때문에 사는 게 팍팍해지고 힘들어졌어요."

"뭐가 우리 때문이란 말이야?"

"생각해 보세요. 왜 길에다 뭘 깔아가지고 발바닥이 아프게 하죠? 무엇 때문에 우리에게 옷을 해 입히고 아파트에 가두는 거죠? 우리가 언제 슈퍼에서 음식 사다가 달라고 했어요? 먹다 남는 거 있으면 주면 되잖아요.

개사료라고 이름 붙여서 팔아먹는데, 인간들 돈벌이 때문이지 우리와 그게 무슨 상관예요. 우리 입맛과는 전혀 상관없는 음식 주면서 그걸로 돈벌이 수단으로 삼고 있죠. 그런 거 저런 거 전부 다 웃기는 일이죠. 사람들은 항상 그랬어요. 단 한 번도 우리 의사를 물어보기는커녕 우리 입장에서 생각해본 적도 없죠. 그러고는 사료값이 얼마고, 병원비가 얼마며, 미용실비가 얼마라는 둥 그런 얘기는 뭣 하러 해요. 누가 해달랬어요?

성대를 잘라내 목소리가 안 나오는 개가 생기고, 거세를 해 임신도 못 시키는 내시 개가 생겼지요. 무슨 왕조시대도 아니고 뭐 하는 짓인지 모르겠어요. 왜 우리가 그런 고통과 수모를 겪으면서 살아야 해요. 묶어놓고 외출도 못하게 하니 내 새끼도 내 맘대로 못 가져요. 그게 옳은 일예요?"

나는 시원하게 할 말을 다 하고 마을회관 앞을 가로질러 동네 위로 올라갔다. 신상에 별 문제도 없었으므로 편하게 꼬리를 내리고 있었고, 별로 흥이 나는 일도 화가 나는 일도 없어서 무표정했다. 무료하니 천천히 걸었다. 동네사람 한 사람 만나기도 어려웠다.

밤낮으로 돌아다녀 보아야 예전처럼 친구도 별로 많지 않았다. 대부분 인간들이 줄로 묶어놓았거나, 울 안에 가두고 있어서 만나러 가봤자 창살 사이로 얼굴 한 번 보고 오는 게 고작이었다. 연애? 사랑? 웃기는 일이다. 어디 책에서나 찾아보면 그런 일이 있었다는 걸 알 지경이었다. 그나마 이곳은 시골이라 다행이지 도시 같았으면 개 그림자도 구경하기 힘들었다. 개떡 같은 세상이다. 하긴 개떡도 별식이고, 백화점에서도 파는 세상이 되었으니 함부로 말할 것도 아니다.

누구 말마따나 개판도 이런 개판이 없다. 코가 우리 코 정도니까 망정이지 누구네 울 안에 개가 있는지 소가 있는지도 모를 지경 아닌가. 하나님은 오늘과 같은 어려움을 예견하고 우리에게 냄새 잘 맡는 달란트를 주신 것이다. 하나님은 인간만의 하나님이 아니라 우리 모두의 하나님인 것이 얼마나 다행인가. 게다가 교회를 세우고, 기도를 하고, 하나님을 섬기지 않아도 천당에 갈 수 있다는 건 얼마나 좋은가. 100% 천당행이 보장되어 있다는 걸 인간은 모를 것이다. 알기만 하면 어떻게 하면 개로 태어나나 그 궁리를 할 것이다. 아니면 개처럼 살려고 혈안이 되겠지.

사실 그래서 오늘 아침 산 밑 집에서 나는 음식 냄새가 이상하다는 걸 알았다. 툭 하면 몸보신한다느니, 병을 앓고 났더니 몸이 쇠약해졌다느니, 복날이라느니 하면서 우리 목을 비트는 걸 알지만 그건 당연한 일이다. 그 일을 두고 왈가왈부하고 싶은 마음은 없다.

엄격히 말하자면 개고기 먹는 이 땅에 태어난 우리 운명이 잘못되었지 인간 탓할 일도 아니다. 우리 운명이 다 그런 줄 알았지만 서양에서는 우리는 그저 함께 사는 애완동물이지 음식으로 먹지는 않는다고 한다. 그렇다고 그렇게 사는 삶이 더 나은 삶이라고 할 수도 없다. 남이야 어떻게 살든 우리는 우리 방식대로 살고 있다.

우리 동료 중 누군가가 그렇게 인간에게 죽임을 당했다고 해서 우리가 떼로 몰려가 플래카드 들고 항의 한 번 한 적이 있나, 복수한답시고 물어뜯은 적이 있길 하나. 동료가 아니라 내 아버지, 어머니가 그런 죽임을 당해도 우리는 아무 소리 안 하고 지냈다.

우리가 청맹과니인가? 우리는 우리의 운명에 대해 순응할 뿐이다. 약육강식이든 먹이사슬이든 자연적으로 일어나는 현상까지 탓할 바는 못 된다. 그냥 한 그릇 자셨으면 건강하든지 말든지 그건 우리가 알 바 아니다. 당신 어렸을 적, 옛날에 심지어 우리 조상 이름을 '보신'이라고 지었던 것도 내가 기억한다.

사람이 나쁘다거나 못됐다거나 그런 말을 하려는 건 아니다. 그거야 타고난 대로 사는 건데 탓할 바가 있겠나. 단지 우리가 우리 모습을 보기 위해 거울을 보지 않는 것처럼 인간들도 우리처럼 살았으면 하는 것이다. 거울을 보았으면 뭐 느끼는 게 있어야지, 기껏해야 얼굴에 묻은 검정이나 지우고, 늙음을 한탄하기나 하고, 잘났다고 혼자 감탄하는 것, 그럴 것이면 거울 볼 일이 무엇인가. 어떤 여자들은 울면서도 거울을 본다. 편하자고 하는 일인데 더 불편해 한다.

우리처럼 개울물 마시다가 제 눈에 띄는 것이야 어쩔 수 없지만 어차피 마음속을 들여다볼 수 없는 거울이라면 볼 일 없다. 그렇지만 얼굴이 찢겨 피가 났어도 우리는 꿈쩍도 안 한다. 그런 맛이 있어야지 공연한 것 가지고 난리를 치고 인생 다 산 것처럼 절망하는 인간들 꼴이라니. 그러면서 왜 우리를 발로 차는지 모르겠다. 차라리 그것이 화풀이이기를 바라지만 어떤 때는 노골적으로 우리를 무시하는 것 같아 안타까울 적이 더 많다.

아직 봄이라 마루 밑은 을씨년스러웠다. 그나마 뭐라고 할 수도 없는 것이 집을 수리한 후로는 마루가 있는 집도 드물어졌다. 우리 집은 유일하게 내가 머물 곳이 남아 있다. 따로 집을 장만해주기는 했지만 한 번 요를 깔아주면 젖든 마르든 청소를 한 번 해주기를 하나, 뭘 엎질러도 윽박지르기나 하지 치워주는 법이 없다. 장마통에는 눅눅해서 들어가기도 싫다. 그래서 집보다는 차라리 마루 밑에서 옛날 생각하며 자고는 한다.

푹신하게 요 깔아달라고 한 적도 없거니와 치울 줄도, 청소할 줄도 모르니 언감생심 그런 욕심은 내지도 않는다. 치울 것 같으면 우리도 가꾸었다. 뭐 때문에 그런 호사를 시켜주려고 했는지 몰라도 기왕에 그랬으면 끝까지 돌봐주어야 하지 않겠나. 짚난가리, 마루 밑, 가마니쪼가리 모두 없애버리고 기껏 잠자리라고 마련해주고는 그게 끝이니 말해 무엇 하나.

설마 우리 보고 치우고 살라고 집 장만해준 것은 아니리라. 혹시 우리가 인간들과 어울려 살아오는 동안 청소하는 것 하나 못 배우고 뭐했느냐고 하는 건 아닌지 모르겠다. 그런 말을 할 양이면 당연히 개만도 못한 인간이라는 말을 들어도 싸다.

얼마 전 알파고와 인간이 내기 바둑을 두는 걸 보다가 잠이 들었다. 그 무슨 개풀 뜯어먹는 소린가 하겠지만 그게 말하자면 제 목에 올가미 씌워놓고 스스로 다리 아래로 뛰어내리는 꼴이다. 저 죽는 줄 모르니 얼마나 황당한가. 애당초 이겨보겠다고 벌인 게임인지, 이겨서는 안 된다고 생각하고 벌인 경기인지, 지겠노라고 작정하고 벌인 경기인지도 알 수가 없다.

저들끼리 만들어 놓고도 왜 만들었는지 그게 어떤 결과를 가져오게 될지도 모르고 있다. 인간이 얼굴을 찡그려서 무서운 것이 아니라 항상 뭣도 모르고 저지르기 때문에 무섭다. 그들은 절대로 수습하지도 뒷감당을 하지도 못한다. 인간이 존경해마지 않는 아인슈타인이라는 과학자가 핵을 개발해놓고 이걸 쓰면 큰일나니 좋은 일에만 쓰라고 경고를 했다. 결국 인간은 원자폭탄을 만들어 일본에 떨어뜨려 히로시마와 나가사키 두 도시를 몽땅 절단내버렸다. 그렇게 똑똑하고 머리 좋은 박사도 인간이 무슨 일을 저지를지는 몰랐나 보다.

더 한심한 것은 그 일이 옳은 일을 위해 쓴 것인지, 나쁜 일로 쓴 것인지, 아니면 좋은 일로 썼는데 쓰고 나니 잘못 쓴 것인지조차도 모르고 있다. 알았다면 반성하고, 개선하고 같은 짓을 되풀이하지 말아야 하는데 또 그 짓을 되풀이하는 걸 보면 모른다는 게 확실하다. 도시 두 개가 사라지고 수많은 사람들이 죽은 걸 보면 잘 한 일은 아니다.

알파고는 변형된 핵이다. 지금이야 아니라고 말하고, 인류를 위해서 쓴다고 말하지만 알파고가 나중에 큰 사고 한 번 칠 것이 틀림없다. 원자탄 때 한 번 당하고도 이번만은 아니라고 한다면 미련하기로 말하면 인간보다 더 한 것도 없다. 모르기는 몰라도 핵이 비처럼 쏟아지는 세상을 경험하고 멸망하고야 말 것이다. 그들은 약은 고양이 밤눈 어둡다 하지만 우리가 보기에는 약은 인간 제 눈 어두운 줄 모른다. 우리는 원자폭탄이 떨어진 날 우리 개들이 몇이나 죽었는지 세어보지도 않았지만 그렇다고 해서 인간을 원망하지도 않았다. 적어도 개보다도 못한 인간이 한 짓이므로. 이미 그런 일을 각오하고 있었으니까. 이번에도 마찬가지다.

개는 개이기를 바랄 뿐이다. 인간들끼리 개발에 편자니 뭐니 하면서 떠드는 것일 뿐이지 편자가 먹는 건지, 입는 건지 우리는 모른다. 오래도록 함께 살아서 그런지는 몰라도 뭘 찍어댈 때는 우리가 편하기는 한가 보다. 가까운 척하니 고마운 일이기는 하다만 썩 달갑지는 않다.

우리는 인간이 개만도 못하거나 개 같다거나 하는 일에 그리 민감해하지 않는다. 그들끼리 하는 소리니 우리와는 애당초 무관한 일이다.

인간도 다만 인간이기를 바란다. 우리가 아는 인간과는 많이 달라져 있어서 요즘 인간이 본래 인간을 기억하기나 하는지 그것도 모를 일이다. 그래서 개만도 못한 인간이라는 말이 생겨난 것일지도 모른다.

가끔 개자식이라는 말을 듣는데 그것도 기분이 몹시 나쁘다. 그런 형편없는 인간을 우리가 낳은 적이 없는데 왜 우리 자식이라고 하는지 도통 이해가 가지 않는다. 하구한 날 뭘 연구한다는 인간들이 우리 염색체와 인간들 염색체가 다른 걸 알면서도 개자식이라고 동족인 양하는 걸 보면 어깃장 놓자는 것인데, 참 개가 웃을 일이다. 참, 그렇게 따지면 이 세상에는 물론 이 동네에도 내 아우들이 많다.

물론 우리는 인간들로부터 영원히 존중받지 못한다는 걸 안다. 그렇다고 해서 그 못된 인간을 개자식으로 받아달라는 말이 진심이 아니라는 걸 알면서도 그런 말을 듣는 것은 아무래도 개 같다. 그런 개떡 같은 말이 어디 있나? 우리가 인간에게 그런 말을 썼다면 모르기는 해도 세상 개 다 잡아 죽인다고 난리를 쳤을 것이다. 자존심이 있다는 인간이 그런 말 함부로 하는 걸 보면 철이 없는 건지 이중인격자인 건지 알다가 모를 일이다.

몸을 일으켜 햇볕이 따뜻한 담장께로 갔다. 아무래도 봄이 되니 몸이 나른해지고 졸음이 몰아닥쳤다. 자면 그만이지만 누군가의 발자국 소리가 멀리서부터 들려오면 심장이 꿍꽝거려 잠을 이룰 수가 없다. 게다가 누군가가 짖기 시작하면 신경이 곤두선다.

요사이는 문을 잘 걸어 잠그기도 하고, CCTV 시설도 잘 돼 있어 전처럼 신경쓸 일도 없기는 하지만, 버릇이라는 게 남아 있어서 누가 짖기만 해도 눈이 번쩍 떠지고 몸이 먼저 일어나진다. 우리 팔자가 그렇지 세상 변했다고 달라질 것이 있겠나.

변하면 죽는다는 인간들의 말이 맞기는 맞나 보다. 도둑이 들어도 전처럼 멍청한 놈이 집도 못 지킨다는 등 저걸 개라고 밥을 처먹인다는 등 하는 소리는 듣지 않지만 아무래도 본분을 다 하지 못하는 건 부끄럽기도 하고 미안하기도 하다. 그래서 무섭기도 하다. 굳이 따지자면 그것도 우리 때문은 아니다. 더러 천연기념물이 된 개도 있다고 하니 오래 살고 볼 일이다. 진돗개, 풍산개, 경주개가 모두 그렇다. 우리야 격이 다르니 언감생심 바라지도 않는다.

요 며칠 내내 아래 동네 김 씨네 개가 목이 터져라 짖더니 치매든 그 집 할머니가 어디론가 사라져버렸다는 소식이 들려왔다. 누구의 책임이든 정신이 멀쩡했을 때 먹을 것을 챙겨주던 분이 그 할머니라 안 되었다는 생각이 들었지만 우리 친구 힘으로는 어쩔 수가 없었다. 치매란 무엇인가? 우리야 그런 게 무엇인지, 그럴 일이 우리에게 일어나지 않으니 방비할 수가 없었다.

이상한 것이, 그럴 기미가 보였으면 그 댁 사람들은 대체 무엇을 했단 말인가. 그렇게 짖어가며 경고를 했건만 아무도 주의를 기울이지 않았다. 그것도 옛날 사람과 달라진 부분인데, 요새는 아무리 짖어도 나와 보지도 않는다. 우리 말고도 믿는 게 있는가 보다.

우리는 애와 늙은이는 어떤 부류의 사람인지를 잘 안다. 거의 똑 같다고 보면 틀림없다. 평생을 함께 살아도 그걸 모르는 건 인간뿐이다. 노인의 손은 꼭 마른 나뭇가지를 닮아서 제 스스로는 남을 해코지하지 못한다. 그건 고사리 같은 아이의 손도 마찬가지다. 언제나 그들의 손길은 악의가 없고 아픔이 없는 따뜻한 손길이다. 우리가 그들을 좋아하는 까닭이다. 우리는 누군가의 손이 우리 몸에 닿기만 해도 그 손의 주인이 갖고 있는 선악의 마음을 구분해낸다.

내려가 보아야 할 것 같았다. 집이라야 특별히 할 일도 없고 지킬 것도 없었다. 동네 가운데 카페를 지나갈 때 원두커피 내리는 냄새가 구수했기 때문에 잠시 걸음을 멈췄다. 급한 일도 아니라서 맞은편 마을회관 귀퉁이에서 카페를 쳐다보고 있을 때 주인이 문을 열고 나왔다.

조금 틀린 비유이기는 했지만, 물론 나는 안중에도 없었고, 주인은 그야말로 나를 개 쳐다보듯 했을 뿐이다. 내가 무슨 대회에서 챔피언 먹은 적도 없고, 집안이 훌륭해 존경받거나 사랑받는 것도 아니니 그럴만도 했다. 내가 뼈대 있는 가문에서 태어나기라도 했다면 그리 쳐다보지는 않았을 것이다. 하기는 육법전서 읽는 개 보았을까. 팔자로 따지면 개 팔자나 인간 팔자나 거기서 거기다. 사람 말로라면 소 닭 보듯 하는 격이었다.

인간들은 곧잘 우리를 오해하고는 했다. 닭을 쫓는 것은 멍석 위에 널어놓은 곡식을 쪼기 때문인데, 마치 우리가 닭을 잡아먹으려고 한다고 생각했다. 그래서 기왕에 그렇게 오해 받는 것, 하고는 닭을 잡아먹는 개도 없는 건 아니었다. 우리는 뭐든 다 잘 먹는 줄 알지만, 닭 비린내 때문에 비위가 보통 강하지 않고는 맛있는 줄은 몰랐다. 애당초 칭찬 받으려고 한 일도 아니기는 하지만 목만 비틀어놓고 치도구니를 당했다. 그것도 다 옛날 이야기지 지금은 닭을 치는 집도 없다. 잠시 말이 빗나갔다. 카페 주인이 나에게 말을 걸어왔다.

"참 무료한가 보다. 뭘 그렇게 넋 놓고 쳐다보니?"

"넋을 놓고 쳐다보는 경우는 거의 없죠. 우리는 언제나 오감을 곤두세우고 있답니다. 혹시 모를 위험에 대비하죠. 지금은 커피 향기가 하도 좋아서 맡고 있는 중이지만, 막상 문제가 생기면 당신을 도와야 하는 것도 염두에 두고 있죠. 지금도 내 다리는 긴장으로 심줄이 팽팽하답니다."

"네가 돕기는 뭘 돕는다는 말이야. 하여간 말만으로도 고맙기는 하구나."

"그렇지 않죠, 왜 아저씨 중학교 친구가 언젠가 한 말 있잖아요. 겨울에 늦도록 아버지가 오시지 않아 걱정을 하고 있었는데, 주인 마중을 나갔던 그 집 개가 와서 안절부절못하며 어쩔 줄 몰라 했다면서요. 그 개를 따라가 보았더니 아버지가 술에 취해 눈밭에 쓰러져 동사 직전이었다고 했잖아요. 그래서 아버지를 무사히 모시고 와 목숨을 구했다고 했죠.

그 친구 분은 그래서 개고기를 안 먹는다고 했잖아요. 그런 일은 한두 번이 아니지만 워낙 유명한 이야기라 우리들끼리는 다 알고 있어요. 어디 그뿐인가요. 물에 떠내려가는 사람을 구한 이야기, 불 속에서 주인을 구해낸 이야기 등 한두 가지가 아니죠. 그저 아무 생각 없이 사는 것 같아도 우리야 할 일이 생기면 본능적으로 목숨을 걸고 뛰어들곤 하죠. 그걸 누가 시켜서 하겠어요?"

"그래 그 점은 내가 알지. 사람들은 그런 일이 생기면 슬쩍 피하거나 다른 사람에게 연락을 하지. 귀찮기도 하고 책임지기도 싫고, 경찰에서 와라 가라 하는 것도 탐탁해 하지 않기 때문이야."

"그러면서 왜 개만도 못하다거나 인간으로서 도리가 어떻다거나 하고 떠드는 거죠? 뭘 그렇게 잘 하고 산다고."

"너희들에게 빗댄 것은 좀 미안하다만, 솔직히 어떤 때는 인간이 개만도 못한 것은 맞는 말 아니냐. 우리는 가끔 그런 너희를 존경해 동상을 세우기도 하잖니. 그러니 너무 그렇게 고깝게만 말할 것도 없다. 그건 비아냥거리거나 너희들을 놀리려고 하는 짓이 아니라는 걸 알지 않니?

그리고 언제나 인간은 이기주의적이라 너는 못해도 나는 잘 해야 하고, 네가 죽든 말든 내가 살아야 한다고 다짐에 다짐을 거듭하며 사는 것이 우리 인간이란다. 내가 너에게 무릎을 꿇을 수는 없지만 솔직히 못한 것은 못하다고 인정하겠다.

물론 일부 멍청한 사람들은 그런 다짐을 하지 못해 제 명을 단축하기도 한다. 왜 전철역에서 기찻길로 떨어진 사람을 구하다 목숨을 잃는 사람 이야기 들어봤지? 위험에 처한 사람을 밀어내고 자기가 대신 죽은 사람이라든가 말이야. 많은 사람들이 그들을 훌륭한 사람이니 의인이니 칭송하지만 속으로는 그런 멍청한 인간, 하고 혀를 찬단다.

막상 그런 일이 제 앞에 닥치면 대부분 사람들은 그렇게는 못할 걸. 그건 내가 증명할 수 있지. 전철에서 임산부나 노약자가 앞에 와도 절대 일어나지 않잖아. 그런 사람들이 어떻게 목숨을 걸고 그보다 큰일을 할 수 있겠니. 그래서 개만도 못한 인간이라고 한 것이니 기분 나빠도 이해하렴."

"알았어요. 아저씨는 솔직해서 좋아요. 며칠 전부터 아랫동네 개가 짖더니만 치매가 든 그 집 할머니가 집을 나갔다고 하네요. 늘 그 할머니가 밥을 주었는데 할머니가 안 계시니 밥은 얻어먹는지 보고 오려고요."

"나도 들었다. 고맙구나. 차 조심하고 다녀와라."

"네. 늘 우리가 잘못해 다치지는 않으니 걱정하지 마세요. 사람들이 차를 급히 몰잖아요. 우리가 차에 치어도 그건 우리 책임이 아니니 걱정할 필요 없어요. 그들이 미안해 할 일이지 우리가 미안해하거나 걱정할 일은 아니죠. 그래도 반성하는 기색은커녕 개죽음을 당했다고 하죠. 우리가 죽었으니 개죽음이 맞기는 한데 따지고 들자면 참 나쁜 인간들이죠. 할아버지는 여전히 건강하시죠?"

"그럼. 어쨌든 너희들이 다치거나 죽거나 그렇게 되면 어떡해?"

"우리는 아픔을 느끼기는 하지만 그게 다친 건지 그런 건 몰라요. 걷고 뛰는데 지장이 있어서 불편해요. 그러다 나으면 그만이고, 낫지 않아도 그만이죠. 걱정할 게 뭐 있어요. 그 때문에 죽는다는 것도 뭔 말인지 몰라요.

생각해 보니까 아주 눈에서 보이지 않으면 죽었다고 말하는 것 같네요. 그게 뭐 대단해요. 우리는 지금껏 살면서 수없이 그런 일을 겪었잖아요. 다 그렇게 우리 눈앞에서 사라졌지요. 우리 부모가 그랬고, 친구들이 그랬고, 우리와 함께 살던 사람들은 물론 고양이, 닭, 소 다 그렇게 눈앞에서 사라졌죠. 심지어는 그렇게 죽음을 걱정하던 우리 집 주인 할머니도 사라졌죠. 이치가 그런 것 아네요? 그걸 뭘 그리 대단하다고 자꾸만 이야기해요? 누구 앞에선가 사라져야 하는 게 무서운가 보죠? 걱정 마세요. 순간이죠. 사라지고 나면 아무 것도 보이지 않고 느껴지지 않을 뿐이죠."

말이 난 김에 몇 마디 더 덧붙였다.

"인간들은 곁에서 누군가가 죽으면 이상할 만큼 의식이 복잡해요. 울고불고, 간혹 우리도 그러기는 하니까 아주 이해가 안 되는 건 아녜요, 음식을 차리고, 며칠씩 장례를 치른다, 어쩐다, 시끌시끌하죠. 가만히 보면 그 울음이라는 게 모두 거짓예요. 왜 그래야 해요? 하다못해 우리는 음식이라도 얻어먹으니 좋기는 해요. 원님 덕분에 나팔 분다고 우리도 동네 개 모두 만나볼 수 있으니 좋고요. 근데 요새는 장례식장으로 가니 그것도 영 틀렸어요.

그렇지만 눈 감고 안 보는 것과 뭐가 달라요. 숨이 끊어지면 우리는 다행히 먹든, 묻든 사람들이 치워주니까 걱정 안 하지만 말예요. 하기는 우리는 사람 치워줄 자신 없으니 자신들이 모여서 치우기는 치워야겠죠. 그리고 그렇게 복잡한 일은 우리가 할 수도 없죠."

"알았다. 그건 너희들과 우리 인간들과 생각하는 것도 다르고 풍습도 달라서 그런 거야. 너희들이야 격식 없이 막 살지만 인간들은 예의를 갖추고 살지 않니? 그게 다른 점이지 뭐. 그러니 비교한다는 건 애당초 맞는 일이 아니지."

"조금 무시하는 것 같군요. 그건 비교가 아니라 사실을 말하고 있는 것뿐이죠. 우리는 우리의 삶과 인간의 삶을 비교하고 싶은 생각은 추호도 없어요. 애초에 개와 인간을 어떻게 비교하겠어요. 그렇지만 비교하기로 말하자면 인간이 먼저 시작한 것 아닌가요?

나는 강아지 적부터 개새끼라고 말하는 걸 줄곧 듣고 자랐죠. 하루도 안 들은 날이 없을 거예요. 강아지는 개새끼가 맞지요. 조금도 틀린 말도 이상할 것도 없는데, 인간들이 그 말을 이상하게 쓰기 시작한 거예요. 처음에는 단순히 무엇인가 감정이 치받쳐서 그런 줄 알았는데 나이가 들면서 꼭 그렇지만은 않다, 이건 좀 심하다는 걸 깨닫기 시작했죠. 그것도 인간들끼리 말예요.

실제 우리만도 못한 짓을 하는 인간이 많다는 걸 알게 된 후로는 개새끼보다 못한 놈이라는 말은 그래도 기분 나쁘지 않은 말이라는 걸 깨달았어요. 처음 들었을 때는 기분이 썩 좋지 않았지만 지금은 괜찮아요. 역으로 보자면 더러 진심으로 우리를 추켜세우는 사람들이 있다는 말이잖아요. 하도 많이, 오랫동안 들어서 무감각해지기도 했지만 그 말이 옳다는 걸 안 후로는 뭐랄까 희열 같은 걸 느꼈다고나 할까. 그래요, 사실 인간 본심의 무의식적 표현이죠. 인간! 거 뭐 개만도 못하다는 말조차 쓰기가 부끄럽잖아요. 더도 말고 덜도 말고 우리만 하라고 해요.

그리고 우리가 왜 막 살아요? 우리도 격식이 있어요. 사람들의 눈에는 격식 없이 막 사는 것처럼 보여도 그건 자기식대로 그렇게 생각하는 것뿐이지요. 말하자면 우리는 우리 영역을 표시하고 돌아올 길을 잊지 않으려고 소변을 찔끔 뿌려 두죠. 물론 수컷은 몸이 젖을까봐 다리를 들어요. 그게 막 사는 거라고요? 이치가 그렇잖아요? 뭐가 잘못 되었다고 시쳇말로 개 무시를 하는지 모르겠어요.

아무거나 막 먹으니까 막 사는 것처럼 보이나 보죠. 그렇지만 인간들 눈에 그렇게 보이는 것이지 우리도 골라서 먹을 만한 것만 먹어요. 개밥에 도토리라고 우리는 절대로 도토리는 안 먹죠. 그러다 보니 그 말이 이리 치고 저리 치는 사람을 두고 하는 비유적인 말로 바뀠지만요. 우리라고 목에 걸리는 것, 맛 없는 것, 상한 것을 왜 먹겠어요. 먹을 만하니까 먹는 거죠. 오히려 우리가 보면 사람들 먹는 게 아무 거나 막 먹고 큰일예요. 그러니 당뇨니 비만이니 하는 것이겠죠. 꼭 막 살겠다는 것처럼 보여요. 뭘 엉터리로 써놓고 그걸 믿잖아요?

사람들은 죽으면 산소를 만들고, 비석을 만들어 세우고, 때 되면 근엄하거나 슬픈 얼굴을 하고 산소를 찾아가고는 하죠. 그게 격식이라면 우리는 그런 것 못하죠. 그렇지만 그게 꼭 잘하는 짓만은 아니라는 걸 인간들도 느끼기 시작했잖아요. 왜 그래요? 지금부터 격식 없이 막 살기로 했나요? 솔직히 마음에도 없는 짓을 하죠."

"그건 너희들이 뭔가 오해를 했거나 잘못 안 거지. 실제 인간들 마음은 그렇지가 않아. 그건 예법이 바뀌는 거지. 격식 없이 살겠다는 건 아냐."

"그 말도 이상해요. 꼭 변명하는 것처럼 들리네요. 뭐가 그렇지가 않다는 거죠? 왜 사람들은 그런 식으로 말을 해요. 솔직하게 말하면 되는데 꼭 나중에 말귀를 못 알아들었다는 둥 오해를 했다는 둥 하면서 다투잖아요.

결국 인간도 우리처럼 아무 것도 안 하고 말아도 그때 되면 예법이 바뀌었다고 말할 건가요? 코에 걸면 코걸이, 귀에 걸면 귀걸이군요. 삼년씩 상청 차려놓고 아침저녁으로 절할 때는 그게 법이라더니 이제 슬쩍 법을 바꾸고는 세월에 따라 예법이 바뀌는 거라고요? 편리해서 좋기는 좋네요.

그런데 왜 우리를 끌어들여서 욕을 하고 그래요? 자기들끼리 욕하면서도 그냥 인간새끼라든가, 사람새끼라든가 하면 될 걸 굳이 개새끼라고 하는 이유가 뭐예요?"

"사람들은 양식이라는 게 있고, 체면이라는 게 있어서 함부로 남을 헐뜯거나 대놓고 욕하지는 않아. 그래서 너희들을 빗대서 욕하는 거지. 너희들에게 무슨 억하심정이 있어서 그러는 건 아니지."

"웃겨요. 우리가 말귀 못 알아듣는다고 함부로 빗대서 욕하면 되나요? 그게 양식 있고, 체면 있는 사람들이 하는 격식 있는 행동이란 말이죠? 그러면 옆집 사람 빗대서 욕을 좀 하지 그래요. 그렇게 하면 난리가 나겠죠. 그러니 그게 귀찮고, 흠 잡힐 일 하기 싫다는 거 아녜요? 언제나 동물들만 빗대서 욕을 만들어 쓰는 이유가 뭐죠? 우리들 귀는 필요 없고, 나쁜 말은 아예 듣지 못하도록 그렇게 만들어졌어요. 다행인 줄 아세요. 알아들으면 가만있겠어요?"

"꼭 그런 것만은 아냐. 인류 역사 이래 함께 살았으니까 격의 없어서 그러는 거지. 무슨 감정이 있거나 무시해서 그러는 건 아니지."

"그런 변명도 안 되죠. 가까울수록 예의를 차려야 한다고 말하는 게 누구예요? 우리는 언제까지나 그런 못된 말을 듣고 살 것을 알고 있죠. 일만이천 년 동안 함께 살았지만 앞으로도 그런 모욕적이고 수치스런 삶을 살아야 한다는 것도 각오하고 있어요.

그래도 인간 곁에 남아 있어야 한다는 건 슬퍼요. 모욕적이라서가 아니라 그렇게 오랫동안 함께 살면서도 우리 마음을 몰라주고 스스로 비인격적으로 사는 걸 보는 것은 안타까운 일이거든요. 그야말로 개차반이죠. 인간들이 딱해요.

보세요. 아무리 우리가 못 알아듣는다 해도 그런 막말과 욕을 한다는 건 인간 스스로 못되었다는 걸 증명하는 것과 다르지 않죠. 인간이 말하는 개새끼들도 우리끼리는 물론이고 누구에게든 욕을 하거나 비인격적인 모독을 하지는 않아요. 우리에게 배울 게 뭐 있겠어요? 어차피 개새끼인 걸. 그렇지만 인간들끼리 욕하고, 싸움질하고, 헐뜯고, 비방하고, 모략하는 이유가 뭐예요. 그렇게 구차하게 변명할 필요 없어요."

나는 숨을 쉬고 다시 말을 이어나갔다.

"사람들은 언제나 말로 시작하고 말로 끝내려고 하죠. 아시겠지만 우리는 감정을 즉시 표현하는 몇 마디 본능적인 외침 말고는 말이 필요하지 않다는 걸 일찍이 깨달았죠. 그래서 골치 아프게 말을 만들지 않았던 거예요. 차라리 마음에 안 들면 한 번 물어뜯고 말죠. 개는 지능이 뒤지고 만들 능력이 없어서 못 만들었다고 생각하지만 그거야 그렇게 생각하는 사람들 마음이죠.

사람들이 끊임없이 말을 주고받는 이유는 뭔가 의사소통이 제대로 되지 않기 때문이죠. 말, 하면 할수록 말이 많아지고 얽히고설켜서 싸우는 꼴이 우스워요. 우리는 소통하는 데 아무런 문제가 없는데 뭣 때문에 말을 만들어요. 공연히 그런 것 만들어 잘못 사용하면 오해나 생기고 싸움나는데. 그리고 막말로 그렇게 뛰어나다는 인간이 그 좋은 머리로 싸움밖에 할 게 없나요? 실제 하구한 날 싸움하느라고 제 할 일 못하는 사람들이 천지잖아요.

언젠가 우리 친구가 인간들이 하는 개그라는 걸 들었는데 인간들 머리는 세 가지 경우 말고는 쓸 데가 없대요. 첫 번째 경우는 머리 감을 때래요. 두 번째는 모자 쓰고 베개를 벨 때래요. 그리고 마지막 경우는 최근에 골프 치면서 머리 들 때래요. 이게요, 우스갯소리 같지만요 알고 보면 엉뚱한데 머리를 써 말썽을 일으키니까 하는 소리 아니겠어요? 참 딱하죠. 그런 이야기를 해놓고는 자기들끼리 낄낄거리고 웃어요. 정말 한심하고 웃기는 일이죠.

우리는 느낌으로 의사소통을 하지만 불편하지 않아요. 상대방의 눈빛만 봐도 뭘 이야기하는지, 뭘 원하는지 금방 알아요. 그래서 사람들이 말하는 것도 대충 알아들어요. 그건 같이 살면서 경험으로부터 익힌 것이죠. 가끔 잘못 알아들어서 발로 차이는 경우가 없는 건 아니지만 우리 느낌은 거의 맞죠.

사람들끼리 그렇게 떠들고 소통해 보아야 말하는 사람 다르고, 듣는 사람 다르니 그걸 소통이라고 할 수는 없죠. 불통이라는 말이 왜 있는지 아시겠어요? 우리처럼 느낌으로 소통하면 서로 잘못될 것도 없어요. 꼭 고장난 전화기로 서로 말을 주고받는다는 느낌이 들 때가 대부분예요. 그러면서 그걸 무슨 대단한 발명인 양하면서 으스대는 것이 사실 우습죠. 인간들이 하는 말을 가만히 들어보면 반은 사기고 반은 거짓말예요. 그러고 나면 남는 게 뭐 있겠어요. 숨소리뿐이죠.

어떤 사람은 그걸 뭘 대단한 것이라고 우리에게 가르치고 알아듣는다고 좋아해요. 앉아! 일어서! 손 줘! 우리가 손이 어디 있어요. 인간 말로 그야말로 개소리죠. 그냥 아무 거나 내미는 거죠. 우리 보고 영리한 놈이라나요. 그냥 기분 좋으라고 한마디쯤 알아듣는 척해주는 거죠. 우리도 귀찮아요. 아무리 개소리지만 들을 건 들어두세요. 개똥도 약에 쓴다면서 개소리도 어디 쓸 데가 있겠죠."

그가 더 이상 말문이 막혀 할 말을 잃었다는 걸 느낌으로 알아채고 카페 앞을 떠났다.

때로는 어른들을 이해하기 어려웠다. 따지고 보면 아이들이 어른보다 더 나았는데도 항상 어른들이 아이들을 나무라고 가르쳤다. 어른들이 아이보다 나은 점이 있다면 거짓말 시키기, 사기 치기, 남 헐뜯고 비방하기, 욕심 부리기 대체적으로 그런 쪽이었다. 아이들은 제가 가지고 있는 옳은 것을 할 수 없이 버리고 나쁜 것을 배워나갔다.

우리도 어른들을 보면 눈치껏 피했지만 아이들을 보면 될 수 있는 대로 어울리려고 노력했다. 가끔 느닷없이 우리 머리를 내리치고, 발로 차는 아이들이 아주 없는 건 아니었지만 악의가 있어서 그런 건 아니고 대부분 신기하거나 우리 반응을 보려고 하기 때문이었다. 말하자면 장난이 좀 심해서 그런 것이다.

우리도 그런 아이들의 행동에는 갑작스레 급소를 맞아 깜짝 놀라지 않고는 크게 반응하지 않는다. 잘 생각해보면 알겠지만 아이들의 그런 행동에 대해 해코지를 하는 경우는 거의 없다. 혹시 또 그럴까봐 슬쩍 겁을 주기는 한다. 그나마 대부분은 그 자리를 일단 피하고 만다.

사실 못마땅하다는 눈빛조차도 보낸 적이 없다고 봐야 옳다. 그럴 때마다 우리는 순간적으로 아이의 눈을 먼저 올려다본다. 아이의 행동에 대한 진의를 알아보기 위함인데 그때 아이들의 눈은 대체적으로 선의로 가득하다. 미안하다는 눈빛으로 우리를 바라보는 게 보통이다. 혹시 악의가 있다면 모르는 체 피하면 그만이다.

우리의 눈을 자세히 본 적이 있는지 모르겠지만 우리 눈에는 악의가 없다. 항상 같은 생각을 하고 살기 때문에 늘 일정한 눈빛을 띤다. 누구를 원망하지도, 어떤 것을 새롭게 희망하지도 않지만 절망한다거나 아쉬워하지도 않는다. 대체적으로 우리의 목숨을 노린다든가, 우리를 해할 의사가 있을 때만 그걸 확인하느라 잠시 경계의 눈빛을 보일 뿐이다.

반대로 손에 먹을 것을 잔뜩 들고 우리를 부르는 어른을 볼 때가 있는데 그때도 우리는 그 사람의 눈을 먼저 응시한 후 그리 가야 할 것인지 아닌지를 판단한다. 맛난 걸 얻어먹으려면 가는 것이 옳지만 역사상 우리에게 그런 식으로 꼬드겨서 잘못된 길로 데려간 경우가 부지기수라는 걸 아는데 함부로 응할 수는 없는 노릇이다. 개백정들이 대부분 그런 수를 쓰기도 한다.

아이들은 우리에게 제 먹을 것을 조건 없이 나누어주지만 어른들은 조건을 단다. 예를 들면 우리의 목숨을 노리는 경우도 있다. 그럴 때는 두 가지로 판단을 하는데 하나는 절대감각인 느낌이고, 아까 말했듯이 두 번째는 그 사람의 눈을 보고 진의를 읽는다. 그런 우리의 판단이 틀리는 경우는 거의 없다.

물론, 그럼에도 불구하고 더러 잘못되는 경우가 있다. 느낌이 틀려서가 아니라 너무 믿거나, 믿은 결과 방심해서다. 그럴 때 어떻게 하라고 조상이 물려준 행동지침은 없다. 자손들이 임의적으로 편견이나 잘못

된 판단을 할까 두려워 함부로 판단하지 못하도록 했다.

다만 조상은 우리에게 상대방의 옳고 그름보다는 어떤 것을 보고 순간적이고 본능적으로 판단해내는 능력을 남겨주셨다. 그래서 내뛰는 것이지 인간이 싫어서 도망가는 것은 아니다. 사실인 것이 우리는 얼마 후 다시 우리의 목숨을 노렸던 그 주인 곁으로 돌아가지 않는가. 두세 번 그러다가 안 되면 죽음을 감수하면서까지 조용히 주인의 말에 순종하고 만다. 그것이 우리들 개 팔자라는 걸 확인했기 때문이다.

하룻강아지 범 무서운 줄 모른다는 말도 바로 그런 의미다. 아직은 사람들의 입맛을 자극할 만큼 육체적으로 정신적으로 성숙하지 않은 우리 애들은 겁 없이 아무에게나 다가가는데 이를 두고 하는 말일 게다. 그만큼 순진하다는 말일 테다. 가르친다고 되는 건 아니고 점차 커가면서 스스로 깨달아야 한다. 대체적으로 본능이 시키는 것을 알면 크게 위험에 빠질 일은 없다.

계절적으로는 여름이 위험하다. 아무래도 단백질로 이루어진 우리 몸은 사람들의 원기를 북돋우는 데 도움이 되는데 그것은 아마도 오랜 동안 사람들과 같이 습생을 해왔기 때문이 아닌가 한다. 먹는 것이 비슷하니 몸의 세포구조도 닮는 것일 게다. 우리는 그런 의도된 죽음에 대해서도 무감각하거나 크게 비중을 두지 않는다. 어차피 한 번 죽는 것인데 누군가를 위해서 죽는다는 것도 의미가 있기 때문이다.

난 사실 요즘 와서 매사가 귀찮아졌다. 대충 눈치로 사는 것이지 알아서 능동적으로 움직이지는 않는다. 주인은 나에게 늙어서 그런지 영 둔해졌다고 말한다. 전에는 쥐도 잘 잡더니 요새는 쥐를 봐도 못 본 체

한다고 한다. 없는 쥐 만들어 잡을 수도 없지만, 그게 꾸짖는 말인지 이제 늙었으니 그럴 만도 하다는 말인지는 잘 구분하지 못하겠다. 한 가지 확실한 것은 움직이는 것 자체가 귀찮아졌다.

주인은 나를 보면 자랑하듯 영물이 다 되었다고 하는데, 그들 말로 죽을 때가 되었다는 말로 들린다. 나처럼 오래 되어 영물이 되면 보신탕용이 되지는 않는다. 이미 산전수전 다 겪은 나를 솥에 넣고 삶으려 하지는 않는다. 인간이 그럴 때는 그래도 이성적인 동물이라는 게 언뜻 보이기도 한다. 하기는 다 늙은 나를 삶은들 질기기나 하지 무슨 맛이 있겠나.

요사이는 영 입맛이 없다. 봄이 되면서 계절 탓인 줄 알았는데 그도 아닌 것 같다. 주인집 손녀가 와야 신이 나는데 올해부터는 유아원에 다니기 때문에 외가에 오기도 쉽지 않은 모양이다. 그 모녀가 친정에나 와야 별식을 얻어먹는다. 아이의 엄마가 우리를 좋아해서 어떤 때는 우정 보러 오기도 했다.

특별히 몸을 풀고 나면 고기 근이라도 사들고 와 끓여주기도 했다. 이제는 달거리도 끊기고 새끼 가질 일도 없어졌으니 다시는 그런 호사스런 음식을 대접받기는 글렀다. 언젠가부터 발걸음이 뜸해지더니 이제는 친정나들이도 가뭄에 콩 나듯 한다.

느낌이 안 좋다. 인간 같은 세상에 개 사는 게 영 신통치가 않아졌다. 누굴 좀 만나서 사는 이야기라도 했으면 좋으련만 모두들 어디서 무얼 하는지 도통 만날 수가 없다. 전에는 눈만 돌려도 우리들 세상이었다. 요즘은 하루 종일 돌아다녀도 말이 통할 만한 친구는커녕 개 한 마리 만나기가 쉽지 않다. 사람들도 우리와 대화하는 걸 꺼린다. 알기로는 벌어먹기가 힘들어져 우리와 어울리는 동안에 될 수 있으면 쉬려고 하기 때문이다.

나도 벌써 인간 나이로 따지면 한 칠십 살았다. 제 명대로 사는 개가 몇 안 되는 세상에 운 좋게도 이만하면 천수를 누렸다 싶다. 험한 세상 살면서 특별히 병을 앓지도 않았고, 차가 달려들거나 내가 달려들거나 하지도 않았으며, 못된 인간의 꼬드김을 용케도 피했고, 독극물을 가까이 하지도 않았다. 주인을 잘 만나 험한 꼴 보지 않고 살았다. 이만하면 됐다. 새끼들도 서너 배 보았고, 어디 가서 살든 걔들도 다들 잘 살고 있으리라 믿는다.

인간 같은 세상에서 개답게 살기가 어디 쉬운 일인가. 돌아보니 살아온 것이 꿈만 같다. 그나저나 카페집 주인이 잘 되었으면 좋겠다. 인간 같은 세상에서 그나마 개같이 살아온 몇 안 되는 사람인데 그런 착한 사람이 잘못된다면 그건 아주 잘못된 세상이다. 아무리 인간 같은 세상이라지만 그래도 개답게 사는 인간이 있게 마련 아닌가. 그런 사람이야 말로 대우 받는 세상이 되었으면 한다. 더 이상 개 같은 세상, 개새끼가 판치는 세상이 사라지지 않았으면 얼마나 좋으랴!

아, 잠이 쏟아진다. 어디 목련나무 그늘이라도 찾아가 한잠 늘어지게 자야겠다. 인간들 말로 봄이 왔다지만 봄이 온 것 같지가 않다. 카페집 주인의 외할머니처럼 자는 듯 숨이 멎기를 소망한다.

숨은 보물찾기

한복용/ 수필가

1

4년 전, 최호택 작가가 소설을 쓰고 있다는 말을 들었을 때, 나는 솔직히 좀 의아했다. '시인은 시를 쓰고, 소설가는 소설을 쓰며, 수필가는 수필을 쓰는 것'이라는 10년 전 그의 말이 생각나서였다. 자신의 장르에만 충실할 수 있는 것이 작가의 자존심을 세우는 일이라는 것이 그의 지론이었는데 그런 그가 소설이라니! 새삼스럽지 않을 수 없었다.

소설로 등단도 하지 않은 그가 2012년에 '양주골문학회' 동인지에 첫 단편소설을 발표했다. 10년 전의 그라면 '절대로 있을 수 없는 일'을 스스로가 범한 것이다. 나중에야 그의 생각이 바뀌었다는 것을 알았다. 그는 스포츠신문에 축구 칼럼을 수년간 써왔고, 인터넷 카페에 정치 칼럼도 수십여 편 발표했다. 3년 전에는 시를 썼고(그는 수필을 쓰기 전에 시를 먼저 습작했고, 지금도 틈틈이 시를 쓰고 있다), 지금도 시간만 나면 무슨 글이든 습관처럼 끼적인다. 잠시도 글을 벗어나서는 살 수 없는 사람처럼 늘 그 테두리 안에 있다. 문득 "작가는 무슨 글이든 다 쓸

줄 알아야 한다"는 원로 수필가 맹난자 선생의 말씀이 생각났다.

최호택 작가를 알게 된 것은 2005년, 양주시 남면 구석진 곳에 걸려 있는 현수막을 보고 찾아간 '양주문인협회'에서였다. 그때 자신의 수필집 한 권을 내게 건네주었고, 수필을 쓰도록 방향을 잡아주었다. 당시 그는 등단을 하지 않은 상태에서 수필집 『아침에 느끼는 행복』(2005년)을 상재했다. 한사코 등단을 거부하는 그를 두고 주변 사람들은 '고집불통'이니 '잘났다'느니 하며 불만을 토로했지만 그는 여전히 등단에는 전혀 마음을 두지 않았다.

그러던 중 그가 등단을 하게 된 계기가 생겼다. 그를 포함한 몇몇 회원들이 양주문인협회에서 탈퇴하는 일이 벌어졌고, 그 중 여덟 명이 '양주골문학회'를 만들었다. 회장을 맡은 그는 '작가는 늘 깨어 있어야 하고 공부를 꾸준히 해야 한다'고 주장하였다. 또 등단은 끝이 아닌 시작이라 말하며 문인은 자기 글에 대한 책임감을 갖고 긴장을 늦추지 말아야 할 것을 강조하였다. 양주골문학회를 만들고 회원간 작품 합평을 하면서 데뷔를 해도 될 실력을 갖춘 회원이 하나둘 나타나자, 그가 먼저 2006년에 격월간 『에세이스트』로 등단했다.

나는 그가 양주의 문학을 위해 지금껏 얼마나 고민하고 있는지 잘 알고 있다. 그렇기에 그가 첫 소설집 『40일 간의 사랑』의 발문을 써달라 했을 때 작은 망설임조차도 걷어낼 수 있었고 그가 지닌 견고한 문학정신을 이 기회를 빌려 알리고 싶은 생각이 커졌다.

2

그의 첫 소설은 2012년『양주골문학회』동인지에 실린「전철 안에서」이다.「전철 안에서」는 수필가 최호택의 문체가 담긴 작품이다. 세련된 문장은 아니지만 작가가 얼마나 소설에 관심을 두고 집중하였는지가 잘 나타나 있는, 마치 자전적 소설 같은 느낌의 애정소설이다.

화자는 전철 안에서 한 여자를 본다. 어디서 본 듯하지만 좀처럼 기억이 나지 않는다.

> "그녀는 알록달록한 블라우스에 싱가포르 항공사의 승무원이 입는 옆이 터진 치마를 입고 있었다. 다소곳이 앉아 있는 모양이 매우 단아해 보였다. 여자는 검은 뿔테안경을 쓰고 있었으며, 머리는 파마를 해 중년 부인의 냄새를 물씬 풍기고 있었다. (…) 그녀의 이마에는 세월의 흔적과도 같은 주름이 몇 가닥 흐르고 있었지만 그다지 추해 보이지 않았다. 눈은 세파를 초월한 듯 빛나고 있었고 안광이 예사롭지 않은 것으로 보아 참 밝게 살았구나 하는 느낌을 갖게 하기에 충분했다."
>
> —「전철 안에서」

남자는 대학 생활을 포함해 학창 시절에 만났던 여자들을 떠올려봤지만 끝내 그 전철 안에서 만난 여자를 기억해내지 못하고, 궁금해 하지만 말 한마디 붙이지 못한다. 여자는 남자의 시선을 의식했고 그가 누구인지 이미 알고 있다. (남자도 나중에서야 여자를 알아본다.)

"전철이 창동역을 지나면서 승객이 줄어들어 차 안이 헐렁해졌지만 여전히 앉을 자리는 없었다. 여인은 눈을 감고 있었다. (…) 그녀의 앞에는 커다란 여행 가방이 놓여 있었다. 남자는 아까부터 여인을 기억해 내는 일을 포기하고 있었다. 그때 여자의 오른손목에 차고 있는 시계가 눈에 들어왔다. 그래, 그녀도 오른손에 시계를 차고 있었지."

—「전철 안에서」

그들은 15년 전 인도네시아 자카르타에서 손님과 노래방 도우미로 만난다. 남자는 '외국인 투자허가기관'에서 투자허가를 받아내고 본격적인 사업을 준비하던 중이었다. 타지에서 고국을 그리워하며 노래로 향수를 달래면서 노래방의 그녀에 대해 조금씩 알아간다. 그들은 몇 번의 데이트를 즐기기도 한다. 곧 회사를 설립해야 할 남자는 서울로 돌아가 돈을 마련해 다시 오기로 했지만 일회용품 사용을 규제한다는 정부 당국의 정책 변화로 의욕을 잃게 되고 다시 인도네시아 행 비행기에 오르지 못하게 된다.

전철 안에서 남자를 본 여자는 오늘의 만남을 '운명'이라고 말한다. 늙수그레한 남자에게 끝내 아는 체를 하지 못하고 '차라리 만나지 않았더라면 더 좋았을 것'이라는 어느 수필가의 텔레비전 대담을 떠올린다.

나는 저자의 첫 소설「전철 안에서」의 주인공을 그의 수필「검은 뿔테 안경」에서 만난 적이 있다. 수필 속 주인공과 소설 속 주인공은 너무 닮아 있다. 그들의 삶도 엇비슷하다. 어떤 이는 이 소설을 읽고 사실로 믿으며 작가에게 안타까운 인연에 대해 말하기도 한다. 그렇기에 이와 같은 상황을 드러내는 데 다소 조심스러움이 있었다. 작가를 조금 안다는 이유만으로 남의 사생활을 이렇듯 드러내 보인다며, 나무랄 독자도 있을 것이다. 하지만 나는 그런 의도라기보다 그가 첫 소설을 어떻게 만들었는가를 알리고 싶은 마음이 먼저 들었다.

20여 년 동안 성실하게 수필을 써왔던 그는 수필 집필에 들어가기 전 이야기의 배경을 주변 사람들에게 자주 말하곤 했다. 이야기를 자주 함으로써 글의 얼개가 얼추 짜지는 느낌이 들었다 싶으면 얼마 안 있어 그 글은 한 수필 잡지에 발표되곤 했다. 소설가 이순원 선생이 "자신의 글은 대개 주변사람들이 가져다주는 이야기로 만들어진다"고 겸손한 고백을 한 바 있다. 최호택 작가도 마찬가지이다. 그의 수필이 가족의 배경 안에 있으며, 잘 쓴 작품이라고 인정받는 글은 거의 가족사에 한정되었다. 집성촌에서 살아왔다는 그의 성장배경과 그를 크게 생각하는 형제들이 그의 작품에 영향을 미쳤다고 해도 과언은 아닐 것이다. 대개의 작가들이 겪는 경험이겠지만, 작가의 글이 탄생되는 배경을 지켜보는 입장에서는 그 일이 신선하면서도 특별해 보일 수밖에 없다.

최호택 작가는 작품 안의 화자와 같은 인물이라는 인상을 꽤 많이 준다. 소설이라는 타이틀이 아니라면 아마도 작품 속 주인공의 삶은 그가 살아온 이야기이며 그의 주변사람들에 관하여 써낸 것이라고 해야 할 것이다. 작가의 직업과 나이, 살아온 환경이 또 다른 인물로 만들어지는 과정은 흥미롭기까지 하다. 여자도 그이고, 남자도 그다. 인물 하나 하나가 성격은 조금 다르지만 합쳐놓아도 무방하다는 느낌은 그를 아는 사람이라면 쉽게 알아챌 수 있다.

맹자의 「만장장구萬章章句」 하8에 실린 "그 사람의 시를 낭송하고, 그 사람이 쓴 책을 읽고서도 그의 사람됨을 모른대서야 되겠는가?"라는 말처럼 최호택의 작품에서 그 사람을 자주 만나게 되는데 그 사람을 알아가는 일은 그리 어려운 일이 아닐 듯싶다. 작가의 사상은 유교적이며 그의 생활은 거기에서 크게 벗어나지 못한다. 작중 인물들의 생활이 일상적이고 단조롭기는 하나 그는 기꺼이 작품 안에서 또 다른 가지 뻗기를 두려워하지 않는다. 특히 그의 첫 소설집 『40일 간의 사랑』의 표제작 「40일 간의 사랑」과 중편 「풍뎅이의 죽음」에서의 모든 인물은 한 가지 성격을 가지고 다른 색의 옷을 입었다. 작품 속 인물은 각기 다른 옷을 입고 한 마음, 한 생각으로 움직인다. 마치 내가 알아왔던 최호택과 마주한 듯하다.

나는 이 발문의 제목을 '숨은 보물찾기'로 정했다. 작품을 읽으면서 곳곳에 발견되는 최호택 작가만의 특별한 농담법을 찾는 즐거움을 독자에게 귀띔해주고 싶은 마음에서다. 마치 초등학교 소풍 때 '보물찾기'를 하는 것만큼이나 흥미롭다. 눈 밝은 독자라면 그의 글이 시작되면서 함께 따라붙는 그가 하는 농담을 발견하게 될 것이다. 누구나 웃을 수 있는 이야기가 아닌, 진정으로 그의 농담법을 아는 사람만이 웃을 수 있는 그것. 전혀 지루하지 않게 한 편의 작품을 즐길 수 있는 데에는 독자를 위해(어쩌면 작가의 생활에 묻어 있는 유머일지도 모른다) 그가 배려한 부분이 아닐까 하는 생각이 드는 것이다. 문장과 대화에 녹아 있는 그의 농담은 얼핏 그냥 지나칠 수 있지만, 이내 다시 떠올려 웃게 만든다. 가령 이런 것들이다.

남자는 산책로에서 자전거를 타던 여자가 넘어진 채로 주저앉아 있자 도와주러 다가간다. 여자는 남자를 보고도 아무렇지 않게 넘어진 채로 앉아 있고 남자는 처음 보는 남자 앞인데 부끄럽지 않으냐고 묻는다. 여자가 태연하게 대답한다.

> "뭐가 부끄러워요? 살다가 넘어지는 일이 어디 오늘 한 번뿐인가요, 뭐 그때마다 부끄러워하면 평생 얼굴 한 번 못 들고 살아야할 걸요."
>
> —「40일 간의 사랑」

「개」의 독백 부분에서도 밑줄을 긋게 된다.

> "누구 말마따나 개판도 이런 개판이 없다. 코가 우리 코 정도니까 망정이지 누구네 울 안에 개가 있는지 소가 있는지도 모를 지경 아닌가. 하나님은 오늘과 같은 어려움을 예견하시고 우리에게 냄새 잘 맞는 달란트를 주신 것이다. 하나님은 인간만의 하나님이 아니라 우리 모두의 하나님인 것이 얼마나 다행인가. 게다가 교회를 세우고, 기도를 하고, 하나님을 섬기지 않아도 천당에 갈 수 있다는 건 얼마나 좋은가. 100% 천당행이 보장되어 있다는 걸 인간은 모를 것이다. 알기만 하면 어떻게 하면 개로 태어나나 그 궁리할 것이다. 아니면 개처럼 살려고 혈안이 되겠지."
>
> —「개」

나는 최호택의 유머를 보며 알베르 카뮈의「이방인」이 떠오른다. 뫼

르소의 툭툭 던지는 한 마디가 달리 들리는 것이다. 뫼르소는 양로원에 있는 엄마가 돌아가셨다는 전보를 받고 사장에게 이틀 동안의 휴가를 청한다. 사장의 못마땅해 하는 눈치를 보고 그가 던진 한마디가 최호택식 유머와 닮았다. "그건 제 탓이 아닙니다." 왜 아니겠는가. 어머니는 내 잘못으로 그날 돌아가신 것이 아닌 것을.

3

최호택의 소설집 『40일 간의 사랑』은 총 네 편의 작품이 수록되었다. 그 중 두 편은 중편으로 「40일 간의 사랑」과 「풍뎅이의 죽음」이며, 「전철 안에서」와 「개」는 단편소설이다. 「40일 간의 사랑」과 「전철 안에서」는 애정소설이고, 「개」는 화자를 개로 등장시켜 인간사를 비꼬는 풍자소설이다. 「풍뎅이의 죽음」은 죽음에 관한 철학적 사유가 깊게 묻어난다. 첫 소설집임에도 불구하고 네 작품이 서로 주제면에서 연관성이 있으며 쉽게 읽히는 문장과 단단한 이야기 구조로 짜임새를 갖추었다.

앞서 언급한 대로 「풍뎅이의 죽음」과 「개」는 철학적 관점으로 연장선상에 있다고 볼 수 있다. 소재만 다를 뿐, 풍자소설인 「개」와 「풍뎅이의 죽음」은 그런 면에서 연작에 가깝다 하겠다. 「풍뎅이의 죽음」에서 여자 주인공과 그녀의 사촌오라버니와 최 교수는 「개」의 화자인 개의 시선과 맞닿아 있다. 독자는 두 소설을 연달아 읽으면서 삶과 죽음에 대해 여러 생각이 떠올라 묘한 기분을 경험하게 될 것이다. 또한 내 안의 속물근성을 누군가에게 들켜버린 듯 얼굴이 화끈거릴 수도 있다. 상대의 입장에서 바라본다는 논리가 얼마나 자기 식인가 하는 것도 느낄 수 있다.

비슷한 등장인물의 성격, 하지만 자세히 들여다보면 딱히 그렇지만도 않다는 걸 알게 된다. 그들만의 특색이 분명 드러난다. 여자의 독백이 곧 개의 독백이고, 개의 독백이 여자의 독백에 가깝다. 사람과 동물의 차이일 뿐, 따지고 보면 어떻게 어떤 방향으로 바라보는가에 답이 있었다. 다른 소설 속에서도 그들은 끊임없이 대화를 지속한다. 그것은 사람이 개에게 하는 말이기도 하고 개가 사람에게 하는 말이기도 하며, 잘 사는 사람이 못 사는 사람을 비웃는 말이기도 하고 못 사는 사람이 잘 사는 사람을 개만도 못하다고 비꼬는 장면이기도 하다.

작가 최호택은 이처럼 닮은 듯 닮지 않은 화자들의 인생을 관망하다가 거기에서 무언가를 발견하고는 핀셋으로 꺼내 우리 앞에 펼쳐내 보이는 것이다.

「풍뎅이의 죽음」에서 여자 주인공은 최 교수를 알게 되면서 자신의 인생을 돌아보는 기회를 갖는다. 그가 읽으라고 놓고 간 버트런드 러셀의 『행복의 정복』은 이 소설의 줄거리를 탄탄하게 해주는 역할을 하는 동시에, 두 사람의 생각을 연결해주는 역할도 톡톡히 하고 있다. 여자는 이 책을 통해 최 교수를 알아가고 최 교수는 자신의 철학이 그것인 양 이 책을 여자에게 읽어보라며 넌지시 건네준다.

> 그러니 러셀이 행복에 대해 어떻게 말했든 나의 행복이 차원 낮은 행복일 수 없고, 그의 행복이 마치 하늘 위에서 빛나는 무지개 같은 것일 수는 없는 것이다.
>
> 이 책은 그가 나에게 건네준 책이었다. 저자가 행복을 정복했는지는 모

르지만, 행복이 정복되는 것인지도 알 수 없었다. 그는 책 중간 중간에 빨간 펜으로 밑줄을 그어놓았으며 빈 곳에 자신의 생각을 써놓기도 했다.

—「풍뎅이의 죽음」

그들은 행복에 대해 긴 대화를 이어간다. 다소 지루할 수 있는 부분이었다. 차라리 주변 묘사와 두 사람의 대화 속의 심리묘사로 이어갔으면 했다. 그러나 다시 읽어보니 꼭 그렇지도 않다. 작가의 의도가 맞았던 것은 그 구성에 있었다. 독자가 한눈에 알아볼 수 있도록 요약하여 정리한 것과도 같은 구성. 나는 그 부분을 천천히 읽으면서 마치 러셀의 『행복의 정복』을 함께 읽는 기분이 들었다. 그렇기에 소설 속 최 교수의 논리가 타당했으며 누가 들어도 납득이 갈 만한 설명이었다. 여기서 최호택 작가의 또 다른 농담이 최 교수의 입을 통해 드러난다.

"행복이 무엇인지 고민을 해본 적은 있는 것 같아요. 하지만 사전에는 어떻게 적혀 있는지에 대해서는 한 번도 알아보려고 하지 않았어요."

"좀 외람된 말씀이지만 교수님은 삶의 질을 높이고 행복을 추구할 목적으로 학문을 가르친다고 하셨는데, 교수님이 행복이 무엇인지 모르고 그걸 어떻게 가르친다는 건지 잘 이해가 안 되네요."

"듣고 보니 그건 그렇군요. 그렇지만 초원에서 얼룩말을 사냥하는 놈의 이름을 모른다고 해서 그 동물이 초원의 왕인 사자라는 걸 모르기야 하겠어요. 그렇게 알고 있으면 되지 사자라고 꼭 말을 해야 알고 있는 건 아니죠."

—「풍뎅이의 죽음」

「풍뎅이의 죽음」은 어느 순간 여자 주인공이 자신이 살아온 삶이 부끄러웠음을 알린다. 그 전환은 의외로 엉뚱한 곳에서 시작되며 과정은 선명하게 드러난다.

나는 카페 의자에 앉아 내가 서 있던 곳을 바라보았다. 그곳에는 언제나 손님을 왕으로 생각하고 최고 대우를 해야 한다고 외치고 있는, 그러나 왕 위에 군림하는 내가 보였다. 내가 입을 옷, 남편의 옷 그리고 아이들의 옷 말고는 사본 적이 없었다.

언제나 아줌마가 시장을 봐오면 물건은 제쳐두고 영수증을 훑어보았다. 무슨 고등어가 한 손에 만오천 원밖에 안 해요, 이건 어디 산인데 한 근에 육만 원짜리예요, 이거 미제예요?, 아줌마 내가 항상 최고급 아니면 사지 말라고 했잖아요, 이게 먹을 게 뭐 있어요, 라고 말하기 위해서였다.

아줌마가 시장 보러 갈 때면 냉장고 곁에 있는 카드를 내주었고, 식구들의 건강을 위해 먹는 것이니 돈 때문에 싸구려나 저질 물건을 사서는 안 된다고 귀에 못이 박히도록 말했다. 없으면 할 수 없지만 꼭 유기농으로 사라고 했다. 비싸면 제깟 게 얼마나 비쌀 것인가. 아줌마는 이게 왜 저질이지, 라고 말하는 듯했으나 항상 네, 라고 대답했다. (…)

머리도 몇 십만 원은 주고 해야지 그렇지 않으면 머리칼이 금방 상했다. 실제로 그랬느냐고? 남들이 그렇다니까 금방 상해 우수수 빠지는 기분이었다. 넷만 모이면 남들 한 달 생활비를 머리 하고 점심 먹는 데 썼다. 그건 당연한 게 노력한 자와 안 한 자의 차이였음으로 무어라 말할 게 못 되었다.

—「풍뎅이의 죽음」

위의 텍스트를 가져오면서 다소 길 수도 있다는 위험성을 감안하면서도 여자 주인공이 현재 서 있는 지점을 보여주고 싶은 마음 또한 버릴 수 없었다. 그런 그녀는 점점 변해가고 급기야 사촌오라버니와 최교수 사이 그들과 똑같은 자리에 자신이 함께 서 있다는 것을 알게 된다. 그들은 서로의 시작점은 다르지만 분명 같은 방향을 바라보고 있었다. 다음은 최호택의 '죽음'에 대한 철학이 잘 드러나 있는 부분이다. 어떻게 하면 저처럼 죽음을 냉정하고 처연하게 받아들일 수 있을까? 작가는 자신이 하고 싶었던 이야기를 작품 속 인물을 통해 풀어내고 있다는 것을 알 수 있었다.

> 죽음이라는 게 도대체 무엇인가? (…) 탄생과 죽음, 전쟁과 평화, 흑과 백, 사랑과 미움, 하늘과 땅, 가난과 풍요, 그런 말들은 얼마든지 있으며 비단 나뿐 아니라 많은 사람들이 이런 말들을 고개를 갸우뚱하며 떠올릴 것이다. (…) 말하자면 다리 한 쪽에서 걷기 시작해 그 반대쪽에 당도하면 볼 수 있는 건너에 있는 말들일 뿐, 그 의미가 반대된다거나 서로 뒤틀려 있기라도 한 말은 아니다. 어둠과 밝음과 같이 한참을 걷다보면 어둠 속에서 밝음으로 나오게 되거나 그 반대의 경우인 것처럼. 태어나 줄곧 그 길을 걸으니 다다른 곳이 죽음이 아닌가. (…)
>
> —「풍뎅이의 죽음」

여자와 사촌오라버니의 데이트 날이다. 사촌오라버니는 얼마 전 보았던 풍뎅이의 죽음에 대해 그녀에게 이야기한다. 이 소설의 클라이맥

스라고 볼 수 있는 대목이다.

"얼마 전에 풍뎅이 한 마리가 집에 들어왔더구나. 한 동안 시끄럽게 웅웅거리며 잘 날아다니다가 갑자기 바닥에 곤두박질치는 거야. 그래서 날다가 쉬려는 줄 알았지. 가만히 가서 보니까 몸이 이미 뻣뻣이 굳어 있더라고. 그 새 죽었더구나. 심근경색이나 뇌졸중쯤으로 죽은 것 같더구나. 그걸 보니 삶이란 게 저런 거구나 하는 생각이 문득 들더라고. 단지 우리는 응급차를 부르고, 울고불고 하고, 무슨 예식을 하고, 장사를 지내고 하지 않니. 그게 다를 뿐이지.

손바닥에 올려놓고 한참 들여다보다가 창밖으로 던져버렸다. 사실 내가 죽어도 경우는 마찬가지일 거야. 우리는 그걸 자꾸만 이야기하고, 의미를 부여하고 그러는 것뿐이지. 그게 다 무슨 소용 있겠니. 나는 이미 내 유서를 다 써놓았다. 풍뎅이 유서지."

—「풍뎅이의 죽음」

사촌오라버니를 떠나보낸 후 "삶과 죽음에 관해서는 당신이 오랫동안 생각하고 다져둔 것이 있어서 성처럼 견고했노라" 말하는 여자의 독백 같은 말이 화인처럼 가슴을 찍어 누른다. 작가의 죽음에 대한 생각과 그의 철학이 돋보이는 장면이다. 이처럼 최호택의 죽음에 관한 생각들은 한 순간에 정리된 것이 아님을 알게 된다. 이 문제는 우리 모두에게 더 많은 고민과 천착을 요구하는 부분이기도 하다. 하여 그가 쓴 수필 일부를 소개하고자 한다.

태어남을 축하하는 것이 일상화되어 있듯이 죽음을 안타까워하는 것도 마찬가지다. 죽음은 두려워해야 할 대상이 아니라 이 역시 축하해야 할 일이다. 고뇌의 고리를 끊고 다시 평온과 무자아의 세계로 돌아가는 것이다. 우리가 슬퍼하는 것은 헤어짐과 다시 만날 수 없다는 아쉬움 때문이다. (…)

죽음은 우리의 정신을 담고 있었던 육체가 사라지는 것뿐이다. (…)

죽음은 특별하지 않다. 아침에 일어나고 저녁에 잠이 들며 하루 세 끼 밥을 먹는 일과 같다. 다른 점이라면 한 번밖에 일어나지 않는 예외가 인정되지 않는 일회성이며 반복이 불가능한 일이라는 것이다. 다시는 아침을 맞을 수 없다. (…) 그것이 곧 슬픔과 아쉬움으로 남게 되는 것이다. (…) 죽음은 곧 익숙한 것들과의 이별일 뿐이다. (…) 육체가 제 할 일을 끝내고 그 본래의 고향으로 찾아가는 일이다.

나는 내 자연스런 죽음을 누구의 손에도 맡기지 않겠다. (…) 때가 되었으니 죽는 것이지 내 노력이 부족해 죽는 것이 아니다. (…) 그러니 죽음은 두려움의 대상이 아니라 친근해져야 하는 대상이다.

—「죽음은 두려움의 대상인가」

4

이 글을 읽는 독자는 기다렸던 표제작이 거론되지 않아 궁금했을 것이다. 발문을 쓰고자 했을 때 나는 「40일 간의 사랑」으로 마지막을 장식하려 했다. 그것은 이 작품을 가장 재미있게 읽은 까닭이다.

「40일 간의 사랑」을 두고 혹자는 어른을 위한 「소나기」가 연상된다고 말하기도 한다. 갑작스런 소녀의 안타까운 죽음을 떠오르게 하는 황순원의 소설 「소나기」는 사춘기 소녀들의 가슴을 울렸던 우리 시대의 고전이다. 「40일 간의 사랑」은 남자가 건강상의 이유로 신천변 산책로를 걸으면서 만나게 된 여자와의 맺지 못한 사랑 이야기를 담담하게 그린 작품이다. 그 누구도 생각지 못한 결말이 없다면 이 작품은 그저 그런 연애 이야기에 불과했을지도 모른다. 작가는 이 점을 마음에 두고 작품을 썼는지도 모르겠다.

여자의 이메일을 읽는 것으로 시작되는 「40일 간의 사랑」은 일기 형식을 띤 소설이다. 3월 5일에 시작된 일기는 4월 25일로 끝이 난다. 그렇게 이어진 40일 간의 남자 주인공의 일기가 한 편의 소설이 되었다. 매일매일 그 다음 이야기가 궁금한 신문 연재소설을 읽는 기분으로 읽어 나가게 하는 힘이 있다.

자칫 최호택 작가의 소설은 밋밋하여 읽는 재미가 떨어질 수 있다는 위험이 있으나 그의 문장과 문장 속에 녹아 있는 사유를 떠올리면 결코 밋밋하다고 말할 수 없으리라. 다양한 경험과 사물을 관찰하는 진지한 그만의 시선이 모아져 첫 소설집 『40일 간의 사랑』을 만들었다고 볼 수 있다.

이로써 그가 발간한 작품집은 수필집 2권을 포함해 3권째가 된다. 아직 제대로 된 평가는 뒤따르지 않고 있지만 머지않아 그런 날이 오리라고 기대한다. 작품을 썼으면 책으로 묶는 것은 당연한 수순이라고 의연하게 말하는 그는 세상에 몇 안 되는 진짜 작가이다. '소박한 바람'이 있다면 한 사람이라도 자신의 글을 옳게 읽어주었으면 한다는 작가의 말을 잊지 않고 있다.

그는 지금까지 중·단편 등 총 10여 편의 소설을 써왔다고 한다. 아직도 가야 할 길이 멀고 많이 미숙하다며 쑥스러워하는 작가의 모습이 어린아이처럼 천진난만해 보인다. 모든 글이 같을 수는 없다. 첫 작품이 대표작이며 명작이 될 수 있고, 마지막 작품으로 그를 기억하기도 한다. 숨은 그림을 찾는 데 똑같은 그림을 여럿 그려놓지 않는다. 수많은 보물 중에도 각자 좋아하는 것이 따로 있게 마련이다. 최호택의 작품들도 이와 다르지 않을 것이다. 이번 작품을 보고 누군가는 최고의 작품으로 평가할 것이고, 누군가는 아직 멀었으니 좀 더 정진하라고 어깨를 다독여줄 수도 있다.

이순을 바라보는 그가 할 수 있는 일은 그리 많지 않을 것이다. 글 쓰는 일이야말로 그에게 최고로 꼽을 수 있는 작업이 되지 않을까 싶다. 백세시대라고들 한다. 다행스럽게도 관절이 조금 망가져도 타이핑은 할 수 있다. 그의 바람대로 그가 노년에는 맑은 눈을 가지고 동화를 썼으면 한다. 그의 서가에는 동화책이 상당수 꽂혀 있다. 세상의 모든 아이들은 '우리 모두의 보물'이라고 말했던 그였기에 그 아이들이 꼭 읽어야 할 동화를 쓸 것이라고 믿는다.

그가 '다음 세상으로 갈 때 맑은 눈으로 가고 싶다'고 말했고 '동화를 읽으며 순수를 다시 찾고 싶다'고 했었다. 그래서 그는 평소 눈을 맑게 하기 위해 명상을 게을리 하지 않는다. 눈이 맑으면 정신도 맑게 마련이다. 바라건대 그가 쓴 동화를 읽고 싶다. 그가 힘을 다 할 때까지 책상 앞에 앉아 글을 쓰는 모습이야말로 가장 그답고, 그만큼 잘 어울린다.

끝으로 양주에 오면 최호택 작가가 있다고 소문이 나, 얼마 전 그가 문을 연 〈Cafe 760〉이 문전성시를 이루었으면 하고 바란다. 그렇다면 양주에도 만나고 싶은 작가가 드디어 탄생한 것 아닌가. 크게 축하할 일이다.

최호택 소설집
40일 간의 사랑

지은이_ 최호택
펴낸이_ 조현석
펴낸곳_ 북인
디자인_ 푸른영토

1판 1쇄_ 2016년 08월 31일
출판등록번호_ 313 - 2004 - 000111
주소_ 121 - 842, 서울 마포구 서교동 467 - 4, 301호
전화_ 02 - 323 - 7767
팩스_ 02 - 323 - 7845

ISBN 979-11-87413-03-5 03810